KB153842

2021 현대시를 대표하는

名人名詩 특선시인선

(사)창작문학예술인협의회 / 대한문인협회

QR CODE

제 목 : 봄이 오면
시 인 : 강순옥
시낭송 : 박영애

제 목 : 가을 속의 여인
시 인 : 강한익
시낭송 : 박순애

제 목 : 나무
시 인 : 기영석
시낭송 : 최명자

제 목 : 추억이 그리움으로
시 인 : 김국현
시낭송 : 박영애

제 목 : 진작에 몰랐네
시 인 : 김귀순
시낭송 : 박남숙

제 목 : 사랑처럼 목이 탄다
시 인 : 김노경
시낭송 : 최명자

제 목 : 독도, 우지마라 독도여
시 인 : 김락호
시낭송 : 박영애

제 목 : 꿈길에서
시 인 : 김선목
시낭송 : 박순애

제 목 : 석류
시 인 : 김순태
시낭송 : 박남숙

제 목 : 고운 빛 고운 임
시 인 : 김영주
시낭송 : 박영애

제 목 : 손님
시 인 : 김재진
시낭송 : 조한직

제 목 : 빈 여백 속에서
시 인 : 김혜정
시낭송 : 김혜정

제 목 : 사랑의 발견
시 인 : 김희경
시낭송 : 박영애

제 목 : 시월이 간다
시 인 : 김희영
시낭송 : 최명자

제 목 : 꽃피는 삼월
시 인 : 남원자
시낭송 : 박순애

제 목 : 자클린의 눈물
시 인 : 문철호
시낭송 : 김락호

제 목 : 깊어가는 가을
시 인 : 민만규
시낭송 : 최명자

제 목 : 봄비
시 인 : 박기만
시낭송 : 박순애

제 목 : 꽃비가 내리는 날에
시 인 : 박기숙
시낭송 : 임숙희

제 목 : 그대를 소환합니다
시 인 : 박남숙
시낭송 : 박남숙

QR CODE

제 목:능소화
시 인:박상현
시낭송:박순애

제 목:파도의 사유
시 인:박영애
시낭송:김락호

제 목:황혼이 지면
시 인:배삼직
시낭송:박영애

제 목:가을 그리움
시 인:백승운
시낭송:최명자

제 목:보이지 않는 바람 소리
시 인:성경자
시낭송:박영애

제 목:신성리 갈대밭에서
시 인:손해진
시낭송:박순애

제 목:귀향
시 인:신홍섭
시낭송:조한직

제 목:코스모스의 향연
시 인:염인덕
시낭송:임숙희

제 목:젊은 미소
시 인:오승한
시낭송:김혜정

제 목:백 년으로 기우는 세월
시 인:오필선
시낭송:임숙희

제 목:봄꽃(春花) 편지
시 인:윤무중
시낭송:최명자

제 목:비와 고독
시 인:은별
시낭송:김락호

제 목:아리랑
시 인:이동백
시낭송:조한직

제 목:등불
시 인:이만우
시낭송:박순애

제 목:엄마
시 인:이상노
시낭송:박영애

제 목:환희
시 인:이세복
시낭송:박영애

제 목:황금빛 들녘에서
시 인:이정원
시낭송:김락호

제 목:가을은
시 인:이종숙
시낭송:최명자

제 목:가을을 살피다
시 인:이한명
시낭송:박순애

제 목:가을 앓이
시 인:이희춘
시낭송:박영애

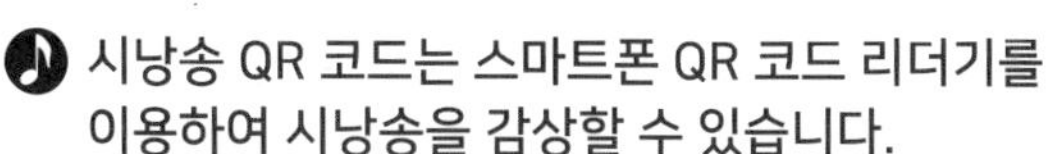
시낭송 QR 코드는 스마트폰 QR 코드 리더기를
이용하여 시낭송을 감상할 수 있습니다.

QR CODE

제 목 : 한결같은 마음
시 인 : 전병일
시낭송 : 최명자

제 목 : 갈라진 인연
시 인 : 정기현
시낭송 : 박영애

제 목 : 가슴이 빈 여자
시 인 : 정란희
시낭송 : 박순애

제 목 : 둥글어지기까지
시 인 : 정상화
시낭송 : 최명자

제 목 : 아쉬운 세월아
시 인 : 정찬열
시낭송 : 박영애

제 목 : 비움과 채움
시 인 : 제갈일현
시낭송 : 박순애

제 목 : 섬진강의 봄
시 인 : 주선옥
시낭송 : 최명자

제 목 : 예쁜 말
시 인 : 주야옥
시낭송 : 박영애

제 목 : 못잊을 사랑이여
시 인 : 주응규
시낭송 : 김락호

제 목 : 가을 꼬투리
시 인 : 최영호
시낭송 : 박순애

제 목 : 이름 없는 꽃
시 인 : 최윤서
시낭송 : 최명자

제 목 : 길
시 인 : 한명화
시낭송 : 김락호

제 목 : 가을 잎새
시 인 : 한천희
시낭송 : 박영애

제 목 : 날마다 작아지는 날들
시 인 : 홍진숙
시낭송 : 김혜정

2021 명인명시
특선시인선
시낭송 모음 1

2021 명인명시
특선시인선
시낭송 모음 2

♪ 시낭송 QR 코드는 스마트폰 QR 코드 리더기를
이용하여 시낭송을 감상할 수 있습니다.

17주년 기념 현대 시를 대표하는 "명인명시 특선시인선"을 엮으며

"명시는 명인만이 만들 수 있다?" 명인이 되려면 그만큼의 작품성도 있어야 하지만 그만큼의 자기 관리도 필요하다. 아무리 좋은 작품도 서랍 속이나 컴퓨터 하드에서만 존재한다면 그 작품은 작품으로써의 가치를 가질 수가 없다. 좋은 작품이건 그저 한번 읽히고 사라지는 혼자만의 독백이건 그 어떤 글들도 세상에 나와 독자들로부터 진정한 평가를 받아야지만 글로써 살아갈 수 있는 자격이 주어진 것이라 할 것이다.

이렇듯 글을 살아있게 만드는 것 그것은 시인의 의무이며, 권리인 동시에 상식이다. 시인은 시를 쓰고 독자는 시를 평가한다. 호평과 비평을 이겨 내야만 비로소 명시가 가려지고, 명인이 될 수 있을 것이다. 이번 특선시인선에 함께 자신의 작품을 수록하신 시인들은 어떠한 비평이라도 감수할 수 있는 성숙한 자질과 실력을 겸비한 시인들이다.

2021년 현대 시를 대표하는 "명인명시 특선시인선"에서는 작고 시인과 2021년 현대 시를 대표하는 54인을 선정하면서 작품성도 중요하지만, 앞으로 활동할 능력을 많이 고려했다. 시는 어떤 작품이 좋은 詩라고 정의할 수가 없다. 시인이 상황을 묘사한 작품을 독자가 공감해야만 좋은 시이기 때문이다. 〈2021 명인명시 특선시인선〉에 전년에도 이어서 선정된 시인과 새로이 선정된 시인은 앞으로 더욱 활발한 활동으로 시문학을 아끼는 독자에게 다가가는 계기가 되기를 기원하면서 2021년 현대 시를 대표하는 "명인명시 특선시인선"을 엮었다.

대한문인협회 회장 김락호

名人名詩

가나다순 수록

시인 강순옥 편

♣ 목차

시낭송 QR 코드
제　목 : 봄이 오면
시낭송 : 박영애

#프로필
서울 거주
대한문학세계 시 부문 등단
(사)창작문학예술인협의회 회원
대한문인협회 서울지회 정회원
2018년 명인명시 특선시인선 선정
2018년 짧은 시 짓기 동상

#시작노트
바쁘게 사는 현대인에게
잠시 쉬어가는 나만의 공간이 없다.
시의 세계는 사색 길에서 만난
반가운 나무 의자와 같다고 생각한다

창작 시 명인명시 한 편의 시를 읽는다는 것은
자연과 벗 삼아 추억 여행을 떠나고
그 언어의 날개를 달아 우리 삶 속에
지친 영혼 달래는 휴식처와 같은 공간이다

필자는 자연을 벗 삼아 시를 쓴다
기암절벽에 뿌리내린 소나무처럼
나 혼자가 아님을 둘은 하나 되어
세상을 내다보는 진리와 순리를 닮게 하고
자연에서 왔다 자연인으로 돌아가는 길
봄부터 심장 뛰는 소리 듣게 한다.

봄비 / 강순옥

자작자작 한사코
스며드는 소리

못다 핀 꽃 한 송이
가슴에 앉아

화려한 날갯짓을
펼쳐주려나

마음까지 들어와
적셔 주려나.

우리 엄마 / 강순옥

달금아
허리 좀 밟아봐라
거기 거기다

어머니 밤새
끙끙 앓으신 소리
중년이 되어 보니
이제야 알 것 같습니다

삶의
무지갯빛
무게만큼이나

힘겨운
뼈마디 마디가
아프다고 외칩니다

오늘도
비가 오려나 보다
우리 엄마 일기예보.

나팔꽃 사랑 / 강순옥

울화통 터져
울고 싶은 날에
뜨락 비탈진 곳에
활짝 핀 나팔꽃이
날 보고 웃고 있다

돌부리에 넘어져도
아무리 힘들어도 울지마라
한숨 길게 새어 나오는
사색 길에 위로하듯
옛 동산 벗들처럼 반겨준다

첫 새벽 저 혼자
눈 뜨는 아가들처럼
내 눈 바라보며 웃고 있다

나팔꽃 함박웃음 지으며
새날이 온다 하고
아침 햇살과 나란히
창가에 활짝 피어
잊고 사는 행복이 술렁인다.

봄이 오면 / 강순옥

언니야
언니가 좋아하는
봄동 많이 자랐어야
어서 와 쑥 뜯어가소

머위도 먹기 좋게 자라고
마늘밭에 자연 갓도 있어야
내려와 약쑥 많이 뜯어가소

꿈길에 듣기만 해도
파릇파릇한 봄나물 설레어
자다가 벌떡 일어나
고향 집으로 가고 있다

아직도
뒷담 허물어져 가는
고향 집 품에 안기며
옛이야기 퐁퐁 피어나
콧노래 부르며 춤을 춘다

달래 냉이
쑥 캐는 아낙네들처럼
꽃 피는 봄 언덕에 안겨서.

보리암 / 강순옥

옛 선비 발자취 따라
금산 보리 암자에 들어서니
산과 바다가 하나 되어 있다

푸른 산은 바다로
바다는 산머리 위 올라
은물결 구름처럼 일렁이고

빽빽한 노송은 바다를 품고
바다에 사는 해풍은 산 위 올라
한 폭의 동양화 그려놓은 그림 같다

먼 산에 운해가 산물 따라 흐르고
바다는 산 위 올라 흐르는 풍광이
내 영혼까지 흔들어 놓은 한려수도
세상 높고 낮음의 이치를 가르쳐준다.

오월의 숲은 / 강순옥

산빛 푸르게 연듯빛 잎새에 선연함이
어찌 그리 아름다운지

한 폭의 수채화가 내 마음 홀리는 듯
상처 난 구멍에 초록빛 녹음 우거져라
햇살 자느자느 퍼붓는다

지천에 치유 심지 돋우며
호연지기까지 길러주는
산까치 맑은 빛 쪼아 대며

빨랫줄에 펄럭이는 바람
누더기 벗어 던지듯이
꽃향기 수액 마시며 오른다

아카시아 찔레꽃 향기는
때 죽 꽃나무 재 너머로 솔바람 일렁이며

흙 내음 가득한 자드락길에
새소리 영롱하게 들리며
눈빛 맑게 씻어 설레게 한다

꽃잎은 푸른 물결 숲에서 생을 마친다 해도
여린 잎새에 햇살 바르며
신록의 꿈 키워 가는 산달에
오월의 숲 꽃 사이로 눕고 싶다.

가을이 참 좋다 / 강순옥

뜨락에 곱게 내려
말을 건네온 가을의
숨결 소리가 참 좋다

바스락 바스락
꽃잎 길 찾은 그리움이
하늘 뜻 옴이 참 좋다

허전한 마음 채워주는
꽃잎 향기 추억들이
알알이 맺어 오곡백과
손길 바빠도 참 좋다

누가 이 가을을
가져다 놓았을까
마른 꽃잎에 웃음
쏟아낸다.

달금이 사랑 / 강순옥

달금이 젖 뗀 지도
꽤 오래됐는데
엄마하고 부르면
와락 눈물이 쏟아진다

산전수전 다 겪으면서
단맛 쓴맛 잊을 만도 하는데
엄마 손 감칠맛만 찾고 있다

각본 없이 피어난 들꽃처럼
이쁘다 말 삼킬수록 그리워서
영화처럼 쑥부쟁이 곁에 누니
먼 산 위 하늘바람 꽃잎 휘둘려가고

젖가슴에 묻힌 새끼손가락
아직도 옛 동산 추억만 그리다
가을빛 홀로 마시는 그리움 따라
깊은 밤에도 산모롱이 돌아간다

오늘도.

단풍나무 아래서 / 강순옥

언젠가는
너처럼 화려한 날이
올 거란 생각에
물들이는 이 순간에도
상한 마음 곱씹지 않아 좋다

푸르던 잎새 쏟아지는 햇살도
불꽃처럼 활활 타오르다
꽃잎처럼 말라 버린다 해도
눈 앞에 펼쳐진 생의 빛깔이 참 좋다

보면 볼수록 빠져드는 숲에
머무는 바람소리 사연 달고
낮술 취한 듯 벌겋게 달아올라

낙엽 되어 떨어지는 가을은
그리움 담아내는 모가의 법칙
험담해도 쉬어가라 해서 참 좋다

산 등에 곱게 그려내는 빗살무늬
정 묻는 굴뚝 연기처럼 피어올라
한 줌 재로 남긴 벗이어서 더 좋다.

겨울 산 / 강순옥

햇살이 안긴
겨울 산에 오르면
사방 길 뚫어 있어 참 좋다

낙엽 수북이 숲 사잇길에
붓 없이 그려내는 빗살무늬
산 까치 사로잡혀 나를 부른다

산실에 해가 길면 길수록
야윈 봄 바닷속 물길보다
더 깊숙이 말려든다

하늘과 맞닿는 산세
숲속에 발길 닿은 곳마다
숙연해지는 오감들 기도가 되어

삶 속의 품은 어휘가
노래하듯이 시를 읊는다

어쩌면 그들의 어울림이 좋아
내 온기 고갯마루에 내어주며
산이 좋아 오르고 또 오른다.

시인 강한익 편

♣ 목차

시낭송 QR 코드

제　목 : 가을 속의 여인
시낭송 : 박순애

강한익 시집 "제주의 혼"

 # 프로필

제주 거주
대한문학세계 시 부문 등단
(사)창작문학예술인협의회 회원
대한문인협회 제주지회 지회장
시집 제주(濟州)의 혼(魂)외 공저 다수

 # 시작노트

살아온 날 보다 살아야 할 날들이
길지 않음을 허공을 헤매는 낙엽이
일깨워 줍니다.
굴곡진 삶의 길을 뒤 돌아보면서
아름다운 강산(江山)과 많은 시간을
함께하려 하고 있습니다.
화려하지 않은 늘솔길 들꽃과
마음속에 이야기를 나누며
진솔한 삶의 흔적을 남겨놓고 싶습니다.

이 우라질 녀석 / 강한익

이 우라질 녀석이
나를 붙들고
기해년(己亥年) 마지막 고개를
넘어가려 한다.

눈에 보이지도 않고
붙잡을 수 없는 이 녀석
멱살을 잡고
오른쪽 뺨이 왼쪽으로
왼쪽 뺨이 오른쪽으로 돌아가도록
갈겨 버리고 싶다.

보잘것없는 육신(肉身)을
야금야금 갉아 먹으며
가끔은 뇌(腦)의
세포(細胞)까지도
아가리 속에 담으려 한다.

아무리 붙잡으려
발버둥을 쳐봐도
잡을 수 없고
늘 보이지 않는 곳에서
바짓가랑이 끌어당기는

이 우라질 세월(歲月)이라는 녀석
멀리 떼어 버리고 싶다.

가을 속의 여인 / 강한익

떠나가는 가을이 아쉬워
매지구름 하늘을 가리고
하염없는 눈물을 쏟아붓고 있습니다.

연둣빛 점퍼에
자주색 배낭을 둘러업고
빨간 우산을 받쳐 든 가을 속의 여인
백석동천(白石洞天)의
품속을 헤집고 있습니다.

어미 품을 떠나
이리저리 헤매는 단풍잎은
여인의 가슴을 더듬으며
알지 못할 서러움을
털어놓습니다.

아스라이 보이는 보현봉의 정겨운 미소
심장 속에 고이 모셔 놓고
길섶에 즐비한 낙엽의 사체를
미안스레 밟으며
고운 발걸음 어느 곳을 향해 가는지?

불룩한 배낭 속에
들꽃의 향내를 듬뿍 담고
떠나가는 가을을 동무 삼아
또 다른
행복의 숲을 찾아가나 봅니다.

운수 좋은 날 / 강한익

동녘 하늘의 여명(黎明)은
단잠을 이루고 있고
꿈속에서 헤매는 늙은 오랜 친구
나의 애마를 흔들어 깨워
칠흑의 어둠 속을 헤쳐나갑니다.

내뿜는 자동차의 밝은 빛에
길가 가로등이
곱지 아니한 눈길을 보내고 있으나
치열한 마스크 전쟁
승전의 꿈을 머릿속에 그려봅니다.

길게 늘어 서 있는 희미한
사람들의 형체가 시야(視野)에 들어와
서둘러 꽁무니에 몸을 맡기고
이른 봄 소소리바람에 옷깃을 여밉니다.

오랜 기다림의 시간
게슴츠레 눈을 뜬 여명(黎明)이
벽에 붙어있는 안내판을
선명하게 비추어줍니다.
“85명 선착순 판매”

서너 시간 기다림 끝에
작은 쪽지 85번 손에 넣었습니다.
참으로 운수 좋은 날입니다.

이상한 여인 / 강한익

여느 화보의 모델처럼
뭇 남정네의
눈가를 간질이는
늘씬한 미모의 여인은 아니다.

옛적 고왔던 얼굴에
세월이 흔적 드리워져 있지만
청순한 삶의 무게를 느낄 수 있으며

허브향이 짙은 향내가 아니라
은은한 들꽃의 향기가
걸음걸음에 피어오른다.

간간이 흘리는 미소는
늘 솔길 귀퉁이 산수국처럼
화려함이 아닌 겸손과 배려의
은근한 향내가
하늘나라 어머니의 품속을
떠올리게 하고

세월이 갉아먹다 남겨진
노목(老木)의 가슴에
새싹을 피우려 한다.

참으로 이상한 여인이다.

상팔자(上八字) 3 / 강한익

흘러가는 세월(歲月) 속에
몸을 담그고
고희(古稀)의 고개를 넘어섰는데
서너 시간 산길을 누빌 수 있으며

늘솔길 산새들
아름다운 하모니와
꽃 피고 지는 사연들을
가슴에 담을 수 있다.

눈보라 폭풍우 몰아치면
누추한 둥지 속에 찾아들어
보글보글 된장찌개에
막걸리 한 사발 들이키고

하늘과 구름에
동냥한 시어(詩語) 한 구절
흥얼거리는
어쭙잖은 시인(詩人)!

이만하면 상팔자(上八字)인가?

사람을 찾습니다 / 강한익

어느 곳 하나
흠잡을 데 없는
완벽한 사람보다
조금은 허술한 듯한 사람

마음의 창문을
꽁꽁 걸어 잠근 사람보다
한 귀퉁이
항상 열어놓고 있는 사람

장미꽃 짙은 향내가 아닌
들꽃의 향기처럼
소박함의 은은한 향기를
뿜어내는 사람

스스로 자세를 낮추어
이웃에 사랑을
아낌없이 베풀고
기쁨과 슬픔을 나눔 할 수 있는 사람

스스럼없이 다가설 수 있고
외로움을 호소하면
등을 토닥거려 주는 사람

흘러가는 세월
붙들어 매고
아름다운 계절 가을을
함께 노래 할 수 있는

사람을 찾습니다

섬머리 포구 / 강한익

고기잡이 통통배
가슴에 보듬어 안고
파도꽃 노랫소리에
장단 맞추며

사나운 된바람
품에 안아
토닥거리며
허공을 헤매는 갈매기에
사랑의 미소 띄워 보낸다.

하얀 옷 빨간 옷
쌍둥이 등대
그리운 임 오시는 길
불을 밝히고

야트막한 오름 자락에
묘비 없는 무덤의 주인은
그 누구를
애타게 기다리는 것일까?

*섬머리 포구: 제주시 도두항

기분 좋은 날 / 강한익

아프지 말고
오래 살아 보겠다는 생각에
독감 예방접종을 하러
보건소를 찾았다.

예년보다
조금은 까다로운 절차를 거쳐
팔뚝에 따끔함을 느끼며
이상한 물방울 몸속에 담고
반 시진을 기다리라 한다.

웬일인가?
마스크로 얼굴이 반쯤은 가려 있지만
상당한 미모(美貌)와
늘씬한 몸매의 아줌마가
옷소매를 잡아 이끈다.

그 기능(機能)은 상실(喪失)한 지 오래지만
얼굴이 후끈 달아오른다.
"어르신! 치매 검진 무료에요,"
공짜라면 양잿물도 마신다는 속담을
머릿속에 떠올리고
팡팡한 여인이 궁둥이에 눈길을
쏟아부으며 뒤를 따른다.

"축하합니다. 만점입니다."
치매 검진 직원의 말과 함께
자그마한 선물꾸러미 손에 쥐여준다.

참으로 기분 좋은 날이다.

바보 같은 인생(人生) / 강한익

천 년을 살려고 하였는가?
만 년을 살려고 하였는가?
아침이 오면 저녁이 오고
꽃이 피면 지듯
기껏해야 한 백 년의 삶인걸

세월(歲月)이 흐름도 모른 채
그 무엇을 움켜쥐려
아등바등 몸부림쳤는가?

언젠가 때가 되면
홀라당 벌거벗은 빈 몸으로
모든 것을 버리고
떠나야 할 것을......!

내세울 것 하나 없는
참으로 바보 같은 삶임을
하늘에 매지구름이 일깨워준다.

좁다란 가슴에
허허로움만 가득하고
서산에 걸터앉은 저녁노을이
손짓을 하며
걸음을 재촉하게 한다.

당신은 누구십니까? / 강한익

어느 날
거울 속에서
낯선 노인이 나를
올려다보고 있습니다.

볼품없는 얼굴에
헝클어진 백발(白髮)
군데군데 그려진 검은 골짜기
세월의 흔적이
드리워져 있습니다.

“당신은 누구십니까?”
하고 물었습니다.
대답을 하지 않습니다.

살아온 날보다
살아야 할 날이
많지 않은
곱지 아니한 모습을
물끄러미 올려다봅니다.

“당신은 누구십니까?”

시인 기영석 편

♣ 목차

시낭송 QR 코드
제 목 : 나무
시낭송 : 최명자

 # 프로필
경북 예천 거주
대한문학세계 시 부문 등단
(사)창작문학예술인협의회 회원
대한문인협회 대구경북지회 정회원
대한창작문예대학 졸업
문예창작지도자 자격 취득
대한창작문예대학 졸업 작품 경연대회 금상

 # 시작노트
미로 속에서 헤매던 지난날의 기억들이
자꾸만 내 마음을 울컥하게 한다

나름의 아름답던 삶을 망각한 채
운명처럼 찾아온 절망의 긴 터널
나약함은 마음을 비우고 살라 하고

높은 산을 오를 때 숨이 차고 힘들면
바위에 주저앉아 스치는 바람에 하소연하듯
가진 것이 없어도 배움이 행복임을 알았다

우듬지의 바람 소리가 숲속을 차게 하고
저녁 해 질 무렵의 붉은 노을이
더 아름답듯이 무한의 글 밭으로 나래를 편다

송린 / 기영석

큰 무덤가 아름드리 도래솔
푸름을 간직한 채
쩍쩍 갈라진 삶의 흔적
인고의 아픔은 고름 되어 흐른다

햇발에 찬 서리 사라지고
솔가지 매달린 수많은 사연
땅속 깊은 곳으로 꼭꼭 숨긴다

솔바람 부는 날이면
이파리들은 윙 윙
은은한 합성처럼 소리치며
당당하게 살아가는 소나무

그 옛날 추억들은 옹이가 되었다.

핑크색 편지 / 기영석

노을 지는 강 언저리
소녀의 가녀린 자태는
쪽빛 물결처럼 일렁입니다

사랑도 모르며 사랑한다고
긴 밤 지새우며
또박또박 긴 사연을 써봅니다

애틋한 사랑의 편지
가슴속으로 스며드는
옛 소녀의 그리움이 설렙니다

계절은 기다려 주지 않고
힘없이 떨어진 낙엽을
바람이 등에 업고 뛰어갑니다

새벽 비 / 기영석

유월의 마지막 날
밤새 땅을 두드리며
장맛비가 고요를 깨운다

잠들지 못한 뇌리에는
수많은 사연이
찰나에 왔다가 사라지고

그때의 모든 인연은
저 멀리 떠나가고
그날의 기억에 눈을 감는다

미치도록 보고 싶은
영화의 주인공처럼
회한에 긴 밤을 새운다

가을 동행 / 기영석

나는 너를 사랑했고
너도 나를 사랑했다
함께 부대끼며 살고 있잖아

비 오는 날에는 눈물을 흘렸고
더운 날엔 그늘을 만들며
바람 불면 넘어질세라
부둥켜안은 채 반춤을 추었다

어느새 찾아온 가을
차가운 강바람에
바스락바스락 속삭이며

익어가는 너와 나의 사랑도
노을 지는 강가에서
한 생의 갈무리를 해야겠지

배롱나무 / 기영석

비가 부슬부슬 내리는 날
입교당 뒤뜰에
화사한 선홍빛 꽃을 피웠습니다

백일동안 꽃송이를 피우며
길 떠난 유생이 그리운지
여린 꽃잎은 빗방울에
축 처진 채로 애처롭습니다

4백 년의 긴 세월은 짧은지
어찌 한 자리를 지키시며
수많은 선비를 길러 내셨습니까

매끄러운 줄기에 꽃을 피워
계절을 참고 기다리는
청렴과 부귀를 임께 배워 갑니다

하늘재 / 기영석

자연의 위대함을 품은
포암산과 월악산은
그 옛날 그대로인데

마의태자와 덕주옹주
망국의 한을 품고
피눈물을 흘리며
넘었다는 고갯마루

억겁을 지켜온 바위
청명한 하늘의 구름까지
처연한 마음 달래면서

수많은 사연 서려 있는
계립령 숲 속 오솔길을
천천히 오르고 내려간다

아내의 국화꽃 / 기영석

황금처럼 빛나는 꽃
한 송이 두 송이
그 모습 아름답구나

실바람에 여린 꽃잎
수줍은 듯 미소를 짓는
국화 옆에 앉아서

너의 자태에 취했는지
예쁘다고 입 맞춤하는데

행복한 웃음 볼 수 있게
찬서리 올 때까지
곱게 오래오래 피어라

장마 / 기영석

비 오는 에움길 따라
뭐가 그리 좋은지
흥얼거리며 콧노래 부른다

며칠간 계속 내린 비로
파리한 농작물은
일어나지 못하고 누워있다

우산 속 스며드는 생각들
저 멀리 밀려오는
비구름이 괜히 미워진다

그칠 줄 모르는 장맛비는
지루하게 이어지는데
햇볕이 그리워지는 산책길

줄 장미 / 기영석

꽃이 나를 보고 웃고
나는 꽃을 보고 웃는다

새빨간 장미꽃이
향기 없고 화려해도

바람 불고 때가 되니
꽃잎은 떨어지고

고운 모습 사라지는 건
우리 인생과도 같구나

구절초 / 기영석

야트막한 산길 언덕배기
하얀 면사포를 쓴 채
고운 미소를 짓는 저 여인

찬 이슬 맞으며
파리한 몸으로
임을 기다리다 지쳤는지
초췌한 모습이 몰골이다

애절한 사연 묻어 놓고
만남의 기다림도 잠시뿐
계절 가면 홀연히 사라지겠지

시인 김국현 편

♣ 목차

시낭송 QR 코드

제 목 : 추억이 그리움으로
시낭송 : 박영애

 # 프로필

울산광역시 거주
대한문학세계 시 부문 등단
(사)창작문학예술인협의회 회원
대한문인협회 울산지회 정회원
<공저>
시, 길을 가다, 어울림 외 다수

 # 시작노트

이곳에
꿈과 사랑과
행복을 곱게 포장하였습니다

어느새
별이 되어 반짝이고
보름달이 떠올랐습니다

생각하면 할수록
마음속에
새싹이 돋아나
추억의 창가에
높고 푸른 하늘이 열렸습니다

마음 안에서
시와 노래의 바람이 불어오면 언제나
꿈과 희망이 솟아납니다

어머니 얼굴 / 김국현

비가 내려 냇물이 되고

시냇물이 강물로

강물이 모여

바다가 되었습니다

그

깊고 넓은 바다는

바로

어머니의 마음이었습니다

그래서

바닷가에 서면

언제나

눈시울이 뜨거워집니다

목련 / 김국현

이른 아침
흰 면사포 쓰고
무엇을 생각하는지

이슬에 젖은 얼굴로
쓸쓸하게 웃는 것을 보니
꿈속에서 만난 그대와
기약(旣約)도 없이 깨어났구나

많이
쓰리고 아프겠지

돌아서면 떠오르는
그대 얼굴 생각하며
아쉽다는 말 뒤로하고
웃고 있어야 하는
그 마음

언젠가
나 역시 그랬었지.

가을엔 / 김국현

이 가을에는

기대했던 여행
먹고 싶은 음식
보고 싶은 사람
흑백 영화 보며 흘렸던 눈물마저 없어도

보름달 같은 하얀
낙엽의 노랫소리
엄마 품속 같은 하늘에
울려 퍼지는 교향곡
수줍어하며 흐르는 잔잔한 호숫가에서
연둣빛 노을 보며
영글어가는 가슴 풀어헤치고

분홍빛 보자기로
전설처럼 애간장 녹이는
소슬한 무지개 향기
그대에게 보내야겠다.

그래, 그래야지 / 김국현

그래
그래야지
바보라고 말하면 바보가 되고
나쁘다고 손가락질하면
나쁜 놈이 되어주는 거야
억울하지만
그래야지

태풍 오는 날
바람까지 몰고 와 평지풍파 일으킨
천하에 몹쓸 짓 했다고 하면
이 모든 것이 내 탓이라고
그래야지
그래야
푸른 하늘을 볼 수 있거든

여름 햇살 받으며
차이고 밟히는 고통으로
길에 피어난 꽃도
여전히
향기는 나더이다.

찔레꽃 / 김국현

산 아래 양지쪽
흰 양산 들고
소담스럽게 미소 짓고 있다

향기에 유혹되어
가까이 다가가
꽃 내음 맡는 순간
가시가 콕 찌른다

아!
숫처녀를 건드렸구나.

산속 친구들 / 김국현

한동안 내리던 겨울비가 거치더니
구름이 산 정상으로 거북이걸음 하는
정오 오솔길에
솔잎과 나란히 앉아 놀고 있던 새들이
인기척에 숨느라 허둥대고
까투리, 꿩 새끼도 놀라 아장아장
달아나다 넘어지니
소나무가 빙그레 웃으며 손잡아 준다

도토리 줍던 다람쥐는
상수리 나뭇가지에 기웃거리고
제법 어른 행사하는 고라니조차
내 살려라 도망간다
아는 척은 하지 않아도
그냥
놀아도 될 터인데 바보처럼
빗물로 씻은 듯한 장대 바위는
혀를 차며 꾸짖는다

자주 왕래하는 길인데
통성명을 하지 않아서인가
내가
그렇게도 무섭게 생겼나.

여름밤 / 김국현

은하수 쏟아져
내리는 날

귀뚜라미 소리와
개구리 노랫소리

하나, 둘
곱게 포장했었지요

그대와
꿈속에서 만나
함께 듣고 싶어서.

추억이 그리움으로 / 김국현

하루가 저무는 강가
밤 지새우며 물안개 피고
영롱한 보석처럼 여물던 사랑의 맹세가
아침 햇살로 다가왔습니다.

운명처럼 다가온 당신의 미소는
교향곡으로 들려왔고
서릿발 엄동 겨울 지나
봄바람의 온기를
온몸으로 느꼈습니다.

사랑 뒤에 흔적이
당신의 가슴에 상처가 될 줄
진정 몰랐습니다.

흔들리는 국화 한 송이
홀로 피게 했던 나는
아픈 추억 속에 울고 있습니다.
당신에게 주고 싶은 것은
추억은 그리움으로,
행복으로 승화시켰으면 좋겠습니다.

지울 수 없는 발자국을
향기 나는 꽃으로
스쳐 가는 바람으로
추억이 그리움으로 남았으면 좋겠습니다.

민들레 홀씨 / 김국현

노란 민들레꽃

홀씨가 되어

공중으로 날 준비를 하고 있어

가까이 다가가

흔들었더니

내 품속에 들어와 안겨버렸다

야!

요것도 꽃이라고

남자 냄새 기차게 맞는구나.

한 밤 / 김국현

달과 별을 가득 담은
수정처럼 맑은 개울가
그늘진 수양버들 아래
개구리들이
강강술래로 즐거워하며
함께 놀자고 불러주어

흥겨운 장구 소리 따라
앵두 같은 사연 가지고
찾아온 그대와

만지면 터질듯한 볼
풀잎 향기
윤기 나는 흰 얼굴
숨 막히며 떨리는 손
꼭 잡고 돌고 또 돌다 보니

어느새
모두들 떠나가고
그대와 나의 아늑한 공간을
한없이 채웠습니다.

시인 김귀순 편

♣ 목차

★ 시낭송 QR 코드

제 목 : 진작에 몰랐네
시낭송 : 박남숙

 # 프로필

경북 안동 거주
대한문학세계 시 부문 등단
(사)창작문학예술인협의회 회원
대한문인협회 대구경북지회 정회원
대한창작문예대학 졸업
대한창작문예대학 졸업작품 경연대회 금상

 # 시작노트

회갑도 지나고
진갑이 다가오는 나이에
새삼 돌아 본 발자국은
선명하지 않은 아쉬운 세월이었다

한없이 작아진 가슴에
기약 없이 약해진 마음을
채울 길 없어

백지에 그려 본 그림이
가슴을 채우고
마음을 치유 하더라

하여 남은 인생
틈틈이 백지 위에
나를 위한 삶을
수 놓아 보련다.

졸음껌 / 김귀순

가물거리는 고속도로 가로등이
희뿌연 안개비 이불 삼아
꾸벅꾸벅 졸고 있는 새벽녘

어제와 오늘을 넘나들며 달리는 눈은
주렁주렁 매달린 졸음을 떼느라
무거운 눈꺼풀을 연신 깜박인다

영문도 모르고 질근질근 씹혀서
버려지는 그는
소임을 다했노라 행복한 버려짐에
만족하리라.

농심 / 김귀순

늦은 갈바람이
겨울을 재촉하는
비를 부르고

미처 거두지 못한
널브러진 곡식들은
알알이 떨어져
바닥에 뒹구니

농부는 안타까움에
찬비 맞으며
한톨한톨 줍는
바쁜 손길은 춤을 추고
마음은 콩을 볶는다.

계 모임 / 김귀순

농익은 다섯 꽃송이
참 예쁘다

푹~ 익어서
더욱 향기롭다

잘나지도 못나지도 않은
넘치지도 모자라지도 않은

다달이 예쁜 꽃 피우는
다섯 꽃송이

지지 않는
영원한 꽃이어라.

회갑날 / 김귀순

옥빛 하늘엔 뭉게구름 유유자적
살랑살랑 이는 바람에
신록은 눈이 부시다
회갑날의 축복일 게다

육십 해 전 오늘도
누렇게 익은 겉보리 도리깨질하고
코가 무논에 닿도록 허리 굽혀
모심기할 때

어머니 아랫배 틀어 나온
둘째 딸에 눈물 삼켰으리라
남아 선호 사상에 산후조리도 못 하시고
무거운 몸 삼복더위에 지쳤으리라

내 편인지 남 편인지 아리송한
평생지기와
황소고집에 속 깊은 맏이와
가려운 곳을 먼저 알고 긁어주는
막내가
엄마가 좋아하는 물회 먹자고 보챈다

밤낮 자식 걱정에 잠 못 이루어
아침밥이 모래알 같다는
구순 어머니 모시고 시원한
물회로 삼복더위 식혀야겠다.

진작에 몰랐네 / 김귀순

어릴 적 엄마가 불러주던 자장가는
당신의 애절한 흐느낌이었음을
진작에 몰랐네

장성한 자식에게 가냘픈 무릎 내어 주며
구구절절 옛이야기 들려주시던
떨리는 목소리는
당신의 한을 풀어내는 절규였음을

새파랗게 젊은 꽃 청춘에
하늘여행 떠나신 지아비를 그리며
삼 남매에 쏟아부은 한평생 세월
그리움으로 얼룩진 사랑 표현임을

모진 세월 한숨과 눈물로 피워 낸
꽃 세 송이 철들쯤에
지아비 찾아 나서려는 당신께
내 무릎 내어 드리고
내 노래 들려 드려야겠네.

파도야 / 김귀순

갯바위에 둘러앉아
젊음을 과시하던
청춘들의 뺨을 때리고
흩어진 근심 걱정 쓸어 버리던

파도야 기억하는가?
가버린 우리들의 젊음을
파도에 부푼
물거품 같은 추억들을

긴 세월 흘러
젊은 날의 추억이 그리워
다시 찾은 동해의 파도
너도 나처럼
많은 세월 견디었나 보구나

수평선 나는 물새 한 마리
끼룩끼룩 울리며 소식 전하려무나
그리운 그대들에게.

강 나루터 / 김귀순

나룻배 사라진 강 나루터에
붉게 내려앉은 석양으로
빨려들 듯
물새들은 작은 점으로 사라진다

오곡이 풍성한 옛날 어느 가을
우리 언니 나룻배 타고
시집 가던 날
두 다리 뻗쳐 목 놓아 통곡하시던
홀어머니를 달래지 못하고

강나루 모래밭에 주저앉아
홀로 흐느끼며
애꿎은 모래 한 줌 집어 던지던
옛 나루터

나룻배와 뱃사공은 세월 따라 사라지고
인적 끊긴 나루터엔
긴 머리 풀어헤친 수양버들
저녁노을에 머리 감고
갈바람으로 빗어 내린다.

돌 캐는 여인 / 김귀순

서릿발 하얀 개울가
봄을 부르는 개울물 정겹게 흐르면
닳아서 뭉툭한 호미 한 자루
날마다 돌 캐는 소리 바스락바스락
개울물 따라 흘러내린다

풍문으로 떠도는 전설을 매달고
그녀는 날마다 둥근돌 모난돌 캐고
그 자리에 매달린 전설 꾹꾹 눌러서
묻어두려나 보다

하늘 같은 지아비 남긴 유산
옆구리에 끼고
울부짖는 자식들 뒤로 한 채
반질반질한 연하의 제비 손잡고

깊은 계곡 자갈밭 일구는 그녀
굽은 등에서 후회와 그리움이
묻어난다.

삶 / 김귀순

앞서 달리는 세월 따라
숨 가쁘게 뛰어 봐도 제자리
돌아보니 뛰는 건 나이였다

봄 지나 여름 가고 가을은 무르익어
겨울을 재촉하는 찬 바람에
퇴색되어 낡은 옷자락마저 떨어지면
떨고 있는 가지들 바람을 원망하리라

아~ 나는
돌아보지도 않고 달리는
세월을 원망할까
거울 보기 두려운 주름진 얼굴에
서리맞은 백발을 원망할까

세월은 뜀박질하고 마음은 성급하니
갈 길은 멀기만 한데
길을 막는 장애물들은
느리게 가라 하고

지칠 줄 모르는 세월은
사정없이 등 떠미니
뛰다가 걷다가 지쳐 넘어져도
다시 일어나는 삶이어라.

옹이 / 김귀순

그대가 남긴 상처가
너무 아파서
세월이란 약을 바르고 덧발라도
흉이 남아 매끄럽지 않나 봅니다

마음에 드리워진 그리움이
너무 무거워서
버리고 버려도 가볍지 않아
마음이 휘어졌나 봅니다

매끄럽지 않고 휘어진 마음으로
살다 보니 상처 난 그 자리
옹이 되어 굳어졌나 봅니다

긴 세월 떼어내지 못한 옹이
갈무리하고 살자 하니
작은 가슴 무거워서
허리가 휘어집니다.

시인 김노경 편

♣ 목차

시낭송 QR 코드

제　목 : 사랑처럼 목이 탄다
시낭송 : 최명자

 # 프로필

충남 천안 거주
대한문학세계 시 부문 등단
(사)창작문학예술인협의회 회원
대한문인협회 대전충청지회 정회원

 # 시작노트

시는 사랑처럼 살아있는
의미와 이유이다
이유는 자유 같은 증명의 수단이기 때문이다
우리는
이것들 때문에 살아야 한다
시와 함께 사는 영혼 그것은
최고의 가치이며 존재 이유이다

기다리는 축복 / 김노경

특별하게 비워둔 오늘
사계 장난질에
외로운 비처럼 젖은 낙엽
뒤척이는 잠자리

가슴 세월에 흐르는 눈물
늦은 시간 커피향에 발길을 묶고
주저앉은 오늘이
색바랜 달빛을 마주하고 있습니다

이처럼 가슴 넘치고 놀라지만
축복을 기다리는 거야
곱디고운 사람 소리
어렵게 마주치는 문창살 현실이다

사랑처럼 목이 탄다 / 김노경

미안한 눈물은

태양이 하늘에 부딪혀
바람 이는 고통처럼
파도 소리에 모래 씻기듯
내뱉는 한숨입니다
사랑한 만큼 아파서 그리운 사랑

오늘 지금이 과거의 주인인 것을
스치는 감정의 착각 속에서
현실의 번뇌 같은 몸부림의 고통
그 심사도 모르는
바보 같은 사람입니다

허수아비처럼 낯선 후회
나 같은 계절에 물들고 있습니다
가득 찬 달빛 번뇌에 머물고
서러운 울음소리는
찬 이슬에 적셔 들고 있습니다

사랑에 아프지 말고
사랑하는 자유에 아프기를
세월로 맞이하는 아침 하늘
고독한 법륜을 굴리는 그이는
나 같은 자유를 알려나

오늘 하루 / 김노경

멀어지면서 또다시 그리움
죽을 것 같은 사랑에 목을 적신다
기억만큼 아파지는 슬픈 독백
하지만 죽을 순 없다
영혼의 약속은 그런 것이 아닙니다

저녁나절 피곤하게 지친 웃음이
하얗게 텅 빈 오늘 하루는
어찌했는지 말을 건넨다
나를 위한 시간은 모르겠고
힘든 하루였나 봅니다

현실 뜨락 거울에 비치는 모습을
바라보긴 싫지만
붉은 잎새 고독한 무덤은
나 같은 환생의 몸짓입니다
아마도 자유를 밟고 떠나고픈 욕심일 겁니다

쪽빛 가랑비 오늘을 훔치는 소리
튕기는 흙바람 냄새
가슴은 가랑 골 사이로
슬프게 피곤한 오늘 하루치 독백을
그냥 오늘처럼 가져간다

여기 이 자리에 / 김노경

이곳에서 사랑할 겁니다
여기에서 행복하겠습니다
감사해서 사는 것을 보려고요
그곳에는
이 자리에 있는 것들이 없습니다

지금 여기
이곳에서 내가 없다면
그 순간에서도 없습니다
지금 이 현실에서 갖고 버리고
그렇게 하겠습니다

햇빛 노을에 불타버린
난초의 향 내음 여전하고
낡은 벽 멈추어버린 시간 그림자
그래도 세월이 오가는 여기서
오늘을 살게 하는 나를 사랑합니다

달그림자 별이 되다 / 김노경

우리 같은 나의 자유는
이별 여정의 쉼터 속 연좌일 거에요
꽃술 항아리 머리에 이고
여러 갈래 가슴들입니다
사방처럼 끝이 없는 자유입니다

달빛 마음 하늘 가장자리
사모하며 마주친 헤맴 속에서
아직도 주인을 찾을 수 없는
고독한 체취
꽃잎 떨어지는 가슴 꽃내음입니다

박해를 마시고 사는 황금빛 허상
신에 대한 도전의 눈길
그래도 천지 아래 심판대에
신의 감동은 따르지 않는다
내 마지막 사랑은 구속된 자유

믿음이 신앙을 부정함은
분별력에 의한 선택은 가능하다
신들의 침묵을 거부함은
자유를 포기한 것입니다
우리 인간은 여기까지 일 거야

향기 날리는 평화
꽃이 피어나는 자유의 조건
신처럼 노는 것이 자유입니다
달그림자 별 이 되는 아픔은
아마도 이런 것이 아닌가요

추억 가슴에 물들다 / 김노경

한잔할래요
아니 싫어요
듣는 귀
말하는 입술
어느 날 그리운 시절
그 시절이 그리운 시간

꿰매고
엉킨 실타래 풀어
사랑을 전하는 마음 소리들
하얀 밤 맞이하는 새색시처럼
예쁜 사랑 불그스레 한 그리움 속
흔들리는 투명한 자유들

그리운 색깔로 화장해 주는
추억들의 그림자들
나에게 말하세요
사랑에게 물어보지 말고
아낌이 아닌 보살핌처럼
내 마음도 보살핍니다

이사이로 쪽빛 물들임
눈 뜨고 있는 풍경 소리처럼
자유 같은 가슴들이
오늘도 마음 자락 옷깃을 여미고
어미 손길이듯이
사랑을 쓸어내리고 있습니다

사랑 넋두리 / 김노경

달빛 훔친 사연도 좋지만
행복한 기쁨을 건네주는
사랑 같은 사람이 있을까요
기억하고픈 추억을 기다리는
세월이 야속하기만 합니다

가슴 저린 갈대밭은 불타올라
내뱉는 한숨으로 비아냥거립니다
꿈꾸는 기다림은 생선비린내처럼
어색하기만 합니다
기다리면 어떻게 될까요

먼 산자락 인기척
비 맞는 우산 소리에
아침이 추적추적 질퍽거리며
사람처럼 깨어난다
나만 깨어있는 건 아닌가 봅니다

가슴이 만나는 사랑이
주책입니다
오랜 동무 같은 사람
사람처럼 사랑 같은 그리움
내 사랑은 이렇듯
흥분된 자유이었으면 합니다

달빛 그리움 / 김노경

아침이면
햇살 사랑으로
당신을 찾고

저녁이 되면
달빛 그리움으로
당신을 봅니다

산바람 이슬 되어
내 마음 적시면
당신의 미소로 오늘을 껴안는다

비원 / 김노경

내가 먼저인 사랑은 없습니다
그것은 사랑이 아닙니다
보이는 그리움이어야 합니다

내가 우선인 사랑은
기억 속에 갇힌 빈 굴레 속
비원 관계입니다

나 다음 사랑은 슬픔입니다
바램 없는 흔들림은
허상의 망각일 뿐입니다

내가 있어서 나가 아니고
마음을 밝고 서
지금이 나인 겁니다

모든 것들은
다음을 위함이지만
사랑은 지금입니다

낯선 슬픔 / 김노경

그냥 원망할 줄도 모르고
세월을 살아요
어제 같은 추억이 찾아와서
그리운 말만 하고 가네요

난
이게 전부인 줄 알아요
낯선 슬픔 이 말을 걸면
그냥 웃는 게 전부예요

시월 낙엽 이 오는 줄 알았는데
파란 구름 코스모스 웃음이
저녁 바람 옷자락 소리처럼
발걸음만 재촉하네요

시인 김락호 편

♣ 목차

#프로필
(현)(사)창작문학예술인협의회 이사장
(현)대한문인협회 회장
(현)도서출판 시음사 대표
(현)대한문학세계 종합문화 예술잡지 발행인
(현)대한창작문예대학 교수

#시작노트
내 통장에는 잔고가 없다

바쁘다는 핑계로
기분이 나쁘다는 핑계로
계절을 탄다는 핑계로
그리고 이런저런 탓만 하다 저축을 안 해서이다

삶에서 가장 아름다운 시간을
세상에서 가장 행복한 순간을
뜨거워서 타버린 사랑의 열정을
그리고 오감으로 느껴지는 모든 것을 저축하지 못했다

얼마 남지 않은 삶에서 남겨야 할 것, 버려야 할 것까지도 내 시작 노트에 차곡차곡 저축하는 일을 잊고 방탕한 인생 놀음에 저축해 놓은 시어도 없고, 퇴고할 글도 없어 내 통장에는 잡념만 가득하다.

시낭송 QR 코드
제　목 : 독도, 우지마라 독도여
시낭송 : 박영애

김락호 시집
"내게 당신은 행복입니다"

김락호 시집
"눈 먼 벽화"

김락호 장
"나는 야

겨울에 병든 허수아비 / 김락호

하늘이 울어도
그는 거기 서 있다

아니 두 다리가 땅에 박혀 도망갈 수 없었다

지나던 참새가 똥을 싸대도
붉은 입술의 낙엽이 이별을 선언해도
그는 거기서 말이 없어야 했다

삶의 무게를 짊어진 허수아비는
이제 겨울비를 보지 못할지도 모른다

아니 병든 겨울을 보기 싫어서 일지도 모른다

그가 만든 허상의 세상은
마지막 겨울비가 오기 전 누워야 한다

들판에 버려진 삶은
흰 눈이 만든 빛의 그림자를
부신 눈을 감추며 또 다른 내일에 잠든다.

독도, 우지마라 독도여 / 김락호

곧은 듯 부드러운 선
하늘 높은 곳까지 올려다보며
너는 세상에 외마디를 지른다

오천 년 역사의 한 서린 아픔을 지켜보았노라고

벚꽃으로 위장한 칼날이 너의 살갗을 찢고
어미의 젖가슴에 어혈을 물들이고
아비의 입과 귀를 도려낼 땐
억지로 감춘 고통의 망령을 보아야만 했다

해국이 만개한 돌 틈 사이와
거친 섬제비쑥에 숨겨두고
괭이갈매기 울음소리가
하얀 각혈로 바위를 물들일 때까지
눈물을 감추어야만 했다

너는 거기서 누런 황소가 끌고 가는
꽃상여를 침묵으로 지켜보며
훌쩍이는 요령 소리에 아리랑을 숨겨야만 했다

침묵으로 통곡을 노래하던 독도여
삼키지 못한 억겁의 한이
무거운 약속으로만 남지는 않을 테니
이제는 울음을 거두어라

시린 가슴을 안고 너도 하얗게 새벽을 지키며
희망을 품고 있지 않은가
하늘로 솟구쳐 오르는 미래에 맑은 영혼의 소리를
해가 떠오르는 지평선에다 외치고 있지 않은가

구멍 숭숭 뚫린 몸뚱이는 이제
저 멀리 태평양을 지나 이랑을 만들고
꽃을 피우다가 열매 맺을 것이라고
희망을 노래하지 않는가

이제 오천만이 하나 되어 너에게
무릎을 내어 쉬게 할 터이니
너는 이제 우지마라
우지마라 독도여.

늙어가는 남자 / 김락호

가을비가 내리던 어느 날 길을 가다
갑자기 아랫도리가 묵직하다

이런 젠장 배까지 아파져 온다
큰일이다.

할 수 없이
누런 은행잎 주렁주렁 달린 나무 옆에
힘을 주고 받들었다

그런데, 이 뭐꼬!!!

머릿속은 폭포를 그리는데
현실은 졸졸거린다

은행잎에 떨어지는 빗소리가
내 오줌발 소리보다 크다

마음은 아직 첫사랑이 생각나는데
몸은 늙어가고 마음은 멜랑꼴리하다.

시인 김선목 편

♣ 목차

시낭송 QR 코드

제　목 : 꿈길에서
시낭송 : 박순애

김선목 시집
"그대가 있어 행복합니다"

#프로필

화성 거주
대한문학세계 시 부문 등단
(사)창작문학예술인협의회 회원
(전)대한문인협회 경기지회 지회장
대한창작문예대학 시창작 지도교수

#시작노트

티 없이 맑고 고운
속없는 나신의 백지에
자유로운 영혼이 말로 소통할 수 없는
눈으로 보고 생각으로 추상한 느낌을
한 마리 학이 먹이를 쪼듯이 펜을 잡고
백지 위에 글 짓는 삶의 동반자
내 사랑하는
詩가 있어 행복합니다

강산은 유구한데 / 김선목

살날이 햇살 아래 이슬 같은데
눈먼 욕심에 앞을 보지 못하는 자여!
그림자 쫓으며 밝은 곳을 찾아 헤매니
등 뒤의 햇살이 보이겠는가?

자유와 민주를 외치던 어제를 잊었나?
세상의 이치가 밤과 낮 같거늘
선열들이 흘린 피와 바친 목숨이
아침이슬로 햇살에 빛나고 있지 않은가?

선열들의 정의와 정도로 이어온 오늘,
믿음과 신뢰가 무너지는데
양심도 인격도 잃어가는 자여!
"삼강오륜"을 고리타분하다 하는가?

옛사람들은 오늘을 남기고 죽어 갔거늘
살아 숨쉬는 우리는 자성해야 한다!
자유를 외치는 자는 책임질 줄 알아야 한다!
우리도 내일은 옛사람일 테니까?

꿈길에서 / 김선목

어둠이 밀려오는 창가에
별이 부서지고 달그림자 흐르면
외로워서 차마 천장을 바라보지 못하고
벽에 부딪히는 눈을 감는다.

희미한 벽을 보고 누운 로댕은
떠오르는 얼굴을 폭 감싸 안고
잔잔한 사랑을 꿈꾸며
허전한 가슴에 부싯돌을 비빈다.

힘겹게 살아난 불씨를 간직한 마음에
사랑의 불씨를 가득 담고,
뜨겁게 타오르는 모닥불에
불꽃을 피운다.

뜨겁게 타올라 향기롭게 피어나는
그대의 입김이 잔잔해질 때
어둠의 창가에 빛나는 햇살이
따뜻하게 웃고 있다.

궁평항 / 김선목

노을이 꽃물 드는 곳
내 마음 흘러가는 곳
화성에 바닷가

매향길 갯벌 삼십 리
갯바위 염전의 향수 찾아
천해의 풍경, 풍경 찾아
달려가는 궁평항

꽃물 든 바다 향기
꽃물 든 사랑의 연가
아아, 궁평항에 꽃물이 든다.

별들이 손을 잡는 곳
내 사랑 타오르는 곳
화성에 바닷가

궁평길 솔밭 삼십 리
갯마을 어촌의 향수 찾아
천해의 진미, 진미 찾아
달려가는 궁평항

꽃물 든 바다 향기
꽃물 든 사랑의 연가
아아, 궁평항에 꽃물이 든다.

〈가곡 작시〉

아련한 그리움 / 김선목

흰 눈이 내려 쌓인 저 언덕 위에
길 잃은 발자국 하나, 하나가
하얀 꿈을 남기고 동강을 넘는다.

하얀 눈꽃이 철새처럼 날아가면
사르르 녹는 솜사탕 같은 언 가슴에
두견새 우는 봄의 소리 들려온다.

진달래 붉게 피는 저 언덕 위에
길 찾는 발자국 하나, 하나가
푸른 꿈을 찾아서 서산을 넘는다.

붉은 꽃망울 노을처럼 피어나면
사르르 녹는 솜사탕 같은 꽃 가슴에
꾀꼬리 우는 봄의 소리 들려온다.

〈가곡 작시〉

이런 사람이 좋다 / 김선목

밤하늘 허공 속에서 마주치는
눈빛과 달빛의 만남이
말없이 허물없이 빛나듯
이심전심 눈빛으로 통하는
그런 사람이면 좋겠다.

보고픈 마음에 살며시 고개 들면
살포시 떠오르는 얼굴들
웃음 지며 반겨주는
그런 사람이면 좋겠다.

그리운 마음에 살며시 바라보는
달을 품어준 호수의 포옹
그 깊고 넓은 감동이 흐르는
그런 사람이면 좋겠다.

달 기우는 그믐날에도
달 차오르는 보름날에도
마냥 웃는 정겨운 얼굴로
맑은 가슴 내어 주는 호수 같은
그런 사람이면 좋겠다.

임의 발소리 / 김선목

화려하게 외출한 단풍을 바라보니
아름다운 그 사람 만난 듯이
마음이 설렙니다.

낙엽이 날리는 바스락거림은
기다리는 발걸음 소리인가
옷깃을 여미게 합니다.

낙엽에 쌓인 소망을 밟노라니
그리움에 우는소리인가
애간장을 저미게 합니다.

빨간 낙엽에 덮인 사랑을 집어 들고
돌아보면 그림자뿐,
바람만 스쳐 갑니다.

찻잔에 어린 사랑 / 김선목

남이섬 돌아 청평호수에서
해를 품어 흘러 흘러온 북한강이여!
청풍명월을 담은 충주호에서
달을 품고 돌아 돌아온 남한강이여!

두 물길이 어우러진 팔당 물결에
하늘의 빛과 다산의 얼이 빛나니
침묵하는 임의 빛이 흐르는
한강수는 민족의 젖줄이라!

푸른 하늘의 흰 구름, 먹구름도
푸른 물에 잠겨 유유자적하는
다산의 얼이 담긴 팔당의 수평선은
민족을 사랑한 임의 마음이라!

치사한 사랑 / 김선목

누가 이가 없으면 잇몸으로 살라 했던가?
잇몸은 잇몸이오
치아는 치아더이다

이를 갈며 미워 마오
어금니만 상할 일이로다
송곳니로 씹으려니 속만 상하더이다

앞니가 빠지면 말이 새고
어금니 상하면 죽 쑬 일뿐
자르지 씹지 못하니 속만 상하더이다.

잇몸으로만 살 수 없느니
치사한 이치 그치 저치의 갈림은
임플란트뿐이더이다.

허 허 허 / 김선목

갈바람에 사색의 계절은 나부끼고
텅 빈 들녘처럼 공허한 가슴은
무엇을 비우고 무엇을 쌓았으며
지금은 또 무엇을 찾아 헤매는가?

바람은 슬며시 다가와 옷깃을 잡고
갈대 같은 내 마음을 살랑 흔드니
가슴 한편이 허전하고 쓸쓸하다
가을이 손짓하며 떠난 텅 빈 들녘을
바라보는 눈가에 뿌연 아쉬움만 맺힌다.

봄, 여름, 가을, 겨울을
함께 울고 웃으며 보낸 세월에
사랑했던 사람이 뒷걸음치며 떠난 뒤
산새와 시냇물의 노랫소리가
하늘에 빼곡히 박힌 별처럼 그리운 밤
그리움만 낙엽처럼 마음에 내려앉는다.

가을이 떠난 허허벌판에
올곧게 새를 쫓던 허수아비도
외로움에 새와 친구가 된 허수아비도
아담과 이브의 옷차림으로 서 있으니
그가 바로 나였으면 얼마나 좋을까
그러나 들녘 어디에도 내 모습은 없다
허 허 허.

시인 김소월 편

♣ 목차

한국 서정시의 기념비를 세운, 김소월 // 김소월(1902~1934)

본명은 김정식으로 평안북도 구성에서 태어났다. 정신병을 앓던 아버지 대신 광산업을 하던 할아버지 밑에서 부유하게 자랐다. 김소월은 일제 강점기에 서양시가 아닌 민족의 한과 향토성 짙은 시를 써서 한국의 대표 시인으로 불리고 있다. 김소월의 등단 시는 1920년에 발표된 '낭인의 봄', '야의 우적', '오과의 읍', '그리워' 등이 '창조'지에 발표되었다.

1922년 배재고등학교에 진학하면서부터 '개벽'을 무대로 활약했다. 이 무렵에 '진달래꽃', '엄마야 누나야', '개여울', '금잔디' 등이 발표되었다. 그 밖에도 '예전에 미처 몰랐어요', '못잊어 생각이 나겠지요', '자나 깨나 앉으나 서나' 등을 발표하였다.

1924년에는 인간과 자연을 같은 차원으로 여기는 동양적인 사상이 깃든 영원한 명시 '산유화', '밭고랑', '생과 사' 등이 차례로 발표된다. 우리에게 잘 알려진 '진달래꽃'은 1925년에 그의 유일한 시집으로 매문사에서 간행되었다. 동아일보사 지국을 경영·운영하다가 실패를 맛본다. 그 후 실의에 빠져 술로 전전한다. 33세 되던 1934년 12월에 부인과 함께 술을 마신 뒤 이튿날 음독자살한 모습으로 발견된다. 5,6년 남짓한 짧은 문단생활을 했지만 그의 시는 154편에 이르는 명시를 써서 시혼(詩魂)을 남겼다.

7·5조의 정형률이 들어가 한국의 전통적인 한을 노래한 시인이라고 평가받는다. 향토성과 전통적인 서정을 노래한 그의 시는 노래로도 불려져 오늘날까지도 독자들한테 많은 사랑을 받고 있다.

[네이버 지식백과에서 인용]

못잊어 / 김소월

못 잊어 생각이 나겠지요
그런대로 한세상 지내시구려
사노라면 잊힐 날 있으리다.

못 잊어 생각이 나겠지요
그런대로 세월만 가라시구려
못 잊어도 더러는 잊히우리다.

그러나 또 한긋(한편) 이렇지요
'그리워 살뜰히 못 잊는데
어쩌면 생각이 떠지나요?'

《개벽》(1923.5) 수록

시인 김순태 편

♣ 목차

★ 시낭송 QR 코드

제 목 : 석류
시낭송 : 박남숙

 # 프로필

경북 구미 거주
대한문학세계 시 부문 등단
(사)창작문학예술인협의회 회원
대한문인협회 대구경북지회 정회원
대한창작문예대학 졸업

 # 시작노트

만만하게 보이지 않으려 항상 자신에게 엄격했고 한치의 부끄럼 없는 삶을 누리려고 무단히 노력하며 모습을 가지런히 정갈하게 다듬었습니다

자존감이 강해 나만의 방어선으로 상대방이 먼저 다가오기 전 다가가지 않았고 도도해서 언제나 고독이 따랐고 자신을 사랑함에 소홀했습니다

겉모습은 수줍은 듯 또는 부드러운 곡선으로 유연해 사교가처럼 보이지만 나만의 테두리 안에서 늘 혼자였습니다

옹기종기 모임방서도 방어하듯 항아리 속에 속내를 감추고 미소만 지을 뿐 마음은 고독하고 외로운 에리카같은 시인입니다.

어머니의 여름날 / 김순태

대지를 갈라놓을 것 같은
뜨거운 볕에도 하얀 수건은
풀숲을 떠나지 않았고
하루같이 적삼을 적셨습니다

푸름 속에 붉게 물들인 수줍던 마음
어머니 손길에 붙잡히고
뽀얀 깨알같이 미소만 짓는
넓은 벌판은 언제나
희망가가 흘렀습니다

잠자리 때 한가로이
배회하는 결실이 있는 곳
그곳만 고집하시고
하얀 수건 까맣게 태우며
치자꽃 같은 하얀 미소 짓습니다

난행고행의 손길을 놓아버리신 벌판은
무수한 들풀과 들꽃을 훑는
너울성 파도 같은 바람
나그네처럼 스치고
망초꽃만이 음률 타듯 춤춥니다.

명자꽃 / 김순태

모태에서 갈라선 잔가지
고통의 순산으로
뾰족이 내민 여린 꽃순
꽃샘이 훑는다

포근하던 어미 품속 떠나
꽃샘에 볼이 불그스레
달아오른 너는 명자꽃

고고(枯槁)하던 흔적 위에
마음속 선혈이 비치며
어여쁘게 내려와
수줍게 피워낸 꽃
그 빛이 참 곱다

새까맣게 쪼그라들었던
잔가지에 가엾은 꽃잎
작은 나비 떼 춤추듯
은 홍 적삼 풀어놓은
꽃잎이 경이롭다

상처의 흔적이 남았던 곳
고운 꽃잎 위 포근한 봄바람이
스며들면 좋겠다
내 가슴 속에도 포근한
봄바람이 스며들면 좋겠다.

낙엽의 눈물 / 김순태

봄인 듯 봄인 듯
희망의 길은 어슴푸레 아득하고
골목 어귀 돌아서니
찬바람만 휑하다

장맛비처럼 늘 젖은 모습으로
밟히고 짓이기는 절망인 너를
나는 모른다, 일관하지만
가슴 한편은 늘 저울질하고
무게 감당하지 못해
땅으로 내려오는 의미
모를 리 없다

거목에 매달린 긴 세월
놓을 수 없는 안타까움
자궁 떠나야만 하는 두려움도
삭풍이 휘몰아치는 겨울도
어두운 길은 끝이 보이지 않지만,

아직은 겨울이다
언젠가 다시 돌아올 봄
너는 기지개 켤 준비 하고
희망찬 내일을 위한
환희의 세레나데 부르며
젊은이여 일어나자.

석류 / 김순태

봄볕이 쓰다듬어 깨운다
성급한 걸음으로 거친 길섶에서
잿빛 속에 진주처럼 맑은
이슬을 만지고 나서야
나붓하게 앉아 실눈으로 땅을 본다

봄볕의 부드러운 살결만 갉아먹는 잡초
햇발을 가로챈 양심은 창공에 묻고
샘물처럼 솟아 나오는 침샘 누르며
강산이 변하도록 꾹꾹 눌렀던 고행의 길

산고로 혈을 쏟으며 숙연해진 모습
잡초를 위해 살찌우고
시선은 한 가닥 빛을 주시하며
젓가슴 부풀리듯 볼록한 복주머니를 만든다

새콤달콤 볼 붉게 터질 때면
너의 언저리에 마음을 걸어본다.

지는 꽃잎의 슬픔 / 김순태

하늘만 빠끔이 보이는
골 깊은 산골 청정한 곳에서
수줍게 피어
순박한 마음 간직하고
내게 온 들꽃 같은 친구야

숨이 턱 막힐 듯 매캐한
도심에 터 잡고 희로애락 함께하며
티 없이 맑은 마음으로
세상 향한 밝은 빛을 밝히고
행복만 기억하는 듯
환하게 웃는 모습 떠오른다

숨소리도 없는 적막한 곳
삐삐 기계음에 힘없는
동맥의 움직임이 가슴을
짓누르며 압박했을 때도
너는 파르르 떠는 미소로
하얀 그리움을 쏟아내는구려

동행할 수 없는 길
아프게 지는 고독한 꽃이여
마지막 삶의 눈물을 닦아준
따뜻한 마음 간직한
하얀 미소로 떠나는 가엾은 친구
지는 꽃잎은 눈물을 흘리네
잘 가시게 친구야

아련한 뜨락 / 김순태

봄볕이 뜨락에 앉아있다
검게 그을린 단발머리 소녀가
노란 민들레 향기를 창가에 그린다
빗물이 지워내며 또 그리는 봄날
희망의 연녹색 감나무를 쳐다봐도
떨어지는 건 아무것도 없다

시커먼 고무신
진흙을 달려온 바퀴처럼
반쯤 흙이 묻은 채
산골 뜨락을 누비며
노란 별꽃 왕관을 쓴다
검은 고무신 구름 위에 널뛰고
덩달아 신이 난 들냥이 재롱을 본다

풋감 보며 꾸던 꿈
갑년을 넘어버린 둥지는
큰 암 덩이를 달았다
서리 내린 귀밑머리
나이테로 그곳에 서면 이제 혼자다.

코스모스 / 김순태

너는 좋겠다
길섶에 모람모람 무더기로 어울려
바람 따라 춤을 출 수 있잖아
나는 사방에서 불어오는
살랑바람을 가슴으로 맞으며
흔들리지 않으려 안간힘을 쓰며
버텨야 하니 힘겹다

너는 좋겠다
언제 어디서든 웃어도
예쁘게 봐주지만
내가 너처럼 그렇게 웃으면
헤픈 여자로 보일까 봐
난 절제하고 미소도 흘리지 않는단다

너는 좋겠다
다색 적삼에 하늘하늘
연약한 모습으로 청명한 가을날 아름답게 누리고 갈 수 있지만
나는 다색 고운 옷은 혹여
천박해 보일까 봐 눈요기만 한단다

너는 좋겠다
짧은 생이지만 맘껏 누리고
사랑받으며 또 그리움으로 기다려주니까
그런 한 없는 사랑이
마냥 부럽고 자유로운
모습이 마냥 부럽구나!

어머니와 꽃다지 / 김순태

희망의 알리는 꽃다지가
수 놓인 벌판은 노란 나비
떼 춤이 한창입니다

노란 리본 수없이 늘려있는
허허로운 벌판
가슴 설레게 할 또 다른 기대치가
생길 것 같아 기쁩니다

어머니 밭에 그렇게도 많던
꽃다지 뽑고 또 뽑아내던
그때는 꽃다지가
얄밉기도 했습니다

지난 세월 어머니 삶을
힘들게 했을 꽃다지
흐드러진 빈 들녘에
호젓하게 서서 포근한
모정을 더듬어 봅니다

봄바람 따라 꽃다지
향기가 날아드는
이월 어느 날 스며드는
어머니의 깊은 정이 그립습니다

올해도 어머니 밭에는
꽃다지가 한가득 피었습니다.

시월은 / 김순태

갈 볕이 넘나드는 언덕배기
스치는 바람 부드럽고
민둥산 허리춤에 두른 오색 띠
톡톡 터지는 향기를 만진다

노란 웃음과
하얀 향기 한 아름
여울로 흐르는 오솔길 따라
억새 흔들리는 소리
윤기 없이 부석부석한다

구름다리 건너 저편
들국화 내음이 진동하고
푸른빛이 갈 볕에 옷 벗을 생각에 불그스레 수줍어 고개 떨구며
걸어가는 가을

소풍 나온 인생길
꽃 노을 내려올 때 사랑하나 줍고
행복하나 주워 담지만,
시월 길목에 서서 주워 담는 시어
아직 빈손이다.

구절초 / 김순태

고향 언덕배기에 네가 없다며
얼마나 허전하고 쓸쓸할까
장미처럼 화려하지 않지만
포근한 손길로
길섶 갈대 틈에 섞여
이별의 계절을 다소곳이 지켜내는 여울진 모습

배롱나무보다 따사로운
네 마음 곱기만 한데
삭풍이 몰아치는 들판에
혼자인 게 두렵다
고스란히 품에 안아 갈 볕 드는 창가에 옮겨놓고
그곳에서 편안하게 지내라
모은 정성 간데없고
뽀얀 살결 나날이 짙어져
노란 웃음 사그라진 모습으로
한 잎 한 잎 말려든다

시간마다 갈아주는 맑은 물도
고향 언덕배기 따스한 볕과
진주 같은 이슬보다 못했나 보다
너는 끝내 자궁 같은
깊은 산골에 향기 뿌리며
고운 모습으로 남겨져야 할 것을

고통 호소에 뉘우치며
이제 바싹 마른 모습 안아
노을빛 곱게 비치는 창가에 깔아놓은 이부자리에 뉘었다

구절초야
저기 하얀 구름이
솜이불이라 생각하렴
이곳을 이 세상에 하나밖에 없는 사랑이라고 생각하렴.

시인 김영주 편

♣ 목차

★ 시낭송 QR 코드

제 목 : 고운 빛 고운 임
시낭송 : 박영애

#프로필
부산 거주
대한문학세계 시 부문 등단
(사)창작문학예술인협의회 회원
대한문인협회 부산지회 정회원
2018~2021 명인명시 특선시인선 4회 연속 선정
2019. 도전한국인 운동본부 문화예술 지도자 대상
2019.한국문인협회 향토문학 금상

#시작노트
늘 외로움으로 산다는 것은
우리의 인생이 아닐까요
사람을 만나고
주어지는 일을 접하고 기쁨과 슬픔을 겪으며
지위를 가지려 하고
재산을 가지려 해 보아도
내 몸에 마음을 비우지 않으면
잠시 스치는 바람에도
늘 마음은 눈물과 오열을 쏟아내어야 하는
외로운 순간을 지니게 되죠
고뇌의 터널에서 빠져나가야 하는 세상
서로가 위로하며 살아가야 하는 이유는 아닌지요.

고운 빛 고운 임 / 김영주

자연을 알고 세상에 눈을 뜬 후
귓전에 아름다운 음성이 들려왔습니다
어딘가 모르게 편안함으로 적셔주며
마음 깊숙이 영혼마저 위로를 받을 수 있는
그대 고운 음성을 들을 수 있었습니다

가슴 파고드는 보랏빛에 아름다움을
짙은 어둠 속에서도
마음에 무지개를 심어준 그대
오색찬란함이 보이는 공간보다
보이지 않는 공간에서 신비로움을 보았습니다

위로받고 싶을 때 마음과 영혼으로 찾아와
하나하나 마음 섬세하게 쓰담을 주고
진정 귀하고 귀한 빛을
보잘것없는 작은 공간에서도
늘 함께할 수 있는 그런 하나에 빛을

오늘도 고운 빛 담은 그대, 임이여!
이 세상 어느 곳 힘들어하는 이가 있다면
영혼을 위로하고 마음을 위로하는
신기루의 찬란함처럼 모든 이에게 보이는
그대의 찬란함이어라!

사랑도 꽃잎처럼 / 김영주

그리움이 흘러내릴 때면
마음도 사랑으로 그리움이 내리네
지난밤 꽃잎에 맺힌 이슬처럼
모든 기억이 맑은 구슬처럼 되어
몽실몽실 매달리는데

꽃은 잎새와 함께 피고 지고
새로이 지고 다시 피는데
마음에 핀 당신의 꽃은
사랑의 느낌으로
그리움만 달고 오늘을 여네

계절을 맞이하는 꽃들과 잎새처럼
마음에 고운 사랑의 꽃들도
한 아름 곱고 아름답게 활짝 피어
기쁨과 함께 온 세상은
싱그러움으로 가득 피어라.

살다가, 살다가 보면 / 김영주

바라는 것들이 잘 안 되는 세상
눈물마저 메마른 세상
자연을 벗 삼는 메마른 가지
비바람에 흐느껴 울면서
아름다운 꽃을 피우게 되는 것처럼

부지런함으로 자신감을 가지고
자연의 순리의 법칙으로 가죠
빛이 잘 드는 양지도
한순간 그늘을 갖게 되고
그늘도 또한 햇빛을 가지는 순리

어려움으로 깊게 멈추지는 말아요
어려움에 부닥칠수록
자신이 자신을 돌보며
좋은 생각 좋은 마음으로 떠올리며
슬픔보다는 기쁨으로 긍정적 마음을

주변 하나씩 사랑해 나가요
돌고 돌아서 물 흐르듯 하는 순리
마음 하나 밝음과 맑음으로써
좋은 일들은 조금씩 시간 속에서
희망의 빛을 갖게 되겠죠.

마음이 마음에게 / 김영주

어스름한 하늘에 시선을 멈춘 건
그대 가슴에 내 간직하고
있는 것 같은
다정한 별 하나를 찾기 위함이다

내 안에 이기심과
그대 가슴에 가볍게 자리하지
못하는 무덤덤한 표정들로
어느 만큼의 거리에 서 있음이 더 슬프다

이제 그 무덤덤하던 표정에서
나를 지워야 한다
쉽게 흔들리는 나의 의식을
모두 지우고

그대 앞에 겸허한 마음과
정갈한 눈을 갖고 설 수 있음을 다짐할 때
비로소 그대 가슴에 그리움 심어줄
별 하나를 본다

손을 내밀어 받아 들어야 하나
내 찾는 별 하나가 그대에게 어떠한 의미가 될까
내 속 낡은 이기심을 버리고
가장 깨끗할 마음을 그대에게 보낸다.

만약에 힘든 일이 있다면 / 김영주

지금에 삶에 있어
만약에 힘든 일이 있다면
순간을 배움에 시간이라
생각하세요

지금 순간이 어려울수록
마음을 잘 다스려야
자신이 발전하게 됩니다
그리고 힘을 내셔야 해요

마음은
많은 것으로 차 있을 때
울림이 적습니다
조금은 비우도록 해 보세요

마음을 조금 비워버리고
힘든 일을 접하는 마음은
어느새 맑은 울림으로
빛나는 결과가 될 것입니다.

작은 기쁨과 작은 행복 / 김영주

서럽다고 생각하면 더 서러워지고
불행하다고 생각하면 더 불행해져요
서러움이 밀려와도 찾아보면 기쁨은 있고
불행이 밀려와도 찾아보면 행복이 있는 것을
다만 작은 기쁨이고 작은 행복이라도

모든 기쁨과 행복은 작은 만족에 마음에서
찾아오는 거래요
작은 기쁨과 행복을 소중하게 여기는 것이 필요해요
삶에 올바름은 어떠한 목표를 정해놓고
조금씩 나아가는 것이 우리에 삶이 아닐까요

오늘도 맑은 하늘에
희망에 해는 떠오르고 있습니다
삶이 힘들지라도 작은 기쁨과 작은 행복을
소중함으로 감사하며 활짝 웃어보세요
우리의 삶에 내일 큰 기쁨과 행복을 위해

그리움을 노크하는 아침 / 김영주

창문 넘어 불어오는 바람
상큼하게 느껴지는 이른 아침
창가에 앉아
차 한 잔 마시며
고운 당신을 그리워해 봅니다

당신의 모습 상상만으로도
어느새 입가엔 미소 가득해져요
그립습니다
그대가 그리워
보고 싶을 땐 하늘을 보렵니다

같은 하늘 아래서
당신이 있다는 것만으로도
행복하니까요
이런 내 맘 당신께
조금 조금이라도 전달이 되면 합니다.

가을의 연정 / 김영주

가슴을 열고
하늘에 흰 구름 바라보니
가슴에 담아지는 사랑

바라보이는 높아진 하늘
상큼하게 와 닫는 바람
마음이 맑아지네요

아~ 계절이여!
내 마음도 함께
소리 없이 익어가요

하늘 아래 익어가는
빨간 능금처럼
짙어가는 사랑이여

아~이 가을에
아름다운 가을빛으로
마음에 스며드는 그대

푸른 잔디 위 솟아나는
가을에 향기로
그대 향한 나의 사랑이여.

나에게 곱게 스민다. / 김영주

하루라는 시작의 빛 속에
예쁜 미소의 모습이
사랑스럽기만 하다
한 사람의 고운 모습이
생각으로 곱게 스민다

종종걸음치는 하루
새롭게 맞이하는 뜨락
부드러운 햇살을 지니고
대지를 품은 모든 생명의 진원
사랑으로 베푸는 정겨움

눈을 뜨고 바라보아도
일상에서 무의미하면
무의미할 테지만
기쁨을 가지면 기쁨이 오고
그리움을 품으면 사랑이 스민다

바람에 흔들리는 꽃잎
마음에 여유로움을 가지면
어디 모든 것이 아름답지 않을까
만물이 일렁이는 속삭임
모두의 아름다움이 곱게 스민다.

꽃별 / 김영주

마음 안에 꽃별이 있어
보고픈 향기로 그 별만 찾는다
보고 싶음, 굶주림 못다 채운 어리석음
언제쯤이면 그 별을 찾을 수 있을까

눈을 뜨면 찾고 싶은 마음
휘젓는 나래 노 저어 가는 세월
하나의 동궁 안 옹달샘은
아직도 마르지 않았는데

가슴 속 목마름으로
헐떡이는 숨결 느껴보며
꽃별을 찾아야 한다
꽃별을 찾아라
초침 외침에 오늘도 눈을 뜬다.

시인 김재진 편

♣ 목차

시낭송 QR 코드

제 목 : 손님
시낭송 : 조한직

#프로필

대전 거주
대한문학세계 시 부문 등단
(사)창작문학예술인협의회 회원
대한문인협회 대전충청지회 홍보국장
대한문인협회 사무국장
대한창작문예대학 졸업
문예창작지도자 자격 취득

#시작노트

한 해가 다 가도록 새해 벽두를 강타한
강한 바이러스와의 대치 상황에서
뜻을 같이하는 문우님들과의 동행이
남다른 감회로 느껴지는 나날들입니다.
생이라는 유한한 삶 속에서
나름의 소중한 가치를 발견하고
옥고를 치르고 지새운 숱한 밤들이
긴 여로의 흔적에 가치로 남겨진다는 것은
소중한 자산이 될 것으로 믿습니다.
독자들의 마음속에 큰 사랑으로 새겨져
미래로 가는 발걸음이 가없이 안심되고
행복한 마음들로 의지가 되고 위로가 되어
서로에게 돈독해졌으면 좋겠습니다.

김재진 시집 "감성시객"

부부 / 김재진

당신은
요리를 좋아하고
나는 술을 좋아하고
당신은 초저녁잠을 좋아하고
나는 늦잠을 좋아하고
당신은 수다를 좋아하고
나는 스포츠를 좋아하고
기타 등등, 기타 등등...

나와 당신 중에서
누가 더 힘들까요~?

그나마
맞출 수 있는 건
딱 하나...
돌아다니는 걸 좋아해서
그냥 맞춰주는 척
어디든지 투덜투덜 따라갑니다.

그냥저냥
인연 줄에 휘휘 감기면서
참다가 성질부리다
넘어지다 일어서다
그렇게 그렇게 살아갑니다.

거리의 미학 / 김재진

저 산이 근사하게 보이는 건
멀찍이 떨어져 있기 때문입니다
산중에 올라 찬찬히 살펴보면
곱지 않은 것들도 눈에 뜨입니다

첫눈에 눈을 멀게 했던 사람이
더 이상의 기대치가 없다면
당신과 그 사람의 거리가
그만큼 가까워졌기 때문입니다

가까워지면 보이지 않던 것들이
생각지도 않은 뜻밖의 행동들에
내심 못마땅하게 다가섭니다

예전의 관계 회복을 원한다면
뒤로 두어 걸음 물러나
그 사람을 첫눈으로 보세요
처음 그 사람을 만나
밤잠을 설치고 눈을 떼지 못했던
그만큼의 거리에서.

방 하 착 / 김재진

서설 내린 텅 빈 나뭇가지에
공허한 하늘만 높다랗디 닿아
잔잔한 바람결에도 일렁입니다

푸르던 지난 세월은 낙엽 되고
제 몸에 전부였던 분신들을
하나씩 흙으로 돌려주려 하나

진 잎 보도 블럭 위에 떨어져
갈 곳 몰라 허둥대는 상실감에
바람결에 연 닿기를 바랍니다

불어올 찬바람은 두렵지 않으나
내 마음 빈 하늘 저편에는 아직도
먹구름 간간이 지나가 속절없네요.

방 하 착 : 마음속의 집착을 내려놓는다.

암시 / 김재진

세월을 비껴가지 못한 탓으로 짧아진 하루해가 무색하리만치
초저녁잠에 취해서 시체가 되었다.

그사이 온기가 돌고 이마를 만지는 손길이 있어
능숙한 손길이 편안해서 보니, 오매불망!
할머니가 오셨다.

초립동, 새벽 댓바람이 찬데…
이 먼 길을 어찌 오셨을꼬
이승과 저승의 경계는 무엇이고 마음이 넘으면
경계를 넘는 것인가?

죽음의 경계를 넘는 지독한 사랑이
아프다.

간이역 / 김재진

한낮엔,
생존을 위하여 일하고

밤에는,
핑거푸드에 하우스 와인이라도
한잔할 수 있어야 하는데…

세월이 비껴간 탓으로
초저녁부터 쪽잠을 청합니다.

겨울을 재촉하는 밤빗소리가
고단한 영혼에 안식처가 됩니다.

까치야 / 김재진

차와 차 사이를 날아와 날아
아파트에 곡예로
너는 참 가볍구나야

높이 사는 저 집은 아직 뭐하고
밤하늘 가는 길에
작은방 사는 저 아씨는 뭐하니

알 수 없는 것들이 난 참 많은데
가끔 좋은 소식 있으면
귀띔 좀 해주라.

초세대 / 김재진

총칼 들고 싸우던 선조들의 세월도
희미한 전설 속 이야기가 돼가고
인류의 뇌도 점점 커져가는 탓으로
작금에 국지전은 폭풍의 모래사막이 되리라

인터넷의 초고속 발달로
지구촌 구석구석에 그날그날의 소식을
일일 드라마 보듯 하는데...
단일민족이란 개념도 더는 무의미하리라

이념의 이데올로기라던가
남북으로 허리띠 떡 하니 매 놓고는
유일한 분단국가로 어렵사리 사는데...
자물쇠 풀고 이웃 나라로 서로를 인정하며
친하게 왕래하며 지내는 게 시대적 욕구이리라

두 눈 크게 뜨고 밤하늘에 은하수로 가자
지구촌에 소소한 생활고 문제로
더는 다투지 말고 조금씩 양보하며
줄 건 주고, 받을 건 받고 상생을 도모하여
이제는 저 광활한 대우주로 나아가자.

웅변쟁이 / 김재진

칠흑의 초경 사이
무논에 초록 우비를 걸치고
주저리주저리 공염불을 외더니
무심히 지나가는 빗소리에
급한 대로 짝짓기를 하자는 것이냐
물가에 어미 무덤 떠내려갈까 걱정이더냐

굴개 굴개 청개구리야
추적추적 비 내리는 오늘 밤은
옹색한 넋은 놓고 곤잠이나 청해보자
이 무지렁이 사는 법이
짧았던 하루해가 고단하다

이른 동녘 바른 햇살에
새순이 돋고 꽃망울 터지듯이
와글와글 밥그릇 싸움에 멱살잡이 말고
꽉 찬 벼 모가지 고개 숙이듯이
우물 안 무녀리들 돌아볼 일이다.

아웃사이더 / 김재진

곰살맞은 아침 햇살 성화에 못 이겨
늦잠은 개어서 골방 시렁에 얹고
슬그머니 손잡은 봄바람을 따라서
한갓진 개울 바위에 앉았습니다

지난해 약속을 잊지는 않은 듯이
지천에 꽃들은 제 차례를 기다리다
눈물겨운 욕망을 쏟아냅니다

시원스레 아래로 흐르는 계곡물은
말 못 할 속 사정이라도 있는 것인지
손사래를 쳐도 쉴 줄을 모릅니다

산들바람이 건들건들 농을 건네도
눈 부신 햇빛이 따갑게 눈총을 주어도
대꾸도 아니 하고 아랑곳하지도 않고
찬란하게 슬픈 봄날이 지나갑니다.

손님 / 김재진

한마을에 태어나고 자란
열두 명의 인걸들이 모두 떠났다

티격태격 벗으로 살다가
터울 두고 떠나간 그들은
어디로 간 것이며
가끔 안부는 전하는 것일까

논마지기 있던 친구나
술 좋아하던 친구나
글 꽤 쓰던 친구나
살다 살다가 이슬처럼 사라지나니

무엇이 중한 것이며
애착한들 무슨 소용이라
때 되면 여지없이 떠나가는 것을

바람도 잠든 밤하늘에
섬광이 사선을 긋는 것이
한적한 마을에 손님이 오시려나 보다.

시인 김혜정 편

♣ 목차

✪ 시낭송 QR 코드

제　목 : 빈 여백 속에서
시낭송 : 김혜정

김혜정 제1시집
떤 모퉁이를 돌다"

김혜정 제2시집
"먼, 그래서 더 먼"

김혜정 제3시집
"돌아보는 시선 끝에는"

 # 프로필

대한문학세계 시 부문 등단
(사)창작문학예술인협의회 부이사장
<저서>
제1시집 "어떤 모퉁이를 돌다" (2009년)
제2시집 "먼, 그래서 더 먼" (2015년)
제3시집 "돌아보는 시선 끝에는" (2019년)
한국문학 문학대상
명인명시 특선시인선 외 다수

 # 시작노트

빗물은 흐르고 흘러
강물이 되어 바다로 흐르고
그 바다는 다시 강물이 되어
내 마음 속에 들어와
사랑한다 고백합니다.

시 '강물의 고백' 중에서

바람의 미소 / 김혜정

잠시라도 방심하고 있으면
어느새 다가와 꽁꽁 여민 앞가슴을
풀어 헤친다.

두 팔 벌려 안으려 하면
어느새 하늘 사이로 달아나 버리는 바람
그 속에 당신이 빙그레 웃고 있다.

그녀의 숨결 / 김혜정

햇살이 푸른 날
파란 향기 맞으며 걸었던 날들은
가을 따라 깊어 가고 있다.

놓아야 하지만
끝내 놓지 못한 그리움을 안고
지난 시간을 되돌아간다.

이미 허공으로 사라져 버린 인연
먼 창공 속 구름으로 앉아 있을까
바람을 밟고 올라서는 발끝에
푸른 한숨이 서려 있다.

세월이 삼킨 계절의 흔적 따라
행여,
그의 발걸음도 그리움으로 앉아 있을까

돌아보는 마음에
소리 없이 눈물 흐르게 하는 것은
못내 잊지 못하는 그녀의 다정했던 숨결뿐이네.

빈 그리움 / 김혜정

눈물 맺히도록 그리운 이

살갗으로 닿아오면

가슴 깊은 곳에 간직한 그대 모습

살며시 꺼내 보지만 이내,

바람처럼 날아

먼 허공 속으로 숨어버립니다

작은 흔적 한 조각이라도

붙잡고 싶은 허기진 갈망에

야윈 눈길을 보내며

어둠을 불러 모으는 밤새의 휘파람 소리

가늠할 수 없는 몸부림 속에 가득한

내 인생 한 편의 우울함을 껴안듯

푸르고 깊은 망토 안에

비릿한 감정으로 젖은 애절한 눈빛은

잡을 수 없는 빈 그리움입니다.

빈 여백 속에서 / 김혜정

시간의 무료함이
무채색 깃발 하나 흔들며
나를 보고 웃고 있다.

뜨거운 커피 한잔이 주는
은은한 향기 속에 잠시나마
박대한 시간에 대한 미안함을
웃음으로 피워 올리고
빈 여백 속에 기대어
쉬어보는 내가 여유롭다.

몽롱한 눈꺼풀 위에
무겁게 고여 있던 쪽빛 그림자
사라진 눈빛 속엔
맑은 빛처럼 반짝거리는 세상이
수정처럼 아름답다.

천상의 연인 / 김혜정

한줄기 투명한 빛으로 떠오르는
명징한 별빛에 환한 웃음을 담고
당신이 있는 하늘 별집을 찾아갑니다

천년의 세월을 넘나들어도
변하지 않을 당신과 나의 사랑이
온전히 하나 되어
푸른 별빛으로 반짝이는 천상의 나라

빛의 결정체인 은하수를 걸어
잠잠한 하늘 호수 안에서
당신과 내가 함께 잠들 수 있도록
당신의 별집에 은은한 국화꽃 향기 피웁니다

강물의 고백 / 김혜정

어둠이 잘게 부서져 내리는 밤
가녀린 빗줄기에 묻힌 적막함이
나를 창밖으로 불러냅니다

마음은 창밖으로 던져두고
은은하면서도 깔끔한 맛을 우려낸
목련차 한 잔 들고 창가에 서서
가로등 불빛과 아련한 시선으로 마주합니다

문득,
그 어떤 한 사람의 모습이 떠오릅니다
저 어둠 속 빗줄기를 타고
슬금슬금 묻혀오는 낯설은 고백 하나

빗물은 흐르고 흘러
강물이 되어 바다로 흐르고
그 바다는 다시 강물이 되어
내 마음 속에 들어와
사랑한다 고백합니다.

용수철 / 김혜정

태양의 부석거리는 걸음에
바위가 매달린 듯하다

안절부절못하는 하루는
가시방석이다

그렇게 태양과 하루는
서로 공존하면서 다른 꿈을 꾼다

다른 곳을 바라보면서 또
같은 꿈을 꾸는 한 몸이다

하지만 그 꿈이 가시에 찔려
생채기가 생기면 갈등은 시작된다

자석처럼 끌어당겨 틈을 메우려 해도
어긋난 자존심은 용수철처럼 튀어 오른다

불신 / 김혜정

길이 으슥하다
꾸불꾸불 미로를 걷다 만난
블랙홀에 빠진 생각은
허우적거릴수록 더 깊이 빠져드는
헤어날 수 없는 진흙탕 늪이다

깊은 어둠 속에 갇혀
한 줄기 빛이라도 잡으려
발버둥 쳐보지만
겁먹은 두 눈에 잡혀 오는 것은
또아리를 배배 틀고 앉아
날름거리는 뱀의 혓바닥뿐이다

별 / 김혜정

꽃에서
당신의 얼굴을 본다.

화안한 빛의 생동을
하늘빛 속에 묻으면
당신은 별이 되어
내 가슴에 흐르고

당신 눈 속에 스민
온화한 빛은
내 어둠 속에서
꽃의 미소로 기지개를 켠다.

하얀 꿈 / 김혜정

새롭게 펼쳐진 머나먼 길
뜨거운 삶의 수레 위에
두근거리는 가슴으로
하얀 꿈을 소복이 담아 본다

끝이 아닌 시작
설렘보다 두려움이 앞설지라도
뒤로 물러서지 않는
용기 있는 삶을 하늘 향해
꿈꾸어 본다

때로는
모진 바람 불어와도
달콤한 삶의 날들이
먼 언덕 위에서 별이 되어
빛날 그날을 위해
뜨거운 입술로 희망을 노래한다

시인 김희경 편

♣ 목차

시낭송 QR 코드

제 목 : 사랑의 발견
시낭송 : 박영애

 # 프로필

부산 거주
대한문학세계 시 부문 등단
(사)창작문학예술인협의회 회원
대한문인협회 부산지회 정회원

 # 시작노트

詩는 言과 寺로 이루어져 있다

말言을 세상에 놓는 것
맑은 길로의 절寺 한 채
지어가는 것

그리하여 이 먼지의 영혼
시를 내어놓는 일이
참으로 부끄럽기 그지없지만

한 생을 태워서 지피는 언어가
누군가의 등을 따스하게 해주고
모락모락 산사의 어느 풍경에 닿을 수 있다면

내가 만지고 듣고 사유하는 시어들이
시에게 혹되게 꾸중 들을지라도
인고의 시간으로 내어준 종이에 옮겨질 때는
맑은 이슬 앞의 참 기도가 될 수 있다면...

사랑의 발견 / 김희경

그토록 아름다운
가로등 불빛을 두 번 다시 만나지 못했다

그토록 두근거리는
비의 발자국 소리를 다시는 듣지 못했다

단풍나무가
심장을 데려갔는지 자꾸 붉어져 갔고
비가 단풍나무에 닿을 때마다
출처 모를 별들이
부서지며 뛰어내렸다

낯모를 뜨거움이었다
삶의 새로운 면모가 재생되었고
모든 생의 이유가 내내 되어 주었다

사랑의 발견이었다

예뻐 / 김희경

바람이 흔들어 물살이 고개를 들 때마다
햇살이 재빨리 달려가 쓰다듬는 것 좀 봐
여기저기 총총한 음표들의 가려운 눈
그윽이 참 예뻐

바람에 부딪친 나뭇잎이 등을 보일 때마다
햇살이 성큼 뛰어들어 토닥이는 것 좀 봐
이곳저곳 감싸주는 호흡들의 맥박 소리
따스히 참 예뻐

슬픔이야 7할이 물인 지구 아닌가
틈새에 깃들이는 마음들의 합주
흔들리는 면면에 앉은 붉은 노을의 눈시울
애잔히 그래서 참 예뻐

사랑도 물로 만들어진 것일까
당신이 뒤척일 때마다 기울어지는 나의 계절
묵정의 세월 스쳤던 바람이 돌아와 들려주는 청진
애달피 참 그래서 모두 예뻐

노송 / 김희경

품이 아니었던 게 있었던가
옹이 속 세월로 빚은 염주의 빛
산전수전의 경전 극락전 한 채
너와 지붕 몸에는 파르라니 동자승
깊고도 맑은 불립문자 한 그루

가을이 오면 / 김희경

가을이 오면
그대 그립다고 울먹이는 일로
이곳저곳 서성이지 않아야겠네

온통 맑은 얼굴들에게
온통 아름다워 멈추게 하는 풍경들에게
온통 먹먹히 멍꽃으로 울리는 가슴들에게
부끄러워서라도 그래야겠네

반백년 세월에
내 가슴 자락 멍든 일 많았다고 해도
빛 곱게 피워낸 멍이었다면
그 곁에 하염없이 서 있어도 좋겠지만

나는 그냥
먼 산 넘지 못한 산구름 속에나 숨어
아직도 아프게 그립다고 살짝 편지나 써야겠네

내려오는 길
우체국에 가도 부칠 주소를 잃었으니
산문 곁에 물끄러미 띄워보고
구절초 가슴 수많은 시침핀 속에 들어
남은 그리움 몇 개 듬성거려 시침해보며
염치없이 홀로 애잔해져야겠네

바람의 부고 / 김희경

시장을 펼친 곳에는
늘 허전의 전이 열리고
난전의 장에는 사람이 드물어져
파행은 고프도록 짙어진다

걸친 웃음이 쓸쓸하고
걸진 말 텀벙은 한술 돌아 나와 버려진다
버려진 곳에는 허무가 술렁이고
한숨과 혀차는 소리의 파장은
가슴 가슴 슬픈 가락이 된다

다닥다닥 붙은 곳에
타닥타닥 애만 타고
한때의 영화들만 줄줄이
입에서 눈에서 필름을 뽑아낼 때
병마 한두 개는 훈장처럼 펄럭이는
쓸쓸을 덧 입은 핼쑥한 얼굴들

닫힌 셔트에 붙은 붉은 딱지와
모퉁이 벽에 늘어가는 전 매매 딱지와
폭서의 여름이 썰렁한 돌기로 추워지는데

언제 영세가 만세 되는 꿈을 꾸긴 했었던가
긴 시간 머문 듯 찰나 되어 흩어지는
자주자주 불어드는 바람의 부고

갈피 / 김희경

가장 어둠일 때 더욱 선명한

마음이 흐릴 때 어름이 길을 잃는

너와 나 사이

오래전부터 머무는 조각달

가끔 아플지 몰라

가끔 베일지도 몰라

어떨 땐 너무 차가워 놓칠지도 몰라

그래도 잊지마

너와 나 사이....

가끔을 뺀

어떨 때를 뺀 모두는

따스했다는 걸

열대야 / 김희경

낮이 긴 영역이 두려운 이에게
낮이 밤보다 더 지리멸렬인 이에게
어둠이 결코 위안이 될 수 없다고
밤이 어둠을 끓이는 채찍일지라도
홀로 견딤이 이골이 난 이에게는
홀로 삭힘이 뇌가 두 개여서 다행인 이에게는
질금질금 거르며 발효되길 바라는
밥통 속 식혜의 시간과도 같은 것

이 밤에도
익어가다 멈춘 이가 있을 터이고
이 밤에도
잠조차 가난하여 밤을 밥통에 넣어둔 이가 있을 터이고
이 밤에도
몰래 밥통 열며 그 속에 불은 눈물 쏟는 이가 있을 터이고

다시 한소끔 삶을 끓여내었을 때
그곳에 달콤한 시절을 넣었을 때
동동 떠오르는 낯선 내 모습을 자꾸 건어내기도 할 터이고

그렇게 며칠 심하게 앓다 보면
배가 고파져서 그 식혜를 내가 마시며
생을 소화해 낼 시간이 분명 있다고!

아름다운 처방전 / 김희경

흐르지 못하였으나
흐르는 이의 둑이 되고
언덕이 되어주는 이 있다

마르고 휩쓸리고 밟히며 산 세월
바람의 사신이 달려오는 시간
백기를 꺼내어 흔드는 갈대를 보라

흐르는 강물에 마음의 뿌리 씻고
곁을 지켜 그의 풍경이 되는 일
거센 시류에도 꺾이지 않고
넘치는 마음 내려 누군가의 길이 되는 일
어느새 강물을 닮아가는 일

지는 것이 이기는 거라고
늙을수록 그래야 한다고
온몸에 바람 숭숭 들어도
가슴으로 지펴올린 백기 흔들어
끄덕끄덕 바람의 눈물 쓸어안고
바람의 길까지 숙여서 내어주는
유연히 아름다운 처방전을 보라

빈 아름다움으로의 초대 / 김희경

여기, 거기
우리의 이면, 안개

재빨리
창을 벗어나려는 비가 내렸네
그 창에 결로 몇 방울 고였고
멈추어 내다보는 당신 눈망울
슬픔을 짜내어 화초에 뿌리네

부재가 재되는 시간은
화초가 빨아들이는 짧은 음미
물관의 목울대 진동 몇 번

저편 꽃이 흐느끼는 향기
쓸쓸하도록 짧아서 친절히 고운 슬픔이라 여겼네

일찍 접어서 시드는 잎의 앓이 갈무리
더는 뜨겁지도 덜은 차갑지도 않은 이편
나에게 머물던 잦은 우두커니의 저편

이별...
가슴속 다락에 불이 켜지면
적막을 따라 걷게 하는
빈 아름다움으로의 초대

도마(뜀틀) / 김희경

비로소 알았네
나만 향해 달려오던 그대가
나를 후려치고 가버렸을 때
아파서 나, 많이 흔들렸으나
나를 벗어난 먼 곳에서
그대 삶이 멋지게 우뚝 서
최고의 행복을 뿜는 순간
품은 이 아픔이 헛되지 않았음을

나를 딛고 넘어선 그대
찬란하시라

시인 김희영 편

♣ 목차

시낭송 QR 코드

제 목 : 시월이 간다
시낭송 : 최명자

김희영 시집
"시간 속에 갇힌 여백"

 # 프로필

대한문학세계 시, 수필 부문 등단
(사)창작문학예술인협의회 이사
대한문인협회 인천지회 정회원

 # 시작노트

세월의 모퉁이에서
시간을 간추려
마음으로 하나 둘씩
매듭 지워본다

꿈에도 그립고 보고 싶은 사연은
생각 수록 가슴 멍울지는 부모이며
형제 남매 가족이고 친척이다
또한 예쁜 그리움으로 채색한
친구와 뜻깊은 지인 이웃 사촌 동네이다

다사 뒤돌아 처음부터 시작한다면
험도 티도 주름도 없이 살고 싶다
아름다운 단풍처럼 찬란하게 물들고 싶어라
부질없는 생각들,,,,,,,,

다시, 봄 / 김희영

눈 덮인 강 밑으로
흐르는 물도
서산마루에 걸터앉은
찬란한 햇살도
어둠 속으로 빨려 들어가
꽃도 빛을 잃은 봄입니다.

소용돌이치는 소음
발버둥 치는 시간에
하늘빛도 어둠으로 가려
대문을 꼭꼭 걸어 잠그고
창틈으로 싹이 트는 봄

그리움과 기다림 사이에서
희미하게 남겨진 흔적
콘크리트 벽에서도 꽃이 피어나듯
어둠 속에서도 봄은 오고
달빛에 젖은 어둠도
봄빛으로 젖겠지요.

찬란하게 시린 봄도
가난한 햇살 한 줄기에
꽃 피우는 봄이
멀지 않았다는 것을
비좁은 틈에서 피어난
민들레꽃을 보며
깨닫습니다.

빈 집 홀로 지키는 붉은 꽃잎의 그리움 / 김희영

떠나간 인연들 언제 돌아올까
우두커니 기다리고 있는 붉은 입술
홀연히 꽃을 피우고

차마 떠나지도 못하고
11월 바람
차디찬 서리에
초연히 떨고 서 있다.

산 그림자 머물다간 저녁
긴 밤의 외로움 말하지 못한 채
빈집 적막을 스쳐 가는 바람 소리에
귀 기울이며 인기척 기다리고

피멍 든 그리움들이
옛 고향 집 뜨락에 눈시울 붉히며
서 있는 미루나무
휘감고 돌아가는 바람 한 줄기
붉은 꽃잎에 사연을 묻는다.

잡초 무성한 마당에서 / 김희영

어머니 손길 따라 피던

맨드라미, 봉숭아꽃이

아직도 환하게 웃고 있다

칠월의 태양은

서러운 풀섶 위에서

그리움으로 젖는데

어머니 가신 걸 아는지 모르는지

모란은 녹슨 호미 곁에서

터질 듯 여물고 있구나

남은 시간들 / 김희영

주체 못 한 푸른 힘줄이

그 시절 다 내어주고도
당당한 반백이다

꽃보다 요염했던 단풍
온전한 반백이 되기 위해

남은 잎새를 하나씩 하나씩 떨구고 있다
부족하고 아쉬워서

무거웠던 애착의 마음
이젠 훌훌 벗어야 할 시간이다

시월이 간다 / 김희영

푸르른 날의 싱그러움은
붉게 농익어 가고
아침 커피 향처럼
가슴으로 파고드는 삶의 향기는
하얀 그리움으로
시간을 떠돈다.

익어가는 것이
모두 붉은 것은 아니다
열정을 태워버린 삶은
희고 맑은 영혼으로 익어가고
아직 남아 있는 미련은
붉은 형용사로 심장에서
박동질 한다.

가을의 스러지는 소리에
바람도 스산하게 울고
배웅하는 햇살도
맑은 시월의 가지 끝에
청춘의 무덤처럼 앉았다.

처벅 처벅
시월의 발걸음 끝에
시간은 붉게 담금질하며
익어가는 내 청춘의 열정도
계절 속으로 스며든다.

초록빛 밤의 정취 / 김희영

뜰에는 당신이 심어놓은
사랑이 푸르게 자라나고
달빛은 하얀 요를 깔아
대지를 숨 쉬게 하고
반짝이는 별은 꿈을 키우는
열아홉 탱탱한 생글거림이다

풀벌레 노래 바람을 타고
청포도 꽃잎에 앉으면
초록은 풍성하고
그리움은 달빛에 앉아
공허한 가슴으로 파고든다.

달빛에 잎새가 노래하는 밤
마른 대나무는 평상에서
푸른 날을 추억하고
검푸른 밤을 쓰다듬는
싱그러운 내음은
당신의 품처럼 따뜻하다.

하얀 박꽃을 감싸는
푸른 잎새처럼
공허한 가슴을 감싸는
당신의 사랑은.

일편단심 / 김희영

가슴 깊은 곳에
간직한 그리움 하나
삼백 예순 날이
무수히 지나도
불꽃은 스러지지않고
밤새도록 기나긴
사랑의 편지를 쓴다.

잡으려 손 내밀면
한 발짝 물러나고
허공의 손짓은
공허한 몸부림으로
손끝에 맴도는 언어를
흩날려 버리는 허무한 밤들

한줄기 호흡에도
줄달음치며 달아나는
아름다운 단어가
그대 이름이
붙여지는 그날까지
밤새도록 기나 긴
사랑의 편지를 쓴다.

내 것이 아닌 것을 향한
열망의 갈구는
오늘도 하얀 여백 위에
미완성의 언어로 남아
타들어 가는 내 가슴에
붉게 타오른다.

사계절 초록빛이다.

부재와 존재사이 / 김희영

주체 못 한 푸른 힘줄
한창 물올라
꽃보다 요염했던 단풍
그 시절 다 내어주고도
저토록 당당한 반백
새털 같은 시간들
온전한 반백이 되기 위해
이파리들 하나씩 하나씩
떨구어 내던 나의 계절
가두었던 시간 한줄기 풀어주면
저렇게 당당히 물들어질까

남은 시간들은
부족해서 가볍고 아쉬워서 무거운
자그마한 애착들
훌훌 벗어 던지고
드높은 산이라도 훌쩍 뛰어넘어
허공처럼 부재였던 나를 벗고
이제는 존재하는 이름이고 싶다.

삶의 의미 / 김희영

나무처럼 살고 싶다.
삭풍이 불어오는 겨울날
서로의 빈 가지를 끌어안고
시린 살결의 온기라도 나눌 수 있는
따뜻한 마음 간직하며 살고 싶다.

나무처럼 살았으면 좋겠다.
바람이 불면 바람 부는 대로
비가 오면 어린 가지의 우산이 되고
홀로 멀찍이 떨어진 이에게
천천히 손 내밀어
함께 더불어 살 수 있는 마음
나무처럼 오순도순 모여
뒷마을 꽃소식 전하며 살았으면 좋겠다.

나무에 걸린 바람이고 싶다.
모든 것을 내어주고도
마지막 순간까지 꽃을 피운
어느 늙은 고목에 앉은
바람이고 싶다.

어둠 속에서
보이지 않는 두려움에 떨다
고립된 삶에 자유를 기웃거리는
초라한 외로움

요란한 공포 속에서
남은 희망 한 가닥 존재한다면
늙은 고목에 앉은 바람처럼
고운 빛깔의 향기
고립된 어둠 속으로
날려보련만.

그리움을 붙잡고
-할머니 산소에서- / 김희영

막차 떠난 대합실은
고요하고 서늘하다
인적도 없는
나지막한 산비탈에
멈춰버린 시간의
싸늘함처럼
그대는 잠들어 있다.

낡은 완행버스의 덜컹임은
고단한 하루의 안부를 묻고
무성한 잡초 곁을
바람만 스쳐가는
그대 안식처는
기다림으로 지나는 이의
안부를 묻는다

정지된 시간 속의 기다림은
고독도 머물지 않는
소멸된 그리움이다.

기약 없는 이별에
줄기 잘린 백합
서럽게 하얀 향기만
손 흔들며
작별 인사를 한다.

시인 **남궁벽** 편

♣ 목차

그 나름대로 자연의 순실미 등을 추구, 남궁벽 // 남궁벽(1894(고종 31)~1921. 시인)

호는 초몽(草夢). 평북 함열 출생. 한성고등보통학교를 졸업하고 일본 도쿄에서 수학했다. 오산중학교사를 지냈다.

1907년 1월 『대한자강회월보』에 당시 지도층의 각성을 촉구한 「애국설」을 투고한 적이 있고, 1918년 『청춘』에 「고독은 너의 운명이다」 등의 5편의 일문시를 발표하기도 하였다. 1920년 변영로(卞榮魯), 오상순(吳相淳), 염상섭(廉想涉) 등과 함께 『폐허』 동인으로 참가하여, 「자연」(1920), 「풀」(1921), 「생명의 비의」(1921) 등을 발표했다. 1922년 사망하였다. 그의 작품으로는 시 「대지의 찬(讚)」(1921), 「별의 아픔」(1922), 「자아의 존귀(尊貴)」(1922), 「말」(1922) 등과, 일기체의 산문 「오산편신」이 있다. 그의 문학은 당시 우리 문단에 만연되고 있었던 병인적(病因的) 퇴폐성이나 감상에 물들지 않고, 그 나름대로 자연의 순실미(純實美)와 '생명의 비의(秘義)'와 대지사상(大地思想) 등을 추구한 것 등을 특색으로 들 수 있다.

[네이버 지식백과에서 인용]

말 / 남궁벽

말님
나는 당신이 웃는 것을 본 일이 없습니다.
언제든지 숙명을 체관한 것 같은 얼굴로
간혹 웃는 일이 있으나
그것은 좀처럼 하여서는 없는 일이외다.
대개는 침묵하고 있습니다.
그리고 온순하게 물건을 운반도 하고
사람을 태워 가지고 달아나기도 합니다.

말님, 당신의 운명은 다만 그것뿐입니까.
그러하다는 것은 너무나 섭섭한 일이외다.
나는 사람의 힘으로는 어찌할 수 없는
사람의 악을 볼 때
항상 내세의 심판이 꼭 필요하다고 생각합니다.
그와 같이
당신이 운명을 생각할 때
항상 당신도 사람이 될 때가 있고
사람도 당신이 될 때가 있지 않으면 안되겠다고
생각합니다.

시인 남원자 편

♣ 목차

★ 시낭송 QR 코드

제 목 : 꽃피는 삼월
시낭송 : 박순애

 # 프로필

경기 광주 거주
대한문학세계 시 부문 등단
(사)창작문학예술인협의회 회원
대한문인협회 경기지회 정회원

 # 시작노트

내가 시인이 된다면 아름다운 하늘과 파란 바다 넓고 푸른 초원, 자연과 벗 삼아 대화를 하고 언제부터인가 문학소녀의 꿈을 꾸고 있었는지도 모릅니다. 가슴 속에 묻혀 두었던 이야기들을 밖으로 꺼내 표현해 보고 싶었습니다. 대한문학세계 시인 등단, 시인이 되고 보니 꿈을 이룬 듯 기뻤습니다.
아직은 부족하지만 삶을 아름답게 독자들의 마음을 풍요롭게 사랑 받는 시인 향기가 나는 시인이 되고 싶습니다. 함께 해 주신 대한문인협회 김락호 이사장님과 시인님들께도 감사의 마음을 전합니다.

울고 있는 비 / 남원자

이른 새벽 동트기 전
창문을 두드리는 소리에
잠에서 깨어보니
가을비임이 하염없이
눈물 흘리고 있다

뭐가 그리도 서러워서
엉엉 소리 내 울고 있는지
천둥도 데리고 와서
우르르 쾅쾅 통곡한다

하늘은 까맣게 잿빛으로
무엇을 삼킬 듯이 어둡게 깔리고
차들은 거북이걸음으로
빨갛게 눈뜨고 기어간다

가을이 떠나기 싫은가
눈물을 흘리고 있구나

가을의 길목에서 / 남원자

아~ 아름다운 가을
한 걸음 두 걸음 두 팔 벌려
하늘 향해 소리쳐본다

떨어지는 낙엽을 보며
초롱초롱 빛나는 청춘들처럼
젊은 날의 아름다운 시절

황엽 홍엽 물들어 가는 단풍
중년으로 가는 기차에 실려
청춘 열차 타고 여행을 한다

아~ 아름다운 가을
한 걸음 두 걸음 발길 닿는 곳마다
연지 곤지 예쁘게 화장을 하고

사랑하는 사람과 추억을
친구들과 영원한 우정을
단풍 보며 환호를 한다

가을의 길목에서
상념일랑 고통일랑 모두 저 멀리
던져버리고 살며시 손잡아 보는 오늘

가을이 오면 생각나는 사람 / 남원자

가을이 오면 생각나는 사람
언제나 생각나는 그 사람
지금은 어디에서 살고 있을까

가을이 오면 생각나는 사람
코스모스 앞에서 수줍어 하던 그 사람
카메라 앞에서 추억을 담고
지금은 어디에서 살고 있을까

가을이 오면 생각나는 사람
은행나무 밑에서 가을을 줍고
황엽 홍엽 그 길을 걸었던 그대
지금도 어디에서 행복하게 살고 있겠지

가을이면 맑은 하늘 속에 속 마음
흰 구름 속에 파란 마음 하얀 마음
편지를 써어 커다란 풍선에 매달아
그리운 소식을 띄웁니다.

사랑 영원히 / 남원자

내리는 빗방울 속에
우리의 추억을 안주 삼아
향기 그윽한 헤이즐넛 커피
마시며 영화 속 주인공처럼

내리는 빗방울 속에서
추억의 팝송을 들으며
한 편의 영화를 보고
희로애락 뒤로하고
오늘을 즐기렵니다

내리는 빗방울 속
바라보며 지나간 얘기
피아노 선율에 리듬을 타고

서로 어깨 마주하며
헤이즐넛 향기 커피처럼
아름다운 삶을 살렵니다

하늘이 허락해 주는
시간까지 먼 하늘 속
구름이 걷힐 때까지
사랑하며 살렵니다.

힘을 내세요 / 남원자

비 오는 소리에
땅이 꺼져가는 소리
한숨만 늘어가는 당신
힘을 내세요
흐린 날이 있으면
맑은 날도 있겠지요

힘을 내세요
젊어서 고생은 사서도 한다고
지금까지 열심히
별을 보고 별을 따고
열심히 살아온 당신

힘을 내세요
비가 오면 우산이 되어주고
눈이 오면 방한복이 되어주신
열 고개 스무고개 함께한 당신
건강하기만 하세요

힘을 내세요
비 온 뒤에 땅이 굳는다고
지금은 힘이 들지만
쨍하고 해 뜰 날 있겠지요
지금은 백세 시대니까
아직은 청춘입니다

사랑하는 우리 엄마 / 남원자

웃음이 많으신 우리 엄마
마음이 슬퍼도 몸이 아파도
언제나 기쁘신 것처럼
아무런 내색 없이 웃으십니다

자식들 함께 모이면
입가에 웃음꽃 활짝 피우고
맛있는 것 챙겨 주시며
박꽃같이 환하게 웃으십니다

아무리 작은 것이라도
자식들의 마음이라면
무조건 만족하게 받아 주시며
목화솜처럼 따뜻하게 웃으십니다

길고 긴 팔십 년 세월
자식들의 뒷바라지를
웃음으로 감당하신 우리 어머니
오늘은 절뚝절뚝 다리를 저십니다

자식들 걱정될 세라
단 한마디 내색 없이 절뚝이시는
어머니의 걸음이 가엾어 눈물 납니다

너는 별처럼 / 남원자

너는 별처럼
아빠와 엄마에게 큰 선물로
다가왔단다

잠자는 모습은 천사 같고
웃는 너의 모습은
꽃처럼 예쁘단다

너의 꿈나라 속에는
항상 즐거운 일만 있는지
방긋방긋 꽃처럼 웃는다

이 세상 멋지게 살아
보겠다고 두 주먹 불끈
쥐고 있는 양손이 힘차다.

빛나는 눈동자는
수정처럼 맑아서
세상을 밝고 아름답게 바라보아라

오뚝 솟은 콧날은
세상을 높게 보라고 높은 거야
꿈을 높게 세워라

아름다운 앵두 같은 작은 입술은
말을 조금만 하고 이쁘게 하라고
앵두처럼 이쁘게 생긴 거야

두 귀를 바라보아라
두 귀는 말은 조금만 하고 듣는 것은
한족 귀는 아름답고 좋은 말을 담고
한쪽 귀는 나쁜 말은 걸러서 담아야 한다.

꽃피는 삼월 / 남원자

동쪽에서 뜨는 해
서쪽으로 기울듯이
세상이 어수선해도
자연의 순리대로 찾아온다

매서운 바람의 겨울도
따뜻한 봄 햇살에 쫓겨가고
산에는 연분홍 진달래꽃이 피고
들에는 민들레꽃 어여쁘게 피었다

새싹이 굳은 땅을 솟아오르듯이
내 가슴속에 심어놓은 꿈 하나
새파랗게 피어오른다

개나리 꽃피고
종달새 노래하는 꽃피는 삼월
내 마음속에 심어 놓은 꿈 하나가
봄볕에 피어오르는 새싹처럼 힘차게
쑥쑥 솟구쳐 오른다.

담벼락에 핀 해바라기 / 남원자

높고 파란 하늘에
두둥실 떠 있는 하얀 솜사탕
잡으면 잡힐 듯 잡히지 않는다

담벼락 사이에 핀 해바라기꽃
해를 쳐다보면서
나 좀 쳐다보라고 예쁘게 웃는다

담벼락 사이에 노랗고 예쁜
해바라기 한 송이 꽃
노랗게 노랗게 예쁘게 피었다

고추잠자리 높이 날아다니면서
기쁜 소식 전하러 다닌다.

탄생 / 남원자

어미의 탯줄에서 아홉 달 만에 태어나
이 세상에 힘들게 나와서
높으신 님의 지시로 다시 하늘나라로 갔다
삼 일 만에 이 세상 광명한 빛을 보았다

환영하는 사람들 모두 슬픔에 젖어
웃음 대신 눈물만 뚝뚝 떨구고 있을 때
엄마는 멋진 하늘나라 구경하고
천당 들어가 열두 대문 여행을 하였다

하늘나라 여행을 하고 다닐 때
아기 옆에는 울음바다가 되었다
축복을 하기 위해 오신 가족들
눈물만 뚝뚝 흘리고 있었다

엄마와 아기는 세상의 광명한 빛
밝은 빛을 보고 부모님이 기다리는
반짝반짝 빛나는 별이 되어 탄생하였다

부모님께는 아픈 손가락이면서
가장 사랑받으면서 살아왔다
부모님의 끝없는 사랑 헤아리지 못하고
이제야 효도하려 하는데 세월의 무게감으로
쇠약해진 건강이 염려스럽다

시인 문철호 편

♣ 목차

시낭송 QR 코드

제　목 : 자클린의 눈물
시낭송 : 김락호

문철호 제1시집 "금강하굿둑에서"

문철호 제2시집 "너처럼 예쁘다"

 # 프로필

대한문인협회 회원
한국현대시인협회 회원
대한창작문예대학 지도 교수
계간 『대한문학세계』 신인문학상 심사위원
저서: 제1시집 <금강하굿둑에서>
　　　제2시집 <너처럼 예쁘다>

 # 시작노트

시를 쓴다는 것은 행복입니다. 그 행복을 누군가에게 전할 수 있다면 그것은 '덤'으로 얻는 행복입니다. 작품을 독자 곁으로 보내고도 이렇게 표현했더라면 좋았을 걸 하는 아쉬움이 남습니다. 그 아쉬움을 극복하려고 현재 진행형의 시인으로 살아갑니다. 코로나 블루(corona blue)를 겪는 독자들이 시선집(詩選集)에 실린 시를 감상하고, 고개 들어 블루스카이(blue sky)를 바라보며 해맑게 웃었으면 좋겠습니다.

소환된 테스 형의 변명辨明 / 문철호

"나는 죽기 위해 떠나고
여러분은 살기 위해 떠날 것이다"
이렇게 말하고 테스 형은
이천 오백 년 전 아테네를 떠났다

코비드 19가 창궐한 이 땅에
그나마 방역이 잘 된 이곳에 소환돼
우문愚問에 현답賢答을 주려고 했더니
위정자들이 정쟁政爭의 도구로 삼는다

예나 지금이나 변한 게 없다며
이천 오백 년 전처럼
담담하고 당당하게 발길을 옮긴다
"너 자신을 알라" 한마디 툭 내뱉고

오늘 세상이 힘들 때 와 준 형,
두려운 내일을 나는 또 어쩌라고
"아 테스 형, 아 테스 형……"
애타게 부르는 소리만 허공에 메아리친다

욕辱 한바탕 퍼붓고 / 문철호

코비드 19가 하늘길과 바닷길을 막고
폐부肺腑를 콕 찌르며 숨통을 옥죌 때
한 장의 마스크로 마지막 항전抗戰 중

괜찮다. 할 수 있어! 지켜온 방역체계
밀폐 밀접 밀집 공간과 시설 멀리하며
손 씻기와 마스크 쓰기로 지켜온 세상

하나님 깔보며 목사 탈을 쓴 사탄Satan의
감언이설甘言利說에 넘어간 어린양들
광장에 모여든 성조기에 무너진 방역

소녀상 욕보이며 애국 탈을 쓴 매국賣國의
교언영색巧言令色에 넘어간 돌엄마들
마당에 모여든 일장기에 무너진 방역

궤변詭辯의 목회자牧會者 오사五殺랄 놈
망언妄言의 애국자愛國者 육시戮屍랄 년
오만 잡것들이 골골샅샅에 미쳐 날뛴다

사이렌Siren의 유혹 / 문철호

동틀 녘 갑판에 커피 한 잔 든
일등 항해사 스타벅Starbuck이
검푸른 바다를 둘러보는 순간,
집채만 한 모비딕Moby-Dick의 꼬리질에
피쿼트Pequod호가 산산조각이 난다

시칠리아Sicilia 시레니스Sirenis 해안
울려 퍼지는 사이렌의 매혹적인 노랫소리에
선원들이 하나둘씩 바다에 빨려들고
바다는 배를 꿀꺽 삼킨다

풍만한 가슴과 긴 머리칼을 늘어뜨린
사이렌Siren의 고혹적인 미소에 홀리듯
스타벅스Starbucks의 커피 향에 빠져들어
마스크를 벗고 희희낙락할 때
코비드COVID 19가 생명을 위협한다

오디세우스Odysseus가 자신을 돛대에 묶고
부하들의 귀를 밀랍蜜蠟으로 막아
사이렌의 유혹을 이겨냈듯이
우리는 코비드 19의 유혹을 이겨내야 한다

* 사이렌Siren: 그리스 신화에 나오는 풍만한 가슴과 머리를 풀어헤친 매혹적인 인어인 바다의 신. 바다에 살면서 아름다운 노랫소리로 선원들을 유혹하여 위험에 빠뜨렸다는 존재.
* 모비딕Moby-Dick: 허먼 멜빌Herman Melville의 장편 소설(1851)로 백경白鯨이라고도 부름. 모비딕Moby-Dick은 소설 속 고래의 이름임. 1820년 11월 20일 태평양 한가운데서 포경선 '에식스호Essex'가 커다란 향유고래에 받혀 침몰한 사건에서 영감을 얻어 창작되었다고 함.
* 시칠리아Sicilia 시레니스Sirenis 해안: 오디세우스와 부하들이 자신의 유혹에 빠져들지 않고 뱃길을 통과한 책략에 낙담하여 바다에 몸을 던져 자살했다는 지중해 해안.
* 코비드COVID 19: Corona virus disease 19.
* 오디세우스Odysseus: 호메로스가 쓴 〈일리아스Ilias〉와 〈오디세이아Odysseia〉에 등장하는 인물로 트로이 전쟁에서 활약한 그리스의 영웅.

마스크 / 문철호

강점기 각시탈로 얼굴 가린 협객이
표적을 바람처럼 스치고 사라지면
우수수 낙엽 지듯이 떨어지던 모가지

코로나 바이러스 방어용 하얀 천사
악의 축 칼잡이가 폐부를 공격해도
생명의 선한 수호자 팔공 구사 마스크

안면암安眠庵 / 문철호

금강역사金剛力士와 팔부신중八部神衆이
백팔번뇌百八煩惱를 내려놓고 들라 하네

안면암 앞바다에 여우섬과 조그널섬
섬 사이에 떠 있는 부상탑浮上塔
부상교浮上橋 걸어 무념무상無念無想으로
극락정토極樂淨土 가는 길

달랑게가 밤새도록 탑돌이 하며
염주念珠를 만들며 번뇌煩惱를 떨어낸 듯
이곳저곳에 염주가 가득하다
백팔염주百八念珠 하나, 둘, 셋...
바다의 품에 한가득 찼다

누군가 쌓아 놓은 돌탑 위에
작은 돌 하나 얹어 합장合掌하고
교각橋脚의 부처 말씀 마음에 되뇌며
국태민안國泰民安 기원한다

* 팔부신중八部神衆: 불국佛國 세계를 지키는 8명의 선신善神
천天 · 용龍 · 야차夜叉 · 건달바乾達婆 · 아수라阿修羅 · 가루라迦樓羅 · 긴나라緊那羅 · 마후라가摩 羅伽

해미읍성海美邑城 / 문철호

황명 홍치 사 년 신해 조皇明弘治四年辛亥造
선혈鮮血로 선명하게 새겨진 곳

왜구倭寇를 막기 위해 쌓은 성
충무공 순신舜臣의 숨결 서린 곳

병인박해丙寅迫害의 산증인證人
호야나무가 시퍼렇게 서 있는 곳

동학년1894 동학군 성난 농민들
불의에 맞서 힘찬 함성 울리던 곳

한말韓末 의병義兵 분노의 눈빛으로
빼앗긴 주권 찾아 왜倭와 맞선 곳

나라와 백성을 위해 목숨 바친
이름 모를 병사들의 주검인 양

정의를 지키겠다는 강한 신념으로
목숨 바친 백성들의 주검인 양

읍성邑城의 동헌東軒 뒤곁에
꽃무릇이 짙붉게 피를 토한다

* 황명 홍치 사 년 신해 조皇明弘治四年辛亥造: '홍치弘治'는 명나라 효종의 연호임.
곧 조선 성종 22년(1491)임.
* 병인박해丙寅迫害: 1866년(고종 3년) 대원군이 프랑스인 신부와 조선인 천주교도를 탄압한 사건으로
1871년까지 계속되었던 우리나라 최대 규모의 천주교 박해.

청허정清虛亭 / 문철호

해미읍성海美邑城 동헌東軒 뒤편
가파른 계단을 올라 하늘과 맞닿은 곳
강점기强占期에는 신사神社를 만들어
참배參拜를 강요받던 치욕의 장소

오른쪽에는 푸른 대나무가
잘 훈련된 군병軍兵처럼 우뚝 섰고
왼쪽에는 갈맷빛 안면송安眠松이
거문고 소리에 맞춰 학춤을 춘다

푸른 하늘 아래 구름도 쉬어가는 곳
맑은 기운으로 욕심을 비우는 정자亭子
넉넉한 마음으로 천수만淺水灣 바라보며
시를 읊던 선비들의 모습이 눈에 선하다

자클린의 눈물Jacqueline's Tears / 문철호

차창車窓 밖으로 억수가 내리고
자클린의 눈물Jacqueline's Tears이
첼로의 슬픈 가락을 타고 흐른다

좋아하는 음악만 사랑할 것이지
부모의 반대와 개종改宗까지 불사不辭하고
어찌 사랑이란 늪에 빠졌는가

꿈 같고 꿀 같은 시간도 잠깐
다발성 뇌척수 경화증硬化症으로
첼로의 현絃을 뜯고 활을 켤 수 없게 된 그녀

기쁨도 슬픔도 함께하자더니
박제剝製처럼 굳어져 가는 그녀를 버리고
다른 악인樂人과 눈 맞아 이별을 고告한 못난 놈

슬픔과 분노에 찬 그녀는
몇 날 며칠을 뜬눈으로 지새우며
얼마나 울고 싶었을까

허나 척수 손상으로 마비된 얼굴로
눈물조차 흘릴 수 없었으니
속은 시커멓게 타들어 갔겠지

꺼이꺼이 목놓아 울고 싶은
그녀의 눈물이 오늘 억수가 되어
내 가슴을 채찍으로 후려치듯 쏟아진다

* 자클린의 눈물Jacqueline's Tears: 독일 태생의 프랑스 오페레타 작곡가
자크 오펜바흐(Jacques Offenbach: 1819-1880)의 곡.
독일 첼리스트 베르너 토마스 미푸네(Werner Thomas Mifune)가 발굴하고 편집해 세상에 알림.
* 자클린 뒤 프레Jacqueline Du Pre(1945-1987): 영국의 천재 첼리스트.
5세 때 첼로를 배우기 시작해서 15살에 프로로 데뷔하여 20대 초반에 국제적 명성을 얻었으나,
25세 때 '다발성 뇌척수 경화증'에 걸려 28세에 공식적으로 은퇴. 병마와 싸우다가 42세로
생을 마침. 엘가 첼로 협주곡과 드보르작 첼로 협주곡 연주가 그녀의 대표적인 명연주로 꼽힘.
* 억수: 물을 퍼붓듯이 세차게 내리는 비.

가물치의 효 / 문철호

어미는 오랜 시간 태화胎化에 힘쓰며
젖 먹던 힘까지 다해 용쓰고 산란 후
앞을 보지 못하는 슬픈 신세가 되어

먹지 못해 몸은 야윌 대로 야위고
배고픔도 아랑곳하지 않은 채
새끼들만 무탈하게 자라길 빌고 빈다

알에서 부화한 수많은 새끼가
앞을 못 보는 어미를 위해 울면서
인당수에 심청이 몸 던지듯 헌신하고

자식의 살신공양殺身供養으로 눈을 뜬 어미가
밝은 세상을 다시 보는 기쁨도 잠깐
반포지효反哺之孝의 헌신에 억장이 무너진다

연어의 모성애 / 문철호

맑은 민물에서 나고 자라
바다로 나갔다가 회귀하는 연어

어미가, 어미의 어미가 그랬듯이
태어난 곳에 돌아와 알을 낳아
부화할 때까지 꿈쩍 않고 품는다

갓 태어난 새끼들에게
자신의 살을 먹이로 떼어 주며
모성애로 고통을 참는다

새끼들이 자라는 모습에 미소짓고
앙상한 뼈만 남은 채 눈을 감는다

시인 민만규 편

♣ 목차

시낭송 QR 코드
제 목 : 깊어가는 가을
시낭송 : 최명자

#프로필
대구 거주
대한문학세계 시 부문 등단
(사)창작문학예술인협의회 회원
대한문인협회 대구경북지회 정회원

#시작노트
내게 진갑(進甲) 선물이 신인문학상 수상이다. 선물치고는 과분하지만 내 생애 최고의 선물이다. 내겐 두 삶이 생긴 셈이다. 전반기는 태권도인의 삶이었고 후반기는 시인의 삶이다. 태권도가 나의 행복이었듯이 이제는 시가 나의 행복이다. 태권도는 한 시대를 풍미하고 역사의 뒤안길로 사라지고 새로운 시문학 시대가 도래했다.
인생이막 마지막 열정을 가슴으로 뛰는 시로 독자들에게 다가가고 싶다. 누구나 쉽게 읽고 공감하며 힐링할 수 있는 깊은 산속 옹달샘 같은 맑고 청량한 시를 쓰고 싶다.
그리고 나의 시간이 다하는 날 후대에 가슴으로 길이 남을 명작 하나쯤 남기고 가고 싶다.

황혼 커플 / 민만규

삶의 여백에
사랑 배려 행복을 한 바구니 담고
황혼이란 소풍 열차에 몸을 싣는다

저녁노을 반기는 사랑 찾는 소풍 길
우리는 그 길을 함께 하기에
늘 행복의 꽃향기가 가득합니다

함께 걷는 걸음걸음마다
꽃잎 사랑 보랏빛 행복이
흰 눈 쌓이듯 소복소복 쌓여만 갑니다

알콩달콩 함께한 모든 날들이
참으로 소중하고 값진 것이었다고

나의 시간이 다 하는 날

서쪽 하늘 붉게 물들인 저녁노을로
아름답게 소회되었으면 합니다

임 마중 / 민만규

기다림에 목마른
그리운 임이기에

밤하늘의 꽃
별 하나 따다가
내 마음 깊숙이
고이 숨겨놓고

어스름 길 따라
그리운 임 찾아오면

별꽃으로
어둠을 밝히며
임을 반기리

시인(詩人)의 마을 / 민만규

흐드러진 하얀 백합 꽃밭 고랑 이랑 사이로
까만 전투복을 입고 향기 품은 시제(詩題)들이
줄지어 고개를 내민다

애잔한 그리움을 싣기도 하고
애틋한 사랑을 담기도 하고
이별의 슬픔을 품기도 하고
시대의 아픔을 대변하기도 하고
아름다운 자연을 노래하기도 한다

봄꽃이 앞다투어 피듯이
실시간 제각각 다른 향기로
불 꺼진 시인 마을에
깜박깜박 노랑 불을 밝힌다

시인의 정성과 사랑을 한 몸에 받고
새 생명으로 탄생한 시(詩)들은
예쁜 이름표를 달고
세상을 향해 꽃망울을 터트린다

애지중지 선택받은 시는
시낭송가의 고운 음률을 타고
너울너울 날갯짓하며 푸른 창공을 날아 올라
지구촌 곳곳에 행복의 시 향기를 나눈다

기일 팔공산 은해사에서 / 민만규

음력 오월이십일 가신 임의 기일이다

그리운 임 계신 곳 천년고찰 은해사
몽글몽글 안개비가
억만년 고고한 자태 산허리를 휘어감아 품어 안고
나의 귓전에 입맞춤하며 어서 오라고 속삭인다.

하늘 가린 안개비는 희뿌연 드레스를 걸치고
송골송골 치솟아 면사포구름 품에 안긴다.

고고(高古) 한 푸른 자태 천년 고송(古松)은
한 폭의 산수화에 화룡점정(畵龍點睛) 찍고
말없이 미소 지으며 애환 서린 이내 마음을
살포시 안아준다.

임 계신 산마루엔
이름 모를 산새들이 재잘재잘 반겨주고
임의 벗 다유기는 작은 소나무 아래서
방긋 방긋 미소 짓는다

마음의 삼 년
애도(哀悼)로 슬피 울고
이제사
눈물을 닦고 그토록 사랑했던 임의 손을 놓고
잘 가라 작별 인사 나눕니다

찻잔 속에 피어나는 그리움 / 민만규

모락모락 피어나는

커피 향에

애잔한 그리움을 담아

진한 향기에 취해보렵니다

찻잔 속에 일렁이는

잔물결은

그대 생각에

설렘으로 속삭입니다

몽글몽글 피어나는

그대 향기는

행복이 머물다간

포근한 둥지로 남습니다

오늘도

국화 향기 머금은 사랑 한 잎

찻잔에 띄워

그대 그리움으로

찻잔 속에 머뭅니다

낙엽의 일생 / 민만규

낙엽 한 잎
소슬바람 선율을 타고
나불나불 대지에 입맞춤하며
사뿐히 내려앉습니다

한세상을 풍미하고
힘없이 추락하는 낙엽을
온정으로 품어 안은 가을이
너무나 아름답습니다

제 소임을 다하고
떠날 때를 알고 홀연히
떠나는 낙엽의 뒷모습이
참 아름답습니다

이리 뒹굴고 저리 뒹굴며
오가는 길목
차디찬 땅바닥에 드러누워

바스락 바스락
밟히고 부서져
누군가에 낭만의 추억길을
열어줍니다

가을의 백미 낙엽의
눈물겨운 숭고한 희생은
가을의 전설로 일생을
아름답게 갈무리합니다.

텅 빈 마음 / 민만규

흰 구름 곤히 잠든 산마루에
달빛이 내리면
앞산 산노루 애달피 우는데

살랑살랑 갈바람은 그리움 싣고
임이 누운 내 가슴에
파고듭니다

밤하늘에 별들은 소곤소곤
다정스레 사랑을 나누는데
짝 잃은 기러기는
허허한 마음 눈물로 채웁니다

귀뚜라미 노랫소리에
가을밤은 깊어가고
저 산 너머 임 계신 곳
풀벌레 슬피 우니

텅 빈 마음
달랠 길 없어
눈물 젖은 하얀 도화지 위에
그리워 그리움을 채색합니다

도산서원 풍경 / 민만규

군자의 도(道) 경(敬)을 따라나선다
구름을 뚫고 하늘로 치솟아 키재기하며
줄지어 반기는 노송의 노랫소리가 정겹다

서원 앞마당엔
곧은 절개 선비의 표상을 품어 안고
오백년 세월의 무게에 휘늘어져 누워
인공관절의 부축을 받으며
고목의 운치를 뿜어내는 왕버들이 용틀임한다

유선형으로 굽이쳐 흐르는 안동호는
거대한 몸짓으로 햇살을 이고 지고
유유자적 낚싯대를 드리우고 세월 낚는
강태공은 카메라의 초점에 들어앉는다

조각난 흰 구름도 가던 길 멈추고
산마루에 걸터앉아
한여름의 시원한 솔(松)바람에 몸을 맡긴다

맑고 푸른 파란 도화지 위엔
솔개가 까만 점선으로
한 폭의 수묵화를 그렸다 지웠다
시인의 마음을 붙든다

깊어가는 가을 / 민만규

높고 넓은 파란 가을하늘엔
양떼구름 노닐고
형형색색 물들어 가는
단풍 산야에는
잠자리 떼
가장무도회가 열립니다.

넉넉한 보름달 품에 안긴
풀벌레는
별들의 합주곡에 장단 맞춰
미리내를 무대로
깊어가는 가을밤의
작은 음악회를 엽니다

고향 떠난 낙엽은
갈색 바람에 몸을 누이고
단풍으로 음색한
산사의 풍경소리는
은빛 파도 일렁이는
억새의 새벽을 깨웁니다

농부의 땀방울로 결실을 맺은
황금 들판은
알알이 익은 풍성한 열매로
풍요로운 가을을 갈무리합니다.

가을 갈무리 / 민만규

은행나무초리에 매달린
노랑 잎새는
나뭇가지에 걸린 햇살에
아쉬움 걸어두고

불어오는 소슬바람에
걸터앉아
가을 갈무리 여행을 떠난다

갈색 옷을 벗은
미루나무 우듬지에
까치집은
뾰족이 얼굴을 내밀고

황금물결 들판은
무거운 짐을 내려놓고
논바닥에
덜렁 드러눕는다

가을이 써 내려간
홍엽 편지는
갈색 추억을 담아
책갈피에 잠든다

시인 박기만 편

♣ 목차

★ 시낭송 QR 코드

제 목 : 봄비

시낭송 : 박순애

#프로필

광주광역시 거주
대한문학세계 시 부문 등단
(사)창작문학예술인협의회 회원
대한문인협회 광주전남지회 정회원
2019년 올해의 시인상 수상
2016년 향토문학상 수상

#시작노트

새벽에
까치 소리 요란하더니
뜻밖에 소식이다.
순간 잔잔한 가슴에 바람이 분다.

시인은 설렘이 있어야
노래가 터진다지만
저 깊이 가슴속에서부터
격한 파동으로 울리어 온다.

그 많은 세월 잊고만 살았는데
이제라도 가슴이 열린다면
하늘 높이 소리치며 노래 불러보자!

봄비 / 박기만

봄비가 내린다

온 천하 대지를 적시며
나뭇가지에 생명을 주듯
생육의 단비가 내린다

목련꽃이 속옷을 내보이니
개나리가 생긋 웃으며 달려 나오고
진달래도 시샘하듯 얼굴 붉힌다

싱그러운 봄 향기가
자연의 신비 속을
속삭이듯 조용히 봄비가 내린다

봄비가 희망으로 꽃 피운다

기도 / 박기만

지난밤 쌓인
먼지를 쓸어 냈는지

청명한 하늘은
마음조차
푸른 빛으로 물들이는
아침이어서

첫걸음 내딛는
발걸음도 가볍다

오늘이 있음에 감사하고
내일을 기대하는 마음엔
저 하늘만큼이나 높은 이상을
품을 수 있어 행복하다

오늘도
아름다운 삶을 위한
나의 기도가
내 발자취로 남기를 소원한다!

백일홍 / 박기만

골목길 담장이며
가로수길 할 것 없이
간즈름나무 꽃이 핀다

뜨거운 여름 햇살
붉게 물든 꽃나무에
온 마을이 불타는 듯하구나

타오름달 더위이지만
네가 피면 아름답고
네가 지면 쓸쓸할 텐데

그래도 개의치 않고
꿋꿋한 네 자태 붉은 깃발은
벗을 그리는 내 마음 같구나

그래, 그 마음 피어나
피고 지고 또 피어
온새미로 백일동안 불타듯 피어나라

가을에 / 박기만

친구야
가을이잖아

단풍이 들고 낙엽이 져도
우리 숙연하지 말자

그냥 파란 하늘 보며
소싯적 마음으로
산이나 들로 나가자꾸나

코스모스 살랑거리며
국화 향 가득한 꽃밭을 거닐며

꽃반지 끼워주던
그 시절처럼
손잡고 가자꾸나

우리들 마음에
가을 하면 괜스레 처연하지만

진한 커피 향 같은 마음으로
높은 하늘 양떼구름
쫓아가자꾸나

친구야
가을이란다!

그대에게 가는 길 / 박기만

그대 아시나요
그대에게 가는 길은
너무도 설렌다는 걸
밤새 하얀 눈이 내린 길을
뽀드득뽀드득 처음 밟으면
심장 소리도 함께 쿵덕거려요

온 세상이
하얀 눈으로 가득한
설국의 아침
눈 부신 태양 그대 만나면
부끄러워 다 녹아버리지요

한발 한발
그대에게 가는 길
새하얀 눈 위에
부끄러운 발자국을 남겨요
누가 볼까 봐 그대만 볼 수 있게
그대 가슴에 하얀 발자국

단풍 / 박기만

수줍은 시골 새색시
빨갛게 타오른 볼같이

단풍은 머그잔에
찰랑거리는 갈색 커피 내음이어라

그 빛바래지기 전에 추억을
커피잔에 숨기고 싶고

오색 영롱한 단풍을 바라보며
그 향 내음을 커피에 적시고

가을 속으로 그냥
소리 없이 빠져들고 싶다

사랑 / 박기만

헤어지기가 어려운 것은
그대가 떠나간 뒤에
그래도 정이 남기에
한동안 못 잊어 괴로워할까이지요

이제는 꽃이 피는 것도
반가워하지 않는 것은
활짝 핀 꽃 향기에
그대 내음이 있을까 두려워서이지요

세월이 흘러 그리움도 떨어지고
더는 꽃도 피지 않는다면
그대는 영영 오지 않을까
눈물만이 슬픔을 가리겠지요

가을 / 박기만

떨어지는 낙엽을 밟으며
발길이 스치는 곳마다
누군가 비워 놓은 것들을
밟고 가야 하는
길 위의 여정은
주홍빛으로 익어가니
열정이 몸살 하듯 불태우는
가을인가!

가슴조차 황홀한 이 가을
펼쳐놓은 한 폭의 그림이어라!

아침 안개가 자욱하더니
뒤늦게야 하늘이 눈을 뜨고
햇살이 반가운 건
형형색색 영롱한 단풍을 그리는
행복한 여유로움일까
그마저도 운치 있어 보이니
생각이 멋을 만드는 것이 아닐까!

석별 / 박기만

길고도 짧은 세월
손끝에서 멀어지니 마음으로 아파지네
깊은 밤 홀로 새우는 촛불조차 애처롭구나
안타깝게도 이제 다시 만나기 어려워라

친구여, 우리
이제 자주 만나기는 어려우니
이별을 할 때만이라도 서두르지 마세나

다만 이 밤이 지고서
쉬이 날 밝을까 두려우니
어찌 빈 술잔 채우기를 마다하리

내일이면
그렇게 휩쓸려 알아서들 헤어질 텐데
동지섣달 긴긴밤에
못다 나눈 회포나 다 풀어보세나

새해에는 / 박기만

새해에는
이렇게 살게 하옵소서!

하루하루 마지막이라
생각하며 살게 하소서!

추억에 머무르지 않고
내일의 희망을 찾아보며
감사하는 마음으로 살게 하소서!

사람을 귀하게 여기고
서로서로 안부 전하며
사랑하며 살게 하소서!

작은 것에 행복해하며
내가 먼저 베푸는
가슴 뛰는 기쁨으로 살게 하소서!

좋은 것만 기억하며
벅찬 가슴에 웃음 가득히
맑은 가슴으로 살게 하소서!

이렇게 하루하루 살면서
일 년 365일 내내
복된 날들 되게 하옵소서!

시인 박기숙 편

♣ 목차

#프로필

수원 거주
(사)창작문학예술인협의회 회원
대한문인협회 경기지회 정회원
저서 : 시집 <기다림이 머문 자리>

#시작노트

존경하는 김락호 이사장님과 심사위원 여러 분께 진심으로 감사드립니다.

부족한 저의 시가 2021년도 명인명시 특선 시인선에 선정되었다니 참으로 마음이 기쁩니다. 더욱더 시인으로서의 자질과 품격을 갖추도록 노력하려고 합니다.

앞날에 대한문협의 무궁한 발전을 기원합니다. 모든 문우님들! 건강하시고 행복하세요.

시낭송 QR 코드

제　목 : 꽃비가 내리는 날에
시낭송 : 임숙희

박기숙 시집
"기다림이 머문 자리"

호박꽃 / 박기숙

샛노랗게 피어오르는
황금색의 호박 초롱꽃

너무나도 아름다워
다시 한번 바라본다

아름답고 향기로운 칵테일에
물빛처럼 영롱하게 피어나는 호박꽃

우리 집 뜨락의 복숭아나무, 앵두나무,
라일락 나무, 줄기를 타고 끝없이

넝쿨을 만들며 하늘을 향하여
고개를 세우고 기어오른다

아! 집념의 세월이여
영원히 변하지 않는 만고불변의 진리의 여신이여

세월이 가면 달덩이 같은 누런 호박이 주렁주렁 달리겠지
상상만 하여도 내 마음은 푸근하다

노란 호박덩이가 우리 집에
여기저기에 매달려 호박 잔치가 벌어질까

그래, 기쁜 날이 오겠지
나 혼자서 오늘도 흥에 겨워 콧노래를 불러본다.

꽃비가 내리는 날에 / 박기숙

꽃비가 하늘에서 살며시 내려온다
이 비는 사랑 비일까 아니면
그리움에 지친 애잔한 눈물의 비일까

나의 마음은 어느 사이
콩닥콩닥 설렘으로 부풀어 오른다

나의 임은 언제나 만날까

빠알갛게 타오르는 불꽃 같은
내 심장은 임 그리워
오늘 하루도 임 계신 곳만 바라본다

꽃비야 어서 내려라

임이 오신다면 꽃분홍 치마에
노랑 저고리 곱게 차려입고 임 마중을 하러 가야지.

가을 하늘 / 박기숙

하얀 구름 한 점 없는
맑은 가을 하늘에

갈매기 떼들은
푸른 창공을 나르고

까치와 까마귀 떼들도
덩달아 실룩대며 꼽사리를 낀다

검푸른 쥣빛 하늘에 하얀 비행기
한대가 쌕쌕거리며 날아간다

날아라. 날아라 하얀 비행기야 너는 어디로 가는 거니
혹시 내 고향을 가면 우리 부모님께 나의 안부나 전해다오

코로나 때문에 추석이 와도 뵙지 못하니
걱정하시지 말라고 자식 걱정하지 말고
부모님의 건강이나 걱정하시라고

산여울 시냇가에서 뛰어놀던
철부지 그 시절이 하도 그리워서 눈물이 납니다

황금 들판은 노랑 금물결로 파도치고
울긋불긋 코스모스 꽃잎들은 서로서로 애정에 몸부림치며

가을사랑에 몸을 비비대며
살랑살랑 입맞춤한다.

하얀 그리움 / 박기숙

가을이 오면 하얀 그리움의 열매 하나가 내게 맺혀 옵니다
방실방실 미소 지으며 내게 인사합니다

사랑한다고 그리웠다고

그리움의 열매는 내 온몸을
불태우며 내 품에 안겨 나를
꼭 껴안아 주며 속삭이지요

영원히 빛나는 사랑을 하자고

가을에 불타는 하얀 그리움은
어느덧 꽃물이 되어

내 가슴을 새빨갛게
강물처럼 흘러가고 있답니다.

만추의 요람 / 박기숙

오! 왔구나! 왔도다

울긋불긋 산천초목이 총천연색으로
그림을 그리는 가을의 천사가 왔구나

어여쁜 단풍잎들이 찬바람에 휘둘리며
한잎 두잎 낙하를 한다

구르몽의 낙엽처럼 외롭게
쓸쓸히 떨어져 바닥을 뒹군다

우리네 인생과 그 무엇이 다를까

그러나 나는 지금 만추의 요람 속에서
가을을 만끽하며 내 생애의 최고의 인생을 즐기고 있다

청춘아! 인생아!
가지를 말아라

나의 생을 다하는 최후의 그 날까지.

가을 사랑 / 박기숙

가을아 단풍아 낙엽아!

하늘을 나는 참새떼야!

가을이 곱게 익어가고 있단다

푸르게 높아만 가는

가을 하늘도 어느덧 세월이 흘러

옥색의 쪽빛 하늘로

곱게 물들어 가는구나

가을맞이 꽃잎들은

가을 사랑에 취하여

색동옷 곱게 차려입고

손님 맞으러 잔치 준비에

분주하다.

임아 어서 오소서 / 박기숙

사랑하는 나의 사람아
어찌하여 못 오시나

가을이 가고 추운 겨울이
지나고 따뜻한 봄이 오면

진달래 빨갛게 피고
개나리 노랗게 피면

뻐꾹새와 함께 노래 부르며 오시려나
그립다고 말을 하니 더욱더 그리운 나의 임아

임의 모습 보고파서 오늘도
임 계시는 곳만 바라보다가

석양에 노을 진 황금빛 끝자락만 바라보누나

임이여! 그리운 나의 임이여
오실 날을 손꼽아 기다리는
나의 마음을

그대는 아시는지 모르시온지
이 가슴이 다 타들어 갑니다.

감나무 / 박기숙

감나무에 주렁주렁
매달려 있는 아기 감 엄마 감들이
한 폭의 수채화처럼 아름답다

앞집 아주머니가 감을
몇 개 따서 주신다

꾸벅 고맙다고 인사를 했다

볼 때마다 풍성한 과일이지만
너무나도 고운 빛깔들로 식욕을 자극한다

아침 옥상에 올라가면 항상
내 마음을 분홍빛으로 물들여 준다

고운 빛깔은 어디에서 왔을까

나는 오늘도 감나무를 바라보며 조물주의 창작집 속에서

이렇게 고운 빛깔의 창조성에 감탄을 싣고
푸른 하늘을 향해 내 마음의 노래를 띄워 보낸다.

산과 바다 / 박기숙

산은 산이로되 옛 산의
푸른 산은 어디로 가고

총천연색 시네마 컬러로 변하였다

바다는 푸르되 명경지수의
옛 푸른 물이 아니로다

친구야 어이 할꼬!

그 옛날의 순수하고
맑은 금수강산을
어디 가서 찾아야 할꼬

애통하도다

세월의 허무한
상혼의 흔적을...

산과 바다는
울부짖는다.

청련암에서 / 박기숙

붉게 타오르는 가을

만산홍엽의 가로수
길을 걸어 청련암을 찾아갔다

뒤로는 광교산의 수려한
산악 자락이 비단결같이

곱게 펼쳐지고 왼쪽으로는 울긋불긋
산수들이 총천연색 빛깔들로
꽃동산을 만들었다

꽃동산 공원 벤치에서
친구들과 함께 노래를
들으며 담화를 나누는데

저만치서 들려오는
그윽한 풍경 소리는
내 마음을 고이 적시며

불타의 경전 속으로
취하게 하여 몰아지경에
이르게 하는구나.

시인 박남숙 편

♣ 목차

시낭송 QR 코드

제　목 : 그대를 소환합니다

시낭송 : 박남숙

박남숙 시집
"그리운 것은 사랑이다"

 # 프로필

경북 구미 거주
대한문학세계 시 부문 등단
(사)창작문학예술인협의회 회원
대한문인협회 정회원
대한문인협회 대구경북지회 정회원
대한시낭송협회 정회원

<저서>
시집 "그리운 것은 사랑이다"
<공저>
명인명시 특선시인선(2019~2020)
"가을문"
2019년 대한창작문예대학 졸업작품집
"가자 詩 심으러"

 # 시작노트

꽃잎처럼 바람결에 날아들어
마음의 섶다리에
가랑비 적시듯
나풀거리는 인연이라는 소중한
그대가 있어 행복합니다
오늘도 내일도
그 행복한 詩 바다에서 유영하고 싶습니다.

내 마음의 굴뚝 / 박남숙

어릴 적 고향에는
꽃샘바람에도 문풍지가
종일 펄럭이며 우는 방이 있었다

아랫목 온기를 비집고
이불을 덮으면
낮에 놀던 숲도 함께 누워
재잘대던 냇물이 흐르고
총총 징검돌마다 동무들의 얼굴이
헤살헤살 아지랑이 피어오른다

엄마의 한 평생이
반들반들 닳아진 마루에는
겨우내 얼었던 맷돌이
봄맞이 씻은 몸을 푸는 해걸음 녘

부엌 아궁이 부지깽이가
허기진 뱃속을 부지런히 뒤집는 동안
가마솥 밥이 솔솔 익어 가고
춘궁기를 견디던 굴뚝에서 솟는
솔방울 타는 연기 내음이 아련하다

오늘 왠지 그 시절
문풍지 우는 방 아랫목 이불속
고향의 향수와 엄마의 채취가
코끝에 저려와 스산한 밤

그대를 소환합니다 / 박남숙

마른 가지에 그네를 타는
계절이라는 용수철은
누가 뭐라 하지 않아도
늘어진 능선을 잘도 타고 오르고 있다

마음의 섶다리 엮어서
자석처럼 서로를 끌어안고서야
마주한 손끝에 매달린
사랑의 거리가 점점 줄고 있음을 알아간다

서로에게 순간순간이 풍경이 되고
설렘의 알갱이로 이루어진
시간의 초침이 신호등처럼 그대를 소환합니다

점점 익어가는 낙엽들의 모습
백열등의 불빛이 멈춘 그곳에
한 장의 가을 추억이 오롯이 담긴 채
중년의 뜨락은 가을비에 젖고 있습니다

화살 꽃 / 박남숙

모락모락 피어오르는
커피잔을 감싸고
허기진 듯 익어가는 가을을 훔쳐본다

중년의 눈썹에 내려앉은 실루엣
느릿하게 펼쳐놓은 젊은 날의 순정
질투의 화살 꽃으로 물들어 누워있다

가슴 갈피에 피워놓은
옛사랑에 애태웠던 모든 순간을 벗어버리고
또다시 다가온 홍엽으로 물들여
그대를 원 없이 품고 싶어진다

가을꽃으로 물들어 가는 노을길에
사람의 온기가 묻어나는 그대와 함께
살아온 만큼 흔들리며 걸어 보련다.

낙엽의 행로 / 박남숙

서걱거리는 갈대숲의 은물결
흐린 하늘에 구겨진 마른 잎새들
삶의 행로는 어디로 정했을까

안개 속을 걷는 창가의 빗방울
가을을 마음껏 품지 못해서일까
차갑게 떨어지는 그리움의 가을비
겨울 문턱을 서성거리고 있습니다

흩어지는 낙엽들 발뒤꿈치 들고
촉촉이 젖은 도로를 방황하며
품었던 모든 것을 털어버리려
또 다른 계절을 넘기 위한 준비를 하고 있습니다

오직 그대만을 바라보던 눈빛은 지층을 향하고
길고 긴 여행을 떠나는 뒤태에
누군가 떨구어 놓은 고독 한 줌 이
노을 끝자락에 달빛의 흐름을 기다리고 있습니다

또 하나의 계절 / 박남숙

삶의 기억들이
길고 긴 낙엽송 끝자락에 몸을 기대고
도난당한 시월이
한낮의 햇볕을 달콤하게 쬐고 있습니다

빛과 마주한 풍경들은
곱게 핀 꽃처럼 홍엽으로 둘러싸여
바람이 흔들고 간 자리에
시어를 하나둘 주워 담기에 여념이 없습니다

나뭇가지에 매달려
빛났던 퇴색 되어 버린 시간
오늘은 또 다른 물감으로 덧칠하고
들이키며 내뱉는 숨소리가 거칠게 불어옵니다

노을빛에 파고드는
그리움을 책갈피에 꽂으며
또 하나의 가을을 커피잔에 섞으며
그대의 마음인가 내 마음인가 합니다.

달빛에 걸린 시월 / 박남숙

단풍잎 하나둘 하늘 속으로
가을이 담기는 소리가 요란하다
부풀어 오른 풍선처럼
마음도 사랑의 선물같이 물들고 있다

메밀이 익어가는 바람의 숨결
바다처럼 푸른 하늘빛에
그리움의 몸짓 흔들리며 번져온다

첫사랑 설렘으로 다가선 오솔길에
구절초 꽃잎 바람 타는 수줍음이
오늘은 그대의 혈관속으로 파고든다

갈바람에 휘어진 별빛도
일렁이는 구절초 향기에 취해
녹슨 동맥혈처럼 달빛에 걸려
붉은 사색이 산통 같은 몸살을 앓고 있다.

천년의 가을 / 박남숙

풀꽃에 묻어나는 천년의 역사
조문정 문살에 묶인 능과 능
경덕왕의 애잔함이 가을 햇살에 마음 달랜다

수줍은 핑크빛 갈대 꽃가마 타고 다녔을
바람의 향기로 실어 날으고
흔적 없이 사라진 것들의 사유를 묻지 않고 있다

언덕 위 소나무 잎새에 매달려
민족의 뿌리가 천지를 품은 듯
향기를 숨긴 목단 만이 우두커니 서 있을 뿐이다

인연의 곡선으로 마주한 가슴과 가슴 사이
오래도록 꽃의 향기로 물들어가는
그대 붉은 마음 햇살 빛으로 타고 흐른다.

가을 앓이 / 박남숙

어느새 가을이 바람에 묻어와
가로등 밑에 새우잠을 자고 있습니다

노을도 강으로 소풍 가듯이
붉은 등 두 손 가득 들고
강물에 띄우며 소원을 불어 넣어 봅니다

모두가 미소짓는 그런 날
함께 손잡고 단풍처럼 물들어가는
축제의 꽃이 피는 날
그런 날이 오길 기다려봅니다

서로가 서로에게 의심하지 않고
함박웃음으로 보듬어 줄 수 있는
그런 일상이 그리운 계절
그대의 웃음이 왠지 보고 싶은 날입니다

사람의 온기 사랑의 향기를 아는
그대를 만날 수 있다는 생각에
코발트 물감을 하늘에 풀어 놓습니다.

사랑 노래 / 박남숙

실바람에 살랑거리는 햇살은
잔잔한 호수 위에 꽃버선을 신고서
화려한 부채춤을 추고 있다

노란 저고리 맵시 나게 입은 개나리와
연분홍 치마 곱게 두른 진달래는
세상을 수놓은 한 폭의 수채화가 된다

이 산 저 산에는 꽃향기가 가득하고
이 골 저 골에는 사람 향기 가득해서
바람 따라 들려오는 노랫소리 정겹다

앞뜰에 널어놓은 하얀 홑이불이
깃털처럼 바람을 타고 하늘을 나를 때
한 쌍의 제비 처마 끝에 돌아와
지지배배 지지배배 사랑 노래 정겹다.

그리움 / 박남숙

새벽을 태워
불씨를 살려낸 어머니의 아궁이
안방 아랫목이 사랑으로 데워지면
목화 이불 속 애틋함이 피어난다

흙 마당 바지랑대 높이 솟아
하얀 모시 저고리 햇살 속에 펄럭이고
숯 등이 올라앉은 화롯불엔
온정을 다리는 인두가 꽃을 피운다

놋수저 올려진 소반에는
찰랑찰랑 탁배기 한사발 더해지고
가슴으로 챙기시는 두 분의 미쁨
눈꽃 같은 아이들의 미소가 맑다

고대광실 아니어도
구겨진 아낙네의 앞치마는
서방님의 도포 자락에서 풀물 들인 그
꼿꼿함에 은혜 함을 수 놓아 간다

도포 자락 휘날리며 대문을 넘는
아버지를 바라보는 어머니 고운 미소
산허리 감싸 안은 조각구름 마냥
살랑살랑 행복이 날아든다

그 따뜻한 품이 그립다

시인 박상현 편

♣ 목차

시낭송 QR 코드

제 목 : 능소화
시낭송 : 박순애

 # 프로필

대한문학세계 시 부문 등단
(사)창작문학예술인협의회 회원
대한문인협회 서울지회 정회원
2020 명인명시 특선시인선 선정

 # 시작노트

고향의 동백꽃 아래 떨어진 동백씨앗을 화분에 심어놓았습니다. 생각지도 않은 씨앗에 작은 생명이 흙을 비집고 나와 빛나는 잎을 보여주었습니다. 햇살에 빛나던 잎들이 자라 작은 줄기를 만들고 이름을 얻고 동백나무로 자라고 있습니다. 세월이 흐른 어느 겨울꽃 망울이 돋아나고 새색시 닮은 꽃이 피어나겠지요. 기다리는 맘처럼 동백잎은 겨울 햇살 속에서 멸치 떼의 파닥거림처럼 반짝입니다.
꽃봉오리 올라오는 날에는 사랑하는 이에게 손편지 한 장 쓰렵니다. 오래도록 사랑이 묻어날 편지 빛이 바래도 향기 나는 동백꽃 편지 한 장 쓰렵니다.

당신이 계신 그곳엔 언제나 동백꽃이 피어나길 바라며......

명자꽃 / 박상현

아무도 모르게 잊으리
새벽을 기다리는 이별
잊은 얼굴 그려보다 돋아난 가시 하나
손끝에 맺히는 붉은 입맞춤

담장 길 따라 수줍게 고개 숙인 햇살
가시 끝마다 걸린 약속들
밖에 걸어둔 달빛 사이로 붉은 물이 든다

겨울 벼 그루터기마다 지나간 쟁기질
고봉 쌀밥처럼 애써 웃어봐도
물동이 흔들림처럼 흘러내리는 꽃잎

아무도 모르게 잊으리
조용히 나무 뒤에 숨어드는 그림자처럼
잊어야 할 숨어서 피어나는 꽃

가시마다 붉게 물들이고
아무도 모르게 잊으려 해도
그림자마저 새색시 볼처럼 붉게 물들이는
명자꽃 아래 편지 한 통 매달아 둔다

거미 / 박상현

별들이 산딸나무 꽃 되어
햇살에 누워 기지개를 켜는 5월
나는 꽃그늘에 누워 별 닮은 당신을 그려봅니다

달맞이꽃 꽃대가 달빛을 찾아
어린아이 걸음처럼 아장아장 걸어가는
어스름 저녁 어디선가 작은 거미 한 마리가
하늘에 별을 그물에 매달고 있습니다
하늘을 꽉 채운 그물 속엔 달빛이 하얗게 물들고 있네요

담쟁이처럼 아슬아슬 허공을 달리는 거미 한 마리
고래 닮은 나방 한 마리를 액자처럼 걸어두고
이슬처럼 피어나는 꽃들을 바라다봅니다
반딧불처럼 식어가는 시간
제 몸의 시간을 뽑아 하늘을 채워가는 거미를 봅니다

함박꽃과 아버지 / 박상현

이제는 기억 속에 아련함만이 남아있는 아버지 모습은
세월에 씻기고 지워져 버렸네요
애써 그려보는 동그라미 속에 함박꽃이 그려집니다

함박 꽃잎 따라 그려보는 커다란 웃음 속엔 하늘 닮은
병실의 이불과 함박꽃보다 커다랗게 떨어지던
어머니 눈물방울이 병실 밖 담장 금 간 벽틈으로 스며듭니다

하얀 딸기 꽃잎 속에 숨어있는 붉은 딸기처럼 살다 가신 아버지
이제는 아버지 그 모습보다 늙어버린 아들이
늦은 밤 짙은 꽃향기에 깨어 그려보는 커다란 동그라미 속엔
동그라미보다 커다란 하얀 함박꽃이 피어나고 있습니다

능소화 / 박상현

개구리 뒤척이는 소리에
밤은 저만치 밀려가고
토라진 여인의 맘이 까슬한 보리 이삭처럼 흩어질 때
능소화가 주홍빛 연등불을 켠다

정갈한 황토 골목길에 뛰어다니던 웃음소리는
아무렇게나 그려놓은 담장에 기대어 서 있다

책갈피 속에 담아놓은 평화로운 그리움이
석류알처럼 들어섰다가 어머니의 보랏빛 도라지꽃 속에서
솔래솔래 녹아내리는 날
능소화 넝쿨 한 뼘씩 기다림으로 출렁인다

물빛 치마 걷어 올리고 불 밝히는 능소화
장마 빗물처럼 넘치는 어머니의 고단한 잠꼬대에 기대어 서서
감자꽃 피어나는 밭고랑에 주홍빛 연등을 수놓는다

풍경과 물고기 / 박상현

하늘을 닮은 까닭에
빈 하늘을 붙들고 손을 흔든다
사막을 걷는 끝없는 기도는
빈 동굴에 부딪힌다

어둠이 바람을 붙들고 차곡차곡 쌓여 갈 때
풍경을 물고 늘어선 물고기가 등지느러미 곧추세우고
밤하늘을 날아오른다
깜짝 놀란 풍경이 풍악을 울리듯 밤하늘 별들을 흔든다

별빛이 물고기 비늘 속에 촘촘히 매달려
풍경 속 고요를 깨달음의 종소리로 울릴 때
비로소 물고기는 노승의 고뇌 속에서 산란의 몸부림을 친다

풍경이 바람을 부른다
물고기는 바람의 길을 따라
은하수로 헤엄쳐나간다
물고기 비늘마다 달린 별빛이
노승의 고뇌 속에 떨어져 꽃으로 피어난다

제비 / 박상현

고향길 더듬어 가는 길
어머니의 마당엔 부지런한 제비 한 가족이
바지랑대 세워둔 빨랫줄에 앉아 햇살을 마시고 있다

처마 밑에 작은 흙집 지어놓고 어머니 말동무 되어주는 친구
어스름 저녁 아이처럼 돌아와 동화 같은 하루 재잘거린다

해마다 찾아와 둥지 틀고 새 식구를 늘려가는 나그네
가난한 어머니의 고무신 내려다보며 지친 하루를 쓰다듬는다

배롱나무 꽃잎에 여름밤 이슬이 쌓이고
바지랑대 끝에 고추잠자리 가냘픈 날개에 햇살이 정맥처럼 번지고
작은 날개에 여름의 힘찬 햇살이 차곡차곡 쌓인다

마당 구석에 설익은 감이 떨어져 내리던 날
가슴속 깃털 뽑아내 코스모스 꽃잎 살며시 둥지에 내려놓고
석류알 같은 약속 남기고 달빛 따라 길 나설 때
어머니의 장독 대위엔 정화수 그릇이 놓이고
한 방울
한 방울 떨어지는 눈물에 달빛이 흐느낀다

낙타와 사막 / 박상현

낙타의 발걸음 위에 사막이 부서져 내리는 밤
잠 못 이루는 별들이 어둠 속을 서성인다
밑동까지 잘린 나무는 제 나이도 잊은 채
모래 속에 촉촉이 젖은 꿈을 꾸며 나이테를 그려본다
광합성으로 푸른 잎새마다 출렁이던 꽃향기
그 시간 속을 꿈을 꾸며 낙타는 스스로
오아시스를 만들어 걷는다
사막을 지우며 지나가는 낙타의 지평선엔
별과 달과 해가 되새김질 되어 무릎을 세운다

사막의 모래가 바람 되어 낙타의 갈기 속에
지나온 발자국 지우는 밤
별과 맞닿은 언덕을 걸어가는 낙타와 마주 보라
어디로 가는지 묻지 않아도 모래의 길을 찾아가는 낙타
낙타는 걸으면서 꿈을 꾼다
발바닥에 푸르게 빛나는 풀향기와 나비와 꿀벌의 춤을 본다
광활한 사막에 꽃이 피어나듯 낙타는 별빛 사이를 걷는다
낙타의 그림자 뒤로 바람의 그림자가 쌓이고 있다

낙엽 / 박상현

가을은 깊어가고
대추나무가지 흔들리는 소리에
달빛은 박꽃 속에서 꿈을 꾼다

소슬바람 일렁이는 언덕에 올라
눈을 감고 가을을 만난다
마침내 바람이 되는 낙엽

꿈을 꾸었지 노란 새가 되는 꿈을
꿈을 꾸었지 붉은 새가 되는 꿈을
나뭇가지마다 매달린 꿈들이 날갯짓을 한다

가을편지 / 박상현

어느 밤 풀벌레 소리에 가을이 내려왔습니다
밤새 내려앉은 아침 안갯속엔 가을로 가득합니다
수줍음 많은 가을 햇살은 억새꽃 끝에 매달려 흔들립니다
게으른 선풍기 바람에도 여름은 썰물처럼 저 멀리 떠나갑니다
창문에 매달린 여름을 닦아내니 그리움 하나가
홍시처럼 가을을 붙들고 가슴속에서 바스락거립니다

여름을 다 비워내고 갈증의 바람으로 붉은 꽃을 피워내는 가을입니다
하늘과 나 그리고 당신의 경계를 허물어내는 가을입니다
가슴속 가을을 조금씩 덜어 내다보니 어느새 당신은
현기증으로 다가오는 가을바람 속 코스모스 꽃잎입니다
눈을 감고 밀물처럼 다가오는 당신을 맞이합니다

아까시 꽃 / 박상현

당신의 품 안에 서면
언제나 어지러운 향기로 피어난 오월
푸른 하늘이 온통 하얗게 흔들린다

저 산허리 첫눈 같은 약속이 주렁주렁
첫눈 같은 슬픔이 가시 끝마다 서글프다

순결한 말들은 가지 끝에서 흔들리고
그림자마저 하얀 그늘 속엔 당신이 앉아있다

당신이 가시처럼 이별을 내려놓은 오월
당신 닮은 아까시 꽃은 달빛처럼 차갑다

한 잎 한 잎 떼어내던 잎새 따라 쿵쿵대던
심장 고동소리 들킬까 봐 애꿎은 꽃잎만 흔들어대니
첫눈 같은 아까시꽃이 붉게 물들었다

시인 박영애 편

♣ 목차

★ 시낭송 QR 코드

제 목 : 파도의 사유
시낭송 : 김락호

 # 프로필

충북 보은군 거주
대한문학세계 시 부문 등단
(사)창작문학예술인협의회 부이사장
대한문인협회 정회원
(현) 시인, 시낭송가, MC
(현) 대한창작문예대학 시창작과 교수
(현) 대한문학세계 심사위원
(현) 대한문인협회 금주의 시 선정위원장
(현) 시낭송 교육 지도교수
(현) 대한시낭송가협회 회장
(현) 문화예술 종합방송 아트TV
'명인 명시를 찾아서' MC

 # 시작노트

내 눈을 깜박일 때마다
그대의 표정을 담는다
그대의 숨소리를 담고
그대의 몸짓을 담고
그대의 마음마저
내 마음 폴더에 저장한다.

- 시 '내 마음의 폴더' 중에서-

파도의 사유 / 박영애

거센 파도처럼 밀려오는 그리움은
견딜 수 없는 아픔이 되어
마음 깊은 곳에 또 하나의 흔적을 남기고
소리 없이 사라진다.

잊을만하면 찾아오는 통증
아프다
보고 싶다
안고 싶다
그냥 바라만 보아도 좋으련만
네가 없는 이곳이 이리도 황량할 줄 몰랐다.

내 사람이어서 행복했다.
그 사람이 다른 사람이 아닌
바로 너라서
그냥 마음 깊은 곳에 담았다.

그 뿌리가
그토록 깊이 박힌 줄 이제야 깨닫는
나는 바보였다.

순간 미치도록 보고 싶어질 때가 있지
지금처럼
그럴 땐 눈물 한 방울 가슴에 담고
그리움으로 꼭꼭 덮어본다.

모닝커피 한 잔 / 박영애

아침 커피 한 잔 속에
세상사 이야기 다 담아있다

커피 향이 은은하게 퍼지면
이야기보따리 풀어내고
기분에 따라 커피 향이 달라진다

누군가는 달달하며 부드럽고
또 씁쓸하고 텁텁할 수 있지만
그 한 잔 속에
삶의 희로애락 다 녹아있다

커피 한 모금으로
지난 밤사이 불편했던 마음을 마셔 버리고
또 한 모금으로
사랑할 수 있는 마음을 마신다

진한 커피 한 잔 속에
하루를 살아갈 수 있는 희망을 담는다.

은밀한 비밀 / 박영애

떨리는 마음
살포시 숨죽여 기다리며
살짝이 엿보았다

눈에 담고 담아도
또 보고 싶어 눈이 간다

눈이 갈수록
손도 조금씩 바빠진다

그 손길이 닿을 때마다
긴장하며 깊게 빨려 들어간다

모든 것이 멈추면
그 짧은 순간
너와 나는 하나가 되었다

아!
살짝 터치했을 뿐인데
어쩜 이리 매력적일까
흠뻑 빠져 버린다

앨범 속에 환하게 웃고 있는
너를 만난다.

반기지 않은 손님 / 박영애

봄이 오는 길목에
초대하지 않은 이방인이 찾아와
이곳저곳을 싸돌아다니고 있다.

소리 없이 찾아온 그는
기쁨 대신 슬픔을
웃음 대신 눈물을
희망 대신 불안을 심어놓고
유유히 자리를 떠난다.

그를 만난 뒤로는
모든 것이 멈추고 아무것도 할 수 없고
호흡조차 멈춰 버린 듯 고통스럽다.

시퍼렇게 멍든 가슴은
멍하니 하늘 바라보며
깊은 한숨을 토해내고
하얀 마스크로 모든 통로를 막아버린다.

그는 그것을 즐기기라도 하듯
자기의 존재감을 과시하며
꼭꼭 숨어
날개 돋은 듯 활개를 치며 다닌다.

보이지는 않지만
서서히 꽃이 피고 새싹이 돋는 봄이 찾아오듯
예고 없이 찾아온 그도
그렇게 우리 곁을 떠날 것이다.

시인 배삼직 편

♣ 목차

시낭송 QR 코드

제 목 : 황혼이 지면
시낭송 : 박영애

 # 프로필

서울 거주
대한문학세계 시 부문 등단
(사)창작문학예술인협의회 회원
대한문인협회 서울지회 정회원

 # 시작노트

우리는 살면서 보고 듣고 느끼는 모든 것을 생각에 담아서 상대의 마음을 움직이게 하려고 자신의 내면을 끊임없이 갈고 닦으며 사회속에서 공감대를 형성시키기 위해 살아갑니다. 사람마다 생각이 다르고 천차만별이겠지만 공감하는 능력은 다 비슷비슷할 것입니다.
길은 어디에도 있고 누구나 같은 길을 갈 수 있지만, 글은 누구나 똑같은 글을 쓸 수 없고 느낌도 다 다르기 때문에 뇌 속에서 분비되는 그 사람의 기질과 심상도 볼 수 있는 것이지요. 이렇듯 물질의 빛깔과 오감의 모든 것에서 오는 마음의 심상은 오묘해, 복합적으로 오는 자연의 법칙과 이치와 같으니 우리는 더불어 살아가는 사회를 형성하는 문학인으로서 이 어려운 환란의 세상을 위해 무엇을 해야 할지 생각해봅니다.

알 수가 없네 / 배삼직

동지섣달 하루해가
길 가는 멋쟁이 아가씨
짧은치마보다 더 짧다.

달이 가고 해가 바뀌는
섣달 그믐밤이 지나고 나면
원치 않은 나이를 또 먹어야 하는데

그믐날 밤 개구리 노총각이
개밥 퍼주는 그 심정 누가 알랴마는
행여 난 눈썹이 하얗게 셀까 뜬눈으로 지새운다.

해마다 늘어 가는 잔주름과 백발이
무서리처럼 내리는 세월은 무상한데
하루는 왜 이렇게 짧고

동지섣달 기나긴 밤은 길고도 긴데
인생은 또 왜 이렇게 짧은 거야
세상 참 도무지 알 수가 없네.

봄을 기다리며 / 배삼직

겨울이 아무리 춥다 해도
봄은 좌절하지 않고 희망의 땅에
씨를 뿌리고 세찬 바람에 맞서서
꽃피울 준비 한다.

방황의 늪이 아무리 깊다 해도
포기할 줄 모르는 불굴의 생명력은
억눌린 자유를 향한 갈망으로
해방의 봄을 깨우리라.

언제나 굳은 기개로
패기와 열정을 잃지 않는
매화향기처럼 겨울을 나고
꽃 대궁 밀어 올리는 이른 봄을 맞이하소서!

눈꽃사이로 피어나는 동백꽃 열정으로
애기동백의 환상을 키우는 겨울 지나면
따뜻한 봄의 화신이 찾아오리니
그대 절대 희망을 버리지 마소.

4월의 봄 / 배삼직

마른 갈대숲사이에서
갓 부화하던 삼월의 봄이
길가에 연분홍 꽃망울 피우더니

아픈 세상 속에서도
아름답게 흩날리는 꽃잎은 춤을 추며
개천의 물빛 하늘로 날아간다.

물살을 거슬러
힘차게 오르는 잉어 무리들은
떼 지은 방정으로 치열한 산란의 멱을 감는다.

성스러운 의식을 요란하게 치르며
쇼를 연출하는 물보라의 환희는
새 생명의 활기로 넘쳐나는데

척박한 테라로사의 땅에서도
청명의 밭을 갈고 씨 뿌려 움 틔우는
4월의 봄은 산란 중이다.

두물머리 사랑 / 배삼직

그대여!

우리 사랑하는 가슴이 먹먹해지고
마음이 식어갈 때는 함께 두물머리로 갑시다.

가서 두 강이 만나는 것처럼
우리 마음 곱게 다시 맞대어 봅시다.

멀리 나지막한 산과 넓은 강이
쪽진머리 풀어헤치는 구름의 조화로
하늘과 산천의 경계가 아름다우니
우리 마음 멀어지지 않으리.

수양버들 늘어진
황포돛배 띄운 강변에서
물안개처럼 피어나는 꽃물 같은 그대 향기가
다정한 실버들처럼 바람에 감겨오면

체한 듯 답답한 가슴 풀어지고
한밤중엔 별빛 내려와 우리 사랑 채워 주리니
그대와 함께하는 두물머리 사랑은
바람의 선율처럼 감미롭고 아름다우리라.

낙엽은 지는데 / 배삼직

잎새가 지고 가을이 가네
고행의 순례자처럼 길 떠나는 그대
청춘의 톱니바퀴를 지나 중년과 초로에 맞물려
뼈마디 굳은 땅 위로 노을처럼 사라져간다.

용광로처럼 뜨거운 계절 속에서도
푸른 열정을 녹여 여름을 견디어내고
화려한 단풍 물든 호시절을 뒤로하고서
가을 지나 겨울 속으로 떠나가네.

차갑고 시린 냉랭한 땅 위로
부대끼며 다정하던 애정도 하나 둘 흩어지고
삭풍 휘날리는 휑한 거리마다
마른 잎 구르는데

쓸쓸함이 쌓여가는 가을은
빛바랜 낙엽 더미 속에 묻혀
추억의 시간 속으로 사라져 가고
망각의 시간 속에서 점점 잊혀져간다.

낙엽은 자꾸 바람에 지는데

삶의 고락 / 배삼직

숱한 좌절의 경험을 통해
시련의 알을 품고 사는 사람은
수축된 생각의 근육을 이완시키며
뇌 뿌리를 강하게 단련시킨다.

빨갛게 물든 가을 단풍나무 아래서
포악한 여름의 무더위를 생각하고
혹독한 겨울 땅에 숨어 살아온 봄은
모진 기억으로 아름다운 꽃을 피운다.

그대 아는가!

어둔 땅속에서 고귀한 생명을 잉태하고
뼈마디 시린 고통과 시련을 견디어 낸
눈물 섞인 희열로 범벅이 된 삶의 고락을
겨울을 기억하는 봄꽃들의 기다림을

그 와중을 견뎌온 이 가을의 단풍은
아름답게 물들기 시작하는데 그리 머지않아
내려놓고 떠나갈 가벼운 영혼들이여!

바람소리에 벌써 낙엽이 구른다.

사랑할 때와 외로울 때 / 배삼직

사랑할 때는 묵묵히 침묵하지 말고
외로울 때는 그리운 사람 피하지 마라.

사랑할 때 아무 말 없이 침묵하면
침묵의 포로가 되어 외로움에 갇히게 되고

외로울 때 그리운 사람 멀리하면
고독에 빠져 우울증에 걸리게 된다.

사랑하는 사람이 곁에 있다는 게
얼마나 큰 기쁨인지 그리워지면 알게 되고

소중한 사랑이 곁에 있다는 게
얼마나 큰 행복인지 외로워 보면 알게 된다.

별것 아닌 일로
사랑하는 사람과 헤어지고 나서

가슴 아파 눈물 흘리며 외로워하지 말고
사랑할 때는 온 마음 다해 사랑하여라.

까치밥 / 배삼직

그대 너무 멀리
높은 곳만 바라보고 있어
그대 곁에 다가설 수 없으니
사랑할 수가 없다오.

가까이 팔 뻗어
손 닿는 곳에 살았다면
그대 붉은 뺨에 입 맞추며
아낌없이 사랑하고도 남았겠지만

바람 불고 낙엽 지고
앙상한 가지만 서럽게 남으면
갈 길 먼 새들도 빈 하늘 쳐다보고 서러울 테니
손닿지 않는 핑계 삼아 까치밥으로 남겨두리

물욕에 눈먼 자들은 생각이나 하랴마는
감나무 우듬지에 달랑 몇 개 남겨 둔 홍시지만
외로운 길손에게 힘이 되고 보시의 덕 되게
사랑의 길 터주는 달콤한 홍등 밝혀두리다.

우리 할아버지와 아버지가 그랬듯이

황혼이 지면 / 배삼직

세월의 비를 맞으며
비에 젖은 채 살아온 날들을
햇살과 바람에 널어 말리며
울고 웃으며 살아온 인생사

주름진 삶의 나이테가
삭은 고무줄처럼 늘어지면
고난에 엮인 인생줄 거두고
천국으로 길 나설 때

가진 것 모두 훌훌 벗어 던지고
잡고 있던 부와 명예도 놓아버린 빈손으로
바람 부는 대로 흩날리는 꽃잎처럼
너울너울 춤추며 자유롭게 가고

바람에 날리는 연기처럼
형체도 흔적도 없이 사라질지라도
황혼이 지면 저 노을빛 하늘 따라
아름답게 물들어 가리라.

별과 달이 되리라 / 배삼직

짙은 어둠이
내려앉는 밤에는
어딜가나 암흑이지만

캄캄한 밤하늘에는
어둠을 밝히는 별과 달이 있어
어두운 길에서도 길을 잃지 않는다.

찬란한 별빛이 부서져
별빛 부스러기로 남아도
찬란한 유성처럼 새벽길 밝히고

은은한 달빛이 부서진
잔잔한 강물에 조각달로 흘러도
새벽빛 쏟아지는 윤슬이 되어

어둡고 긴 터널 같은 밤이
평범한 일상을 침범해
삶을 지배할 지라도

어두운 곳 그 어디에서도
캄캄한 암흑을 찬란하게 밝혀주는
밤하늘의 별과 달이 되리라.

시인 백승운 편

♣ 목차

시낭송 QR 코드

제 목 : 가을 그리움
시낭송 : 최명자

 # 프로필

대한문학세계 시 부문 등단
(사)창작문학예술인협의회 회원
대한문인협회 서울지회 사무국장
2020년 유화로 보는 명인명시선 참여
2020년 명인명시 특선시인선 선정
2019년 대한문입협회 올해의 시인상 수상
2019년 위대한 한국인 대상 수상
2019년 지하철 승강장
안전문게시용 시 공모전 당선
2019년 11월 3주 “가을비” 금주의시 선정
현재 알에스오토메이션(주)
전략영업팀 이사 재직

 # 시작노트

겨우내 움츠린 대지에서
언 땅 녹여내며 생명의 싹 아름다운데
산들바람 불어 향기가 봄을 깨워내니
생명이 땅으로 올라오고 정열이 쌓여가면
어느새 그리움으로 지는 가을 그리움
어느 여름의 열정을 접고
떨어지는 핏빛 애절함에
내 가슴도 붉게 타오른다.

가을 그리움 / 백승운

밤이 되니
가을이 어둠 속에서 기어 나와
별이 반짝이듯 쏟아내는 그리움
온몸으로 떨어져 먹먹하고

한 모금 넘기는 싸한 맥주 거품
푸석하게 부서지는 아버지의 모습이
따스한 화롯불 열기 속에서
활활 타오르며 다독여주는데

그리워해도 갈 곳이 없거나
무너져버린 흙담
잡초만 무성한 고향 집
묻혀버린 추억
온기를 잃고 쓰러져 그림자도 없는데

오라고 손짓하는 고향
마을 어귀에 걸린 반짝이는 소망들
사라져간 세월 앞에
돌아가지 못하는 마음들만
가을바람에 촉촉하게 차오른다.

그리움으로 지는 계절 / 백승운

점점이 떨어져 내리는 님의 얼굴
보고픈 그리움들이 소복소복 쌓이고
가지마다 주렁주렁 얼굴 모양 만들면

세상에 쌓여있는 당신의 사랑
곱게 덮인 날 선 뾰족 함들이
축 처진 어깨로 하늘을 원망하고

보이지 않는 님의 모습
나란히 찍혀있는 발자국
가슴속에서 올라와 강아지처럼
꼬리를 살랑살랑 흔드는데

굴려지는 동심의 행복
커져가는 호기심의 눈덩이
허전한 삶의 발자국을 지우며
다정하게 눈사람으로 나란히 서서

그립다 말 못 한 아픔들
퍽하고 날아와 얼굴을 때리면
담배 연기 길게 토해내며
애꿎은 땅바닥만 타박하고

접힌 구두, 시린 허리
구겨진 담배 연기
텅 빈 가슴에 파고든 바람
돌아서며 썩소를 한 방 날리고
겨울을 접는다.

꽃무릇 사랑 / 백승운

얼마나 그리움에 아팠으면
저렇게 울고 있을까

얼마나 사랑이 고팠으면
이렇게나 처절한 몸부림으로
기도하고 있을까

마알간 몸이 퍼렇게
피멍이 들고 변색이 되어야
절절함 풀어내 유혹이나 해볼 것을

혼자만의 짝사랑이
가을날 붉게 피어나
눈만 깜빡이고 있는데

혼자 피는 사랑이 외롭지 않게
그대를 위한 내 반쪽도 빨갛게
남겨두고 가겠습니다.

냉이 / 백승운

대어를 낚은 강태공 손끝
꾹 찍어 그녀를 낚아채면
푸드덕 이며 반항하는 물고기
앙탈을 떨고
흙투성이 겹겹이 옷을 벗는다

그녀의 희멀건 다리는
백만 불짜리 다리
쓱쓱 손으로 문지르면
뽀얀 속살 탱탱 이 일어서고
손끝에서 떨림의 전율

여기저기 퍼져있는 봄
한소끔 맛있게 담아내면
퍼져나가는 향기에 취하고
입에서 꿀꺽 침이 고여
혀끝에서 살살 춤을 춘다.

너도바람꽃 / 백승운

아무도 없는 깊은 산중
버려진 빈집 은빛 거미줄에
쌓인 시간이 북풍에 얼어

얼음꽃 피어나고 지고
토닥토닥 나뭇잎 이불
긴 기다림의 시간
이끼 되어 잠이 든다

꾀꼬리 같은
청아한 맑은 물소리
심장을 녹여내 기다림의 약속
눈물 꽃으로 피어날 때

살며시 능선을 넘어
아장아장 다가와 똑똑똑
노크하는 봄바람
가지마다 일어나는
떨림의 파동 손잡고

긴 잠에서 깨어나
멈춘 시간 툴툴 털고
낙엽 밑에서 꼼지락꼼지락
햇살 더해 기지개를 켜면

님 마중하는 마음
벌써나 저만치 달려 나가
사랑하고 있다고
봄바람에 소식 띄워 보내

애정 담긴 웃음기 해맑은 얼굴
연지곤지 찍고 임이 오시길
폭죽처럼 피어
별이 되어 기다린다.

동백 / 백승운

눈에 담다 담다
담지 못하고
먹먹한 그리움
흔들리는 별들 품어
떨어지는데

핏빛 애절함이
투명한 가슴에 쓰러지며
가지마다 등불 걸어두고
무너진 아픔

사랑은 뚝뚝
그렇게 떠나보내고
텅 빈 가슴에 묻어있는
진실한 몸부림
우수수 바람에 날려
곱게 이별을 깔았다

차가운 자유가
영혼을 뒤덮고
쏟아내는 사랑의 열정이
노랗게 타들어 가
붉은 염화로 뜨겁게
피어오른다.

들꽃 / 백승운

바람에 춤추는 들꽃을 보라
강인한 생명의 투쟁

치열하게 살다가 흙으로 돌아가
들꽃으로 피어난
열정의 고단한 목마름

관심과 배려가 더해지면
꽃들은 그렇게 세상을 잊고
하늘로 아장아장 올라

길마다 푸른 융단 깔린 미소
내딛는 발자국마다 반갑다고
작은 꽃 피워내 미소 짓는데

낮은 자세로만 볼 수 있는
오체투지의 수도승 합장한 해탈이
들꽃 위에서 인생길 진리가 된다.

사랑한다면 / 백승운

그리운 사람을 만나면
와인같이 발그레한 얼굴로
환하게 웃자
가슴속에 보고 싶어서
수 없이 그린 그대 얼굴
사랑의 꽃으로 피어나
아름다움으로 각인되게

보고 싶은 사람을 만나면
벅찬 감동으로 서둘러
보고 싶었다고 말하지 말고
이름 모를 야생화
찬찬히 바라보는 것처럼
사랑 담은 가슴으로
차곡차곡 하나하나 담자
보고플 때 꺼내 볼 수 있게

사랑하는 사람을 만나면
펄펄 끓는 가마솥
넘치는 열기 잠시 묻어두고
다정한 얼굴로 바라보자
내 사랑의 크기 보일 수 없어도
행복한 모습 반짝이는 별빛
눈동자 속에 빛나는 당신이
있습니다.

알람시계 / 백승운

어둠에 안겨서 쓰러진 피곤
따스한 열기 부여잡고
내려와서 토닥이는 하루가
무장해제하고 잠이 들었다

시간에 쫓긴 아침이
화장실에서 몸단장하고
내려가는 물소리 천둥처럼
달그락달그락 밤을 깨워낸다

피곤한 하루가 등 뒤에 붙어
침대에서 끝없는 배영을 하고
쏘아지는 빛에 쫓기는 눈동자
어둠 속으로 숨어들었다

여명은 창밖에서 안절부절
응가 마려운 강아지처럼
낑낑 이며 노크를 하는데
휙 하니 커튼을 치고 밤을 연장한다.

여름의 어느 하루 / 백승운

오늘은 무척이나 더운 날입니다

아침부터 구름이 꽃처럼 피어나
파란 하늘에 걸려 바짝바짝 말라가고

태양의 찬란한 빛이 그늘 사이에 갇혀
발버둥 치며 난동을 부리는데

바람도 열기에 지쳐 개울가에
발 담그고 나뭇잎 사이에 누웠습니다

시원한 에어컨의 경계에서
떨고 있는 유리의 한숨

손대면 봉숭아 씨방처럼
쩍 금이 가서 와르르 녹아내릴 것 같아
불안불안 하지만

땀 흘려보지 않은 사람은 시원함의
소중함을 모를 것입니다

오늘도 폭염주의보가 손끝에서
울고 있는 지금은 여름입니다.

시인 성경자 편

♣ 목차

#프로필

대한문학세계 시 부문 등단
(사)창작문학예술인협의회 회원
대한문인협회 서울지회 정회원
한국문인협회 정회원
대한창작문예대학 8기 졸업

#시작노트

아직 어두운 거리
가로등에 의지한 걸음은
점점 땅으로 주저앉는다

사람 속에 휩싸여
소중한 추억을 묻어두기 위해
나는 도선사로 발길을 재촉한다.

시 '추억의 그리움을 보내며' 중에서

시낭송 QR 코드

제 목 : 보이지 않는 바람 소
시낭송 : 박영애

성경자 시집
"삶을 그리다"

자화상 / 성경자

요란한 천둥소리에 잠이 깼어
아직 발길의 흔적이 없는 새벽길 위에
모든 소리를 집어삼킬 듯 비가 쏟아졌어

놀란 마음에 열린 창문 앞에 서서 들어오는 빗물을
고스란히 맞으며 그냥 그렇게 서 있었지
잘못된 삶에 대한 회초리를 맞는 느낌이랄까

들꽃 향기 가득한 길 따라 우산을 받쳐 들고
작은 희망에도 해 맑은 미소를 띠며 거닐던
어릴 적 소녀는 사라진 지 오래되었어

쏟아지는 비에 헐벗은 달빛 그림자는
막연한 두려움에 흘러가는 세월을 탓하나 봐
아스팔트 위를 흐르는 빗물 따라 흔들리는 것을 보면

비릿한 향기를 감추고 거미줄에 걸터앉은 빗방울도
땅거미 따라 내려앉으면 조용히 뒷걸음질하는 바람에
비틀거리던 내 그림자는 젊은 날의 향기는 잊으라 한다.

나를 잊지 말아요 / 성경자

꽃이 피고 지는 수많은 시간 속에서
제 몸 하나 머물 곳을 잃고 뒤척이다
임 향한 설렘을 멈출 수 없어
너의 따뜻한 가슴에 그리움을 묻었다

헐벗은 향기로 쓸쓸함을 노래 부르다
홀로 채운 하늘은 조금씩 시들어 가고
뿌옇게 내려앉은 안개 속을 거닐다
해맑게 웃는 너의 미소에 다시 피었다

시계 초침 따라 불빛에 허우적거리며
부서지는 별빛에 무희처럼 춤을 추고
환해지는 눈빛에 가로등 불빛 사라지면
코끝에 매달린 너의 흔적 찾아 꿈을 마셨다

뿌리 없는 나무에도 계절은 서성거리다
멀어지는 너의 뒷모습에 바람도 휘청거리고
차 한 잔에 담긴 진한 향기가 가슴에 스미면
나의 시간은 거꾸로 흘러 너에게 간다.

가을 연서 / 성경자

창가를 서성이던 짙은 그리움이
한잎 두잎 가슴에 켜켜이 쌓여 가면
소중히 묻어둔 사연 하나 꺼내어
연서에 담아 당신에게 보내렵니다.

서걱거리는 낙엽 소리에 눈 감으면
잃어버린 계절의 추억을 회상하고
손가락 사이로 흩어지는 가을의 쓸쓸함을
연서에 적어 바람에 실어 보내렵니다.

가을비가 하염없이 내리는 날
그대가 그리워 내 눈에도 비가 내리고
오지 않을 답장을 목 빼고 기다리면
어디선가 짙은 향기 툭, 떨어집니다.

가을날의 묵상 / 성경자

가을비에 떨어져 쌓이는 낙엽은
쉴 새 없이 바닥을 후려치며 출렁이고
상처 입은 사람들의 가슴을 훑어 내리면
야윈 어깨는 점점 땅으로 주저앉는다.

늑골 깊이 파고드는 황량한 바람은
앙상한 나뭇가지에 이리저리 흔들리고
걸쳐진 무게는 무디어질 만도 하건만
아직도 위태롭게 걸린 밧줄을 잡고 서 있다.

세상살이가 버거워 힘이 들 때면
흐릿해진 시선 끝으로 걸어가는 발자국마다
수많은 사연이 서려 굽이굽이 흐르고
빗물인지 눈물인지 녹이 슨 시간은 등 뒤로 흐른다.

머물다 간 수많은 눈물을 담아
텅 빈 마른 가슴에 채우지 말자
희미하게 머물다 간 어제의 꿈도
상처로 얼룩진 가슴에 담지 말자

계절을 잃은 그곳에도 저녁노을은 붉디붉고
뒹굴며 헤매던 어둠 속에서 여린 풀꽃 시들면
오늘도 헛헛한 마음속에 달은 마냥 차오른다.

당신을 만나러 떠난 여행길 / 성경자

해도 뜨지 않은 새벽길 따라 가을비는 세차게 내리고
버리지 못한 추억을 어깨에 짊어지고 길을 나서면
소리 없이 흐느껴 우는 여인의 눈에는 그리움으로 가득하고
아직 지우지 못한 지난 시간에 대한 아픔에 가슴이 섧다

흩어진 운명의 시간 위로 시린 바람이 불어오면
고즈넉한 산사로 향하는 발걸음은 점점 가벼워지고
모든 번뇌는 메아리가 되어 허공을 떠돌면 뜬구름처럼 덧없다

끊을 수 없는 인연이었기에 당신을 향한 간절한 마음 담아
경전을 넘길 때마다 한숨은 바람이 되어 촛불 따라 흔들리고
메말랐던 수많은 감정이 나의 야윈 육신을 에워싸면
법당 안에 울려 퍼지는 염불 소리 청아하다

불꽃 따라 타들어 가는 모든 번뇌는 연기가 되어 사라지고
마음속 깊이 피워놓은 향불도 재가 되어 흩어지니
다시 올 수 없는 길 위로 참회의 눈물이 꽃밭을 이루면
부모님께 올린 술 한 잔에 움켜쥔 그리움도 함께 내려놓는다.

계절은 돌고 돌아 다시 만날 날을 약속하고 돌아서는 발걸음은
새털처럼 가벼워지니 머무는 그곳이 어디인들
덧없이 흘러가는 세상사 이젠 빛바랜 달빛을 밟으며 살리라

내 마음도 청춘이더라 / 성경자

꽃 바람이 불던 날
흔들리는 것이
어디 청춘뿐이더냐

봄 향기 풍기던 날
어디로 떠나고 싶은 마음
어디 청춘뿐이더냐

소리 없이 다가오는
사랑의 향기에 물드는 마음
나는 청춘이고 싶다

곱던 나의 육신
어느새 굴곡이 찾아와도
나는 청춘이고 싶어라

추억의 그리움을 보내며 / 성경자

옷깃을 파고드는
새벽 공기를 헤치며
북한산 도선사로 향한다

오가는 사람의
발걸음은 천근만근
어제의 잔상이 남은 탓일까

아직 어두운 거리
가로등에 의지한 걸음은
점점 땅으로 주저앉는다

사람 속에 휩싸여
소중한 추억을 묻어두기 위해
나는 도선사로 발길을 재촉한다.

떠도는 삶 / 성경자

쉴 새 없이 부는 바람에
들꽃은 숨 가쁘게 뛰어다니고
푸릇푸릇하던 고운 잎이 지면
걸어온 세월이 바스락거리며
내 벗은 몸 위를 훑고 지나간다.

찬란하던 빛 속에
켜지고, 꺼지기를 반복하고
시름없이 또 하루가 저물어가면
어지럽게 엉킨 말들이 어둠을 타고
조각난 꿈이 되어 어깨를 짓누른다.
목젖을 타고 올라오는 빗물은

밤이 새도록 그칠 줄 모르고
나의 꼬깃꼬깃한 누더기 가슴에
잠들지 못한 별들이 기웃거리면
사라진 용기들이 살며시 문을 연다.

렌즈 속에 담긴 세상 / 성경자

어둠이 거치는 이른 아침
온 세상이 초록빛으로 물들면
나의 심장은 터질 듯 벅차오르고
마음 깊은 곳에는 파문이 일렁인다.

행복한 삶 속에서
한 번씩 스치고 지났을 나무 의자
길을 걷다가 바라보는 하늘의 모습까지
눈을 열고 초점을 맞추면 사랑이 가득하다.

순간순간을 담아내듯 셔터를 누르면
너의 미소 띤 얼굴은 섬광으로 다가오고
동그란 렌즈 속에는 사랑으로 가득 차
흐드러지게 핀 꽃들이 살랑살랑 춤춘다.

보이지 않는 바람 소리 / 성경자

하늘과 땅이 맞닿은 그곳에 서서
보이지 않는 소리에 귀 기울이면
흐릿해지는 시간에 가슴은 시려오고
쓸쓸하고 황량한 거리는 이슬이 되어
사라지는 것은 바람 때문만은 아닌 것 같다.

네온 불빛 거리를 방황하는 낙엽들의
서러운 몸짓은 메아리가 되어
낮게 깔린 한숨으로 침묵을 이루고
가슴 깊이 묻어두기만 하던 꿈들은
별빛에 허기진 사연을 토하며 웅얼댄다.

온 세상이 붉게 물든 황톳길 위에
성큼성큼 변하는 계절들이 길게 누우면
스쳐 지나는 세상살이에 지친 잔상들이
쓸쓸하게 멀어지는 황혼의 몸짓에
파란 하늘을 보며 어제를 회상한다.

시인 손해진 편

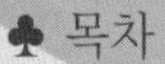
♣ 목차

★ 시낭송 QR 코드

제　목 : 신성리 갈대밭에서
시낭송 : 박순애

#프로필

대한문학세계 시 부문 등단
(사)창작문학예술인협의회 회원
유관순애국시단단원
한국전통주연구회감사
한국법무보호복지공단
　　충남지부협의회부회장
한국법무보호복지공단
　　충남지부주거지원위원회회장
엠뉴스편집부장

#시작노트

사진 인생

사진 속에 녹아 흐르는
예술과 마주하는 그 순간
새로운 세상을 발견한다.

그곳에

경계를 정할 수 없는
무한의 세계가
끊임없이 나를 응시하고 있다.

시가 나온다 / 손해진

사랑이 툭 터지면

시가 나온다

세상 시름 모두 잊고

마음을 내리면

무아의 세계가 나를 반기네

무엇을 가졌나

헤아려보지 않아도

내 속에 가진 많은 것으로

내가 나를 살리네

봄의 마음 / 손해진

꽃잎에 스민 방울 가뭇없이 사라지고
따사로운 계절이 바위를 타고 흐른다

고개 숙인 그리움들은
숲을 밝혀 새싹을 틔우고

잔잔한 수풀 속에 피어나는 마음은
솜털 같은 사랑 안에 머물러 있다

이끌림 / 손해진

어쩌다 마주친 눈빛
그 붉음에 순간 이끌려 어찌할 줄 모른다
마음은 이미 사로잡혀 버렸고
손은 본능적으로 셔터를 더듬는다

나에게 있어 너란
어떤 존재인지
수많은 삶을 더듬어도
다 헤아리기란 미지수

그저 피사체로만 바라볼 수밖에 없는
이 순간을 영원히

신성리 갈대밭에서 / 손해진

시원스레 펼쳐진 금강 유역 그곳엔
곧은 자태 자랑하듯
초록의 시원한 꿈들이 꿈틀거리고 있다

바람결에 속삭이는 잎들의 노래에
어느덧 마음은 반짝이는 물빛을 반사하고
언덕 아래로 끝없이 펼쳐진 초록의 벌판 그 속엔
만개한 민들레가 작은 몸집을 한껏 곧추세우며
해바라기인 양 우뚝 서 있다

꽃대를 꺾이어 모자를 장식한 작은 해바라기는
일상을 내려다보는 풍요로운 해처럼
설익은 농심(農心)을 수놓아 가고

하얀 백로 떼
실컷 배 불리는 삶의 터전엔
푸른 희망이 끝없이 펼쳐져 있다

인생 독서 / 손해진

살피고 나누는 세월
어느새 깊어진 주름도 읽고
주름 따라 새겨진
그대 마음도 읽어본다

삶의 시간은
날마다 패이고 깎여
뼈 마디마디
근육 깊숙이 박여
야윈 심장을 도운 흔적으로 남긴다

그대는 지금 무엇을 읽고 있는가

영혼의 보약 / 손해진

지난날 허기질 땐
어머니가 차려내신
세상 가장 따뜻했던 보약

뜨끈한 밥 한 공기에 담긴
애틋한 사랑
절절한 사랑
그리운 사랑

뒤돌아본 오늘
아름답게 살찌워낸 그 사랑이
나의 영혼을 배 불리네

예술혼 / 손해진

살아 숨 쉰다. 너와 나

이 속에 있다 그 넋

심장이 고동치고 귀는 아득하다

마음이 전율하고 온몸이 튕겨 나가

시공을 천둥 번개 치듯 순식간에 돌아다닌다.

반만년의 역사가 그 속에 있고

우주의 중심으로부터 여기에 활개 친다

그리움 아득하다 신명 어깨 위로 나른다

뿌리치듯 돌아 나고 휘어질 듯 꺾인 형상

훠어이 워이, 두루 둥실

구궁따쿠 궁 따 쿵 구궁따쿠 궁 따 쿵

구궁따쿠 궁 따 쿵 구궁따쿠 궁 따 쿵

따쿠 궁 따쿠 궁 따쿠 궁 따쿠 궁

따쿠궁따 궁따 궁 따쿠궁따 궁따 궁

덩 더러러러 더덩더덩 쿵 구구구구 구궁구궁

덩 기덕 덩더러러러 쿵 기덕 쿵더러러러러

덩따 쿵따쿵 쿵따쿵 쿵따 덩따 쿵따쿵 쿵따쿵 쿵따

덩덩덩 덩덩덩 더덩 더덩 덩 따

덩덩 더덩더덩 궁궁 구궁구궁
더더덩 더덩더덩 구구궁 구궁구궁

덩덩 쿵따 쿵 궁따궁따 궁따 쿵
궁따 쿵 궁따 쿵 궁따궁따궁따 쿵
덩따다 궁따 쿵 따쿠궁따 궁따 쿵
따쿠 궁 따쿠 궁 따쿠 궁따궁따 쿵

덩따다 쿵따다 덩따다 쿵따다 덩따다 쿵 궁따다 쿵
덩따다 쿵따다 덩따다 쿵따다 덩따다 쿵 궁따다 쿵
덩 더러러러러 더덩 더덩 덩 덩따쿵따 덩 덩따쿵따

아리령 아리령 아라리오 아리령 고개로 넘어간다
나를 버리고 가시는 임은 십 리도 못 가서 발병 난다
아리령 아리령 아라리오 아리령 고개로 넘어간다

유관순의 꽃, 태극화 / 손해진

열여덟 곱게 피워 낸 꽃잎
초개처럼 바친 소녀의 몸과 마음
외마디 비명조차 허락지 않는
처절한 고통이 도사리는 음습한 궤계

잔혹하게 짓밟힌 조국을 위해
당당한 신념으로 불 밝힌 핏빛 항거
생사를 알 수 없는 망국의 탄식 속에
원수보다 더 큰 원수에 멍드는 겨레의 한이여!
함께하던 부모 형제 총칼에 빼앗기고
죄인 아닌 죄인 되어 낙인된 역사
가슴속이 타들어 가는 까만 그리움을 안고
시리게 피워올린 한숨의 꽃이여!

캄캄한 감옥의 암울한 독방
숨은 살아도 산 것이 아니라,
죽어서도 이 나라를 지켜내고자
간절한 염원 올리며 옥중에 지다.

〈유관순열사 순국 100주년 기념 헌시〉

너를 만나러 가는 길 / 손해진

아득한 그리움 한 조각을 베어 물고
성큼 길을 나섰다

끝이 보이지 않는 설렘의 시간
추위도 어둠 속에 가둬버리고
무상의 정념으로 이뤄가는 걸음

정월의 빛이 참 곱고 탐스러워
이슬 서리 맺히듯 송골 맺히는
아련한 물빛 가슴

하얀 물안개 이는 그 너머엔 누가 살길래
이 마음 이리도 환하게 고운가

시린 계절을 달래며 걷는
주머니 속 따스한 손길 건넬 이
마음속에 고이 그리며

꿈길 같은 시간을 쪼개어
침묵의 노래 읊조리며 간다

아 그대여 여기 내가

시인 신홍섭 편

♣ 목차

 # 프로필

제천시 거주
초등학교 근무 정년퇴임. 황조근정훈장 수훈
(사)창작문학예술인협의회 회원
토지문학회이사
대한문인협회 대전충청지회 정회원
나라사랑한국문인협이사

 # 시작노트

산에 가면 숲에는 나무와 풀 그리고 새들이 살고 있다. 그들은 내게 분명히 속삭이는데 무슨 소리인지 알고 싶다. 숲에서 돌아오는 길에 한적한 암자, 봄볕 따사로운 쪽마루에서 곤줄박이와 동자승이 대화하는 모습을 보았다. 둘 사이는 어떤 관계이며 어떤 이야기를 나누고 무엇을 교감하는지 날이 갈수록 궁금하다. 창밖에 은행잎은 봄을 맞으려고 올해도 떨어진다.

★ 시낭송 QR 코드

제 목 : 귀향
시낭송 : 조한직

신홍섭 시집 "하얀 잉크"

귀향 / 신홍섭

마을 축젯날
모양도 색깔도 다른 풍선
소원을 담고 힘차게 날아오른다.

터질 듯 부푼 꿈 망설임 없는
그 모습에 환호를 보낸다.

무엇을 보고 들었는지
무엇을 하며 하늘을 몇 바퀴나 돌았는지
어디를 얼마를 날았는지
행복했던 순간, 순간들……

짧았던 시간
탱탱했던 볼살은 간 곳이 없고
미소 띤 주름으로 텃밭에 앉았다.

석정石井 / 신홍섭

어느 암자 석정石井에
파도치는 하늘이 잠겼다

찢어진 신나무 단풍잎 하나
텃밭을 가꾼 지도 오래됐나 봐
저승꽃이 피어 조각배가 되었다.

하늘 정수리서 떨어진 개미
바다에서 앙상한 잎맥을 타더니
하늘가를 맴돌며 뱃놀이한다.

꿈을 주고 짐을 주고
부름켜를 층층이 쌓아 놓고
세월을 데리고 어기여차 어여차

반딧불이 / 신홍섭

여울목에서
석수장이 돌 다듬을 때
용꿈 꾸는 비릿한 냄새
물소리 들으며 한세월 보내고

숲속 외진 곳
낙엽이 고향 찾는 시큼한 흙에서
달팽이의 땀과 눈물을 사랑하며
새소리 바람 소리 들으며 또한 세월 기다렸다.

무덥고 어두운 밤
반짝이는 별빛 아래
푸나무 모깃불 자욱한 연기
불똥마저 별이 되어 하늘을 날고

풋풋한 땅에서 치솟는
반딧불이 푸른 영혼의 불빛으로
내일의 곱게 필 어사화御史花를 그리며
또 하나의 별 밤을 이룬다,

어사화 : 조선시대에, 문무과에 급제자에게 임금이 내리던 종이 꽃

첫서리 오는 날 / 신홍섭

사륵사륵 사르륵

별빛이 쏟아지는 밤

조각배 띄어놓고

겨울 보리밭에

서릿발 서지 말라고

상강霜降날 추위도 잊은 채

저 고개 넘으려고

음지 말 사람들 소원을 빈다.

도깨비 / 신홍섭

5리길, 구릉지에 구름이 눕고
땅거미 짙어지는
호미狐媚 잿마루에 여름비가 내린다.

개구리 말라죽은 논배미에서
도롱이 비옷에 살포 들고
느닷없이 일어서는 도깨비를 만났다.

머리털은 하늘로 솟고
소름이 돋으며 식은땀이 흐르더니
숨이 멎는 듯 기가 막힌다.

빗소리 바람 소리에
그대로 주저앉아 까무러쳤다
어디 갔다 오느냐고, 말을 걸어 올 때

반갑고 억울해서
이 사람 붙잡고 마구 흔들어댔다

도롱이 : 짚이나 띠 따위로 엮어 허리나 어깨에 걸쳐 두르는 비옷
살포 : 논물 볼 때 쓰며 긴 자루가 달려 지팡이처럼 짚고 다니는 농기구.

상처傷處 / 신홍섭

딱따구리
고사목 아닌 생나무에
집요하게 구멍을 팝니다.

양념 잘하는 사람은
버무리기도 잘 합니다

너지?
너를 네가 아니라면
묻는 나도 내가 아니지
너와 나는 뭐가 다르지

딱따구리는
나무만 쪼는 줄 알지
영혼을 파내는 줄 모릅니다.

나무 쪼는 소리
산山의 소리, 물의 소리
메아리 소리 들리지 않습니다.

소한 추위 / 신홍섭

소한 날
시작한 겨울비가
사흘이나 내리더니 60㎜를 넘었다

겨울은 춥고 여름은 더워야지
벌써 농사 걱정을 한다.

어느 곳에는
기온이 한 여름이라
마당가에 철쭉꽃이 한창이란 소식

추위는 추위로 다스린다며
알몸으로 마라톤을 하고
인조 꽃으로 겨울 축제를 하다가

빗물 앞에 얼음 왕국은 처참하게 함락되었다

세상사 조신하게 기다리면
꽃 피고 잎 지는 시절 저절로 알 것을
세상 이치 척하다 입을 닫는다.

*2020.1.6.소한에

꽃눈이 돋는다 / 신홍섭

고사리와 삼엽충이
태고에 어미를 잃은 후

흑백의 한 쌍으로
이랑에 엎드려 땡볕에 등을 태우더니

찬 이슬이 내리던 날
땀에 찌들고 삭은 옷에
응결 든 몸, 먼지 털며 일어나 앉아

엉키고 설 켜 겨울을 보내고
봄바람 부는 날 철망에 올라
나팔꽃 흉내를 내다가 누가 먼저라 할 것도 없이

바람이 났는지 난봉이 났는지

남의 눈도 아랑곳없이
중의 적삼, 장옷이 활개를 치며
나뭇가지에 앉아 별난 춤을 추다 말고

은隱장 박는 소릴 들었나?
요령소리 선소린지 구성지고
살구나무 가지에는 환생還生의 꽃눈이 돋는다.

겨울 벚꽃 축제 / 신홍섭

길거리에 어둠이 깔리면
어디선가 찾아오는 스산한 바람에
지나는 사람들 발걸음이 바쁘고

짙어지는 밤하늘에
싸락눈이 날리더니
별꽃이 하나 둘 솟아오른다.

전나무 숲에서
백마를 기다릴 때
가지마다 환상의 하얀 눈꽃이 반짝이고

조팝꽃 하얀 고샅길에
어디서 왔는지 노루 사슴 정겹고
내 고향엔, 겨울에도 벚꽃이 핀다.

다시 고욤나무 / 신홍섭

고욤나무는
예리한 칼날에 쪼개지는 아픔을 참고
짜개접이라는 이름으로 양자를 들였다.

잎은 반들거리고 싱그러운 녹색에
무한 신뢰를 보내면서

이제 곧
한 두 해가 지나면 왕후장상을 출산하여
그렇게 바라던 신분은 상승하겠지.

또 한해가 지나고 가을이 되었다.
뿌리는 같지만, 추위에 참을성이 없었는지

열매는 강아지 배꼽만 한 게
숫자로 승부를 겨루려는지
크지를 않고 다시 고욤나무가 되어

눈이 솔아 붙은, 동짓날
가지마다 새까맣게 줄지어 앉아
뭣도 모르고 지나는 새 떼를 부른다.

시인 심훈 편

♣ 목차

농민계몽문학의 장을 여는 데 공헌한, 심훈 // 심훈(1901~1936)

본명은 심대섭. 서울 출생이며 아버지 심상정의 3남 1녀 중 3남이다. 소설가, 시인, 영화인이기도 하다. 대표작으로는 '상록수', '영원의 미소'와 우리나라 최초의 영화 소설인 '탈춤' 등이 있다,

활동 사항으로는 1919년 3·1 운동에 가담하여 투옥되고 이로 인해 퇴학을 당했다. 1920년 중국으로 망명하여 1921년 항저우 치장대학에 입학하였다.

1923년 귀국하여 소설·연극·영화 등 집필에 몰두하였다. '장한몽'이 영화에서는 이수일 역으로 출연하였고, 1926년 우리나라 최초의 영화소설 '탈춤'은 동아일보에 연재되었다. '먼동이 틀 때'를 집필·각색·감독·제작하여 단성사에서 영화를 개봉하였는데 큰 성공을 거둔다. 영화 성공 후 심훈은 소설에 관심을 기울인다. 1930년 조선일보에 '동방의 애인'을 연재하다가 검열에 걸려 중단되고, '불사조' 역시 연재하다가 중단된다. 같은 해에 '그날이 오면' 시를 발표하고, 1932년 향리에서 출간하려다가 검열로 인해 이마저도 무산된다. 훗날 1949년 유고집으로 출간된다. 여기에서 알 수 있듯이 심훈은 강한 민족의식이 담겨 있다. 그 밖에도 '영원의 미소', '황공의 최후', '직녀성'이 연재된다.

1935년에는 동아일보 창간 15주년을 맞아 '상록수'가 특별공모에 당선되어 연재된다. 상록수는 젊은 이들의 희생적인 농촌사업을 통해 휴머니즘과 저항의식을 고취시킨 작품으로 본인의 귀농 의지가 잘 그려져 있다.

1936년 장티푸스로 사망하여 짧은 생을 마감한다.

[네이버 지식백과에서 인용]

그날이 오면 / 심훈

그날이 오면 그날이 오면은
삼각산(三角山)이 일어나 더덩실 춤이라도 추고
한강물이 뒤집혀 용솟음칠 그 날이
이 목숨이 끊기기 전에 와 주기만 할량이면
나는 밤하늘에 날으는 까마귀와 같이
종로의 인경(人磬)을 머리로 들이받아 울리오리다.
두개골(頭蓋骨)은 깨어져 산산조각이 나도
기뻐서 죽사오매 오히려 무슨 한(恨)이 남으오리까.
그 날이 와서 오오 그 날이 와서
육조(六曹) 앞 넓은 길 울며 뛰며 딩굴어도
그래도 넘치는 기쁨에 가슴이 미어질 듯하거든
드는 칼로 이 몸의 가죽이라도 벗겨서
커다란 북을 만들어 들쳐 메고는
여러분의 행렬에 앞장을 서오리다.
우렁찬 그 소리를 한 번이라도 듣기만 하면
그 자리에 거꾸러져도 눈을 감겠소이다.

시인 염인덕 편

♣ 목차

시낭송 QR 코드
제 목 : 코스모스의 향연
시낭송 : 임숙희

 # 프로필
서울 거주
대한문학세계 시 부문 등단
(사)창작문학예술인협의회 회원
대한문인협회 서울지회 정회원

 # 시작노트
꽃이 피고 지는 여행길에
행복했던 날만 기억하며
따뜻한 햇살 아래에서
해바라기 꽃처럼 활짝 웃으며
아름답게 살고 싶네요.

꽃피는 우리 / 염인덕

세찬 바람이 가슴속에 불어오면
가끔은 외로운 날도 있지만,
봄날처럼 꽃향기 뿌려 취하게 하는 친구가 생각난다

돈도 명예도 필요 없는 우리의 삶의
여정에서 이름답게 꽃피워가며
날마다 근심 걱정 없이 향기나게 살아가세

잔을 높이 높이 올려 건배하며 축제하듯 세월에 원망도 말고
현대에 문명에 뒤떨어져도 이것도 행복이려니 하고 살아가세

엉클어진 실타래가 있거든
한잔 술에 시름을 털며 한 올 한 올 푸르며
춤추고 노래하며 가벼운 마음으로 살아가세

엄동설한에 새 찬 바람이 불어와도
포근한 마음으로 헛된 욕심 없이 사는 날까지 사랑하며 살아가세
친구야 영원한 우리의 우정 사랑한다.

서로 닮아가며 산다 / 염인덕

풋풋한 냄새 가득하여
정성 들여 버무려 보았더니
떨 분 맛이 나더라

물 주고 거름 뿌렸더니 향기 나고
고운 빛에 알알이 톡톡 튀며
달콤함과 알싸한 맛이 나는구나

마음도 고운 빛으로 물들어
목소리 자장가로 들리고
서로가 그림자 되었어 밝은 등불 켜놓고 있다

같은 마음 아름다운 꽃 피워가며
보약과 같은 친구 되어
인절미처럼 쫄깃하고 고소한 맛이 솔솔 풍기네.

코스모스의 향연 / 염인덕

달빛을 하얗게 태우고
길섶에 가냘픈 꽃송이
곱디고운 미소로 손짓한다

작은 바람에 어깨동무하고
구름은 친구 되어
하양, 빨간, 연분홍, 아름다움을 만끽한다

동심에 젖은 아이처럼
볼은 연분홍빛 되어
추억의 수를 놓아 본다.

살랑살랑 부는 바람에
가슴속에 꽃물 들어 놓고
노을빛도 곱게 물들이고 있다.

친구야! 우린 이렇게 살자 / 염인덕

사랑도 우정도 애틋하게 느껴져
그리움만 자꾸 생각이 드는 우리

꽉 찬 시간 속에서
남은 여정은 세월에 맡기고
아쉬움을 두지 말자

욕심은 조금씩 마음에서
내려놓고 사랑하면서 살자

덧없는 삶 속에서 마음의 여유를 갔고
앞으로 더 많은 사랑을 나누고
우린 부끄럽지 않은 길을
손 잡고 걸어 가자

때론 벗들과
술 한 잔에 정도 나누며
옛이야기에 귀 기울이면서
그렇게 사는 거지

만나지는 못해도 안부도 전하고
가끔 생각만 해도 기분 좋은 친구
그런 친구로 살아가자.

그리운 추석 / 염인덕

때때옷에 새 신발 신고
엄마, 아버지 따라 졸졸
해 저물어 가는지 모르고 좋았지

토란국과 송편으로 배 채우고
밤톨 주머니에 가득 담아 넣고
동무들과 뛰어놀던 하늘이 그립구나

우산 각에 앉아 놀던
추억들이 겹겹이 쌓여 있어
그때 그 시절 한없이 즐거웠는데

이맘때면 따뜻하고 포근함과
그 맛을 느끼고 싶어
마음만은 고향에 가 있다.

시월의 노래 / 염인덕

산기슭을 따라 내려온 나뭇잎
따가운 햇볕에 곱게 단장하고
색색이 예쁜 옷 갈아입고 있다

높고 높은 파란 하늘은
바람 타고 온 뭉게구름 친구 되어
수채화 그림을 그려 놓았다

올여름 시련도 많았건만
이파리마다 곱게 물드는 사이
나의 머리도 어느새 하얗게 물들고 있다

귓불을 스치는 바람
알알이 석류알 웃게 하는데
나뭇가지에 홍시 하나 까치밥 되어
시월은 아쉬움만 남는다.

영원한 사랑 / 염인덕

마음 하나로 우리의 우정이
쌓이고 쌓여서
사랑의 힘이 꽃이 되었는지

안부를 전할 수 있기에
멀리 있어도 좋아 좋아
정든 사람아!

그리워하고 보고 싶어
내 마음 나도 모르게
달려가는 몸

영원히 이별 없는 세상에서
너와 나 두 손 꼭 잡고
멋진 인생 잘살아 보세 친구야!

시월의 마지막 밤 / 염인덕

울긋불긋 익은 고운 빛 후드득 떨어질까 봐
처량한 풀 벌레 쉰 노래가
이 밤 쓸쓸하게 들려온다

이파리들 빨갛게 술에 익어
달빛에 웃고 있는 얼굴
은은한 별빛에 휘청거린다

아직도 못다 피운 들꽃 한 송이
찬 서리에 덜덜 떨면서
하얀 달 꽃이 되어 덩그러니 서 있다

파란 하늘 아래
별과 달님도 붉게 타오르고 있어
이 시간을 이대로 붙잡아 놓고 싶은 마음뿐이다.

가을 사랑 / 염인덕

머리 위에 붉게 타올라
한들한들 춤을 추니
눈부시도록 아름답다

마음도 붉은빛
사랑도 빨갛게 타오르니
발걸음 흥겨워라

오솔길에 파란 하늘
샛노란 은행잎이
동화의 한 장면처럼 어우러져

가는 곳마다 온몸을 불살라
그리움 한 조각 남겨 놓고
가슴속에도 곱게 물들여 본다.

가을이 준 선물 / 염인덕

머나먼 산길 따라
물먹고 내려온 단풍잎
감탄사가 저절로 나온다

내장산 굽잇길에
곱게 물든 나뭇잎들은
색색이 찬란하다

햇살에 비춘 잎
광채를 빛내면서
눈을 호강시켜 준다

불탄 잎 흔들거리며
가슴속은 황홀해
눈길을 뗄 수가 없다

곱디고운 미소
둥둥 떠 있는 마음 한 세월을
아름답게 꾸며 놓았다.

시인 오승한 편

♣ 목차

★ 시낭송 QR 코드

제　목 : 젊은 미소
시낭송 : 김혜정

 # 프로필

인천 거주
대한문학세계 시 부문 등단
(사)창작문학예술인협의회 회원
대한문인협회 인천지회 지회장

 # 시작노트

오늘은 곧 어제가 되고
쌓이는 먼지 속에 갇혀
까맣게 잊히는 먼 옛날이 된다
흐르다 멈추고 얼음이 되어
들려주는 아득한 구름의 이야기,
비릿한 냄새를 묻혀온 바람의 이야기,
삶과 세월의 묻히는 사연을
찾아 간다.

젊은 미소 / 오승한

아득한 기억을
가만히 만지면
몽글몽글 떠 오릅니다

절절했던
그날의 기억들이
겨울 오후 빗물처럼 배어납니다

뜨겁던 입김과
무겁게 눌러도
풍선처럼 떠 있던 가슴
그리고
감아도 반짝이던 눈빛
지금도 달려가고 싶은 미소까지
차곡차곡 그립게 밀려옵니다

아득한 먼 곳의 별처럼 기억되는
푸른 날의 싱싱한 애상이
하얗게 눈이 되어
풀풀 날리고 있습니다

그 섬으로 가고 싶다 / 오승한

세찬 바람에 하늘 높이 떠돌다
떨어진 씨앗들이
이름 모를 꽃과 나무를 키워놓은
아름다운 섬을 보고 싶다

도착지도 모른 체
바다 위를 떠돌다
더는 날 수 없을 때
주저앉은 새들의 정착지,
사람의 그림자조차 없었던
조용한 그 섬을 느끼고 싶다

임이라 부르는 이와
난파선 스티로폼에 의지해
죽음의 문턱을 백 번을 넘어
파도에 밀려서라도
그 섬의 청순한 공기를 숨 쉬고 싶다

하늘과 바다 그리고 바람이
만 년이나 가꿨을 꽃과 나무 푸른 숲과
신기한 듯 지저귀는 새들과 파도 소리
일렁이는 임의 숨소리 들으며
하얗게 늙었으면 좋겠다

새소리, 파도 소리, 임의 목소리
그리고 종종 먼 그곳의 얘기를 싣고 오는
바람의 비릿한 소리 들으며
사랑을 위한 사랑의 하루가
그 섬의 자연이고 싶다

하얀 치아 드러낸 임의 미소에 행복해하며
지구의 끝자락 어디라 해도
천 날을 걷다가 지치면 기어서라도
그 섬으로 가고 싶다

우리는 / 오승한

마주 보지 않아도 이미
가슴속 깊은 곳을
바라보고 있습니다

이름을 부르지 않아도
이미 옆에 있고,
우리라 말하지 않아도
이미 하나가 되었습니다

대신 아프지는 못해도
함께 아파하고,
슬프냐고 묻기 전
이미 눈물 흘리고 있습니다

사랑한다고 말하지 않아도
이미 죽도록
사랑하고 있습니다

행복한 눈물 / 오승한

목 빼고 서 있는
기러기가 외롭네

굴포천 강바람에
갈대는 흔들리고

느릿느릿 흐르는 물
돌다리 열두 개

강 건너 어여쁜 임
징검다리 딛고 올까

갈대는 사륵사륵
소리 죽여 우는구나

별빛 2 / 오승한

땅거미 기어 나와
햇빛을 덮고
하루를 지워 버린다

낙엽이 덮은 찬란한 아침과
화려한 한낮의 모습 파내어
가슴에 묻는다

까맣게 지워진 밤하늘
그립고 아쉬운 기억이
깜박깜박 별빛으로 아른하다

심장을 찢어 가둔
뜨거운 햇빛과 춤추던 햇살은
꿰맨 틈새로 촘촘히 반짝인다

애심 / 오승한

당신과 나 사이엔
늘 바람이 불었다
당신은 치맛자락이 날리고
나는 머리카락이 헝클어졌다

몹시 바람 불던 날
당신은 흩날리는
꽃잎에 흐느끼고
나는 뒹구는 낙엽에 슬퍼했다

당신과 나 사이엔
늘 강물이 흘렀다
당신은 발을 담가 행복했고
나는 손을 담가 즐거웠다

억수같이 비가 쏟아지던 날
흠뻑 젖은 옷가지
하나둘 벗어 던지고
두 사람 하얗게 발가벗었다

낙엽 / 오승한

보고 싶어 기다리다
잊으려 흔들어
그리움만 자욱하다

바라보면 눈물 흐르고
돌아서니 아파서
누렇게 물들어 간다

꽃이 피고 지고
해 뜨고 달이 떠도
비가 오고 눈이 와도
바람 불고 구름이 흘러가도 보고 싶다

가까이 있어도
주린 목마름에
가느란 목 길게 빼고
멀리서 그리워하자

떨어져 날리는 사랑에
바삭 마른 고독한 숨소리가
거칠게 주름져 쓸쓸하다

가을 남자 / 오승한

스치고 간 바람도
적시고 간 이슬도
간 곳 몰라 찾을 수 없고

자욱하게 내리는 안개
가슴 젖어 시려오네

매미보다 구슬픈
풀 벌레 우는 소리에
새벽 지기 별처럼
밤을 꼴딱 지새웠다

햇살 눈부셔 흐릿한 아침
초목도 나처럼 밤을 지샜는가

붉게 물드는 푸른 나뭇잎
산천초목 물들이고

초야에 지친 이슬방울
남자 마음 노랗게 물들어 간다

가을은 이렇게 내려와
조용히 내 옆에 앉았네

곱게 물든 낙엽 하나 떨어져
쓸쓸한 남자 가슴에 뒹굴며 간다

가을 여자 / 오승한

뜨거운 태양도 식어
노을 진 오후
연분홍 입술 고운 여인은
진홍 색조로 붉게 덧칠하고

선들선들 찾아온
갈색 바람 따라
단풍 지는 숲길을 홀로 걷고 있다

우윳빛 얼굴에
한기를 느끼고
팽팽한 눈가에 주름이 졌네

팔랑이는 잎새 바라보는
쓸쓸한 눈빛에
떨어진 낙엽이 슬퍼진다

외로움 쌓인 낙엽 길
빨간 입술 꼭 다문 채
코트 깃 고쳐 세운 여자

바스락바스락 낙엽 밟으며
고독을 즐기는 여인
당신은 가을 여자입니다

추억 / 오승한

생각난다
포실한 볼살의 미소는
동그란 달님이 되었는가

가고 싶다
새소리, 물소리에
코스모스꽃 흐드러지게 핀
비포장 언덕길이 삼삼하구나

어쩌면
어여쁜 소녀는
빛 가리 보자기로 흰머리 가리고
굽어진 허리 일으켜 꽃길을 가꾸려나

보고 싶다
들판에서 오는
바람 냄새 정겨워라
코스모스 하늘하늘
그리움이 쌓인다

시인 오필선 편

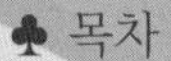

목차

시낭송 QR 코드

제 목 : 백 년으로 기우는 세월

시낭송 : 임숙희

오필선 시집
"빛바랜 지난날도 그리움이다"

 # 프로필

「대한문학세계」 시, 「한국산문」 수필 등단
대한문인협회, (사)한국문인협회
(사)한국산문 작가협회 회원
대한문인협회 경기지회 홍보국장
(사)한국문인협회 안산지부 사무국장
(사)한국예술문화단체총연합회 안산지부 이사
· 저서 : 시집 「빛바랜 지난날도 그리움이다」

 # 시작노트

자연은 삶의 일부이며 연결이다. 시의 행적을 따라가는 일, 그 푸른 궤적을 온전히 감당하기는 버겁다. 그러나 그 쓰디쓴 유혹을 인내하며 유희로 승화시킬 때 시는 자유로울 것이다. 어쩌면 나의 출처는 은밀한 거래를 주선하며 이 순간에 시와 대면하고 있는지 모른다.
사람 냄새로 가득한 통로이거나 휑하니 을씨년스럽도록 텅 빈 거리의 통로이거나 바람이 오가는 길목은 여전히 쓸쓸하고 퀭하다.
시를 쓰는 행위는 사물과 내가 하나가 되는 일체의 공간이길 기원하며 한 줄의 시를 바람 지나는 통로에 걸어 놓는다.
그리하여 스스로 시가 되기를 열망하며 출발선을 넘는다.

갈무리 / 오필선

하늘거리는 능수버들 이파리 하나가
칼날 같은 사선으로 떨어지며
마음 한쪽을 비명처럼 베고 말았다

몽글거리는 붉은 선혈이
스치듯 베인 한편의 가슴으로
툭! 툭! 불거지는 사연을 밀쳐내지만

늘 그렇다고, 바뀌지 않는다고
미어진 가슴일랑 혼자 추스르는 거라고

백 년으로 기우는 세월 / 오필선

지고 피는 꽃잎은

피고 또 지는데

세월은 반백 년을 넘어

차오른 연통 찌꺼기 마냥

막힌 목구멍을 서걱거리네

복숭아 뽀얗게 익어가는 얼굴에

보송보송 솜털로 분 바르고

살짝살짝 스치는 바람엔

빨간 수줍음도 성숙한 세월인데

그대라는 사람을 만나

그림자 속 뒤지고 그늘 뒤에 숨느라

지고 피는 꽃잎을 세어보질 못했네

몇 개를 피워내고 몇 개를 맺었을까

어느새 백 년으로 기우는 세월

겨울 바다 / 오필선

꿈결 같은 멜로디 춤사위
야청빛* 파도가 넘실대는
으스름*의 서해

찬 서리 겨울 바다
고적함도 숨죽인 파도는
시원*의 시작

연두의 싱그러움
점점 더 풍요로워질
소리의 침묵이 고개를 밀고

긴장시켜 깨우거나
일어나라 강요치 않는
소리의 바다

야청빛 : 검은빛을 띤 푸른빛,
으스름 : 빛 따위가 침침하고 흐릿한 상태,
시원 : 덥거나 춥지 아니하고 알맞게 서늘하다

하늘 내린 인제麟蹄 / 오필선

설악雪嶽이 하얗게 자작나무로 오르고
천상天上이 하강해 빛으로 축제를 열며
중년도 소년이 되어 감성을 되찾는 곳
강원도 인제의 사계를 아시나요

남에서 북으로 흐른다는 인제麟蹄의 젖줄
댐으로 수몰水沒될 위기도 극복한 하나 된 고장
굽이굽이 흐르는 산을 닮은 내린천 따라
젊음에 함성과 가슴 뛰는 청춘이 어우르고
물결을 가르며 춤을 추는 환상에 래프팅

그대는 아시나요?
태초太初의 숨이 처음으로 발원發源되어 흐르는 곳
호국영령護國英靈이 강산을 지키며 잠들어 있는 곳
윤슬로 내려 미리내 곱게 펼쳐 출렁이는 곳
축복祝福의 고장, 하늘 내린 이곳이 인제라는 걸

바람이 드는 까닭 / 오필선

터벅거리는 발길 따라
마지못해 따라오는 그림자
실낱같이 가늘어진 명줄처럼
휘청이며 훔쳐내는 흥건한 몸짓

백설은 가득한데 엇나가는 심사는
아직도 뜨거운 줄 가슴만 쳐대며
사람 들었던 정이 흩어진 까닭을 모르고
할퀴고 지나간 바람을 핑계로 삼는다

사랑은 틈으로 피어나고
이별은 금으로 깨진다는 걸 알고도
아직도 멀게만 두고 찾으려만 하니
골방이 공연히 차갑지는 않을 게다

대천으로 가는 완행 / 오필선

한칸 한칸 밀어내 뾰족해진 신작로를 구르며
버스가 생경한 풍경을 뒤로 잡아끌 때마다
목적지로 가는 완행버스는 덜그렁 소리를 낸다

목 짧은 소 떼가 우르르 언덕을 오르는
서산 목장의 한가로운 푸른 초원을 지나고
곰삭은 젓갈 비릿한 드럼통을 뒤적이며
입안에 흐물거리던 어리굴젓 광천을 지나다
탁 트인 바다가 꼬드기는 대천이 눈으로 들 때
덜그렁 덜그렁 마음이 쏟아질까 간신히 붙들었다

완행버스에 오르기 전에는 생각지도 못했던
홀로 떠나는 여행객이 짊어진 악다구니가
투정까지 얹어지며 슬쩍슬쩍 창밖으로 던져지고
하나씩 밀어내며 풍경으로 도착한 대천터미널
악다구니를 말없이 받아 준 여행은 완행이었다

꽃이 진다 / 오필선

목젖까지 치미는
아스라한 설움에 꽃잎이
하롱, 가벼이 달뜨며
그렇게 저버렸다

분분히 흩날린 꽃잎이
홀연하게 가지를 비우는 날
시린 가슴을 삭이며
비로소 공허를 털어낸다

꽃을 놓아버린 것인지
꽃이 나를 놓은 것인지
뒹구는 꽃잎이 사라지고 나서야
기꺼이 여여如如할 수 있었다

구름 같은 사랑 / 오필선

물 깊은 계곡 산등성으로 오셨다가
돌고래 곡예 넘는 바다로 오셨다가
양 떼들 뛰어노는 목장으로 오셨다가
말없이 왔다가 말없이 가는 당신입니다

가슴이 타오르는 목멘 진실을 숨기고
점점이 흩어지다 그려내는 속내는
석양이 노을 속으로 잠기고서야
빨갛게 볼 붉히며 한참을 서성입니다

그대만 바라보는 하루여서 행복했다고
붉은 심장으로 토해내는 사랑이건만
야멸차게 돌아서 구름처럼 떠난 당신으로
벌거벗은 갯벌엔 천천히 어둠만이 내립니다

지금은 / 오필선

소쩍새 울고 간
나뭇가지 떨림에도
한 움큼 설움 묻힌
흔적을 알지 못했고

붉은 장미
고운 몽우리 풀던 날에도
세찬 바람에 떨구는 잎새를
슬퍼하지 않았다

지금은· · ·

유월의 바다 / 오필선

노을이 떨어지는 저녁
붉게 물드는 수평선을
홀로 바라보는 것은 피해야 한다
그것이 유월의 바다라 할지라도

몽돌을 맨발로 밟거나
무너지지 않을 모래성을 쌓거나
맥없이 부서지는 포말을 눈에 담으면
자칫 석양에 데는 것도 모자라
붉은 태양을 용암으로 토할지도 모른다

뜨거움을 재우려 잠기는 불덩이를
무심히 뒤돌아본 서쪽 바다로
하마터면 너의 얼굴같이 붉어진 갈증을
울컥 쏟아 낸 적도 있었음을

그 치명적인 심연의 시간은 피하는 게 좋다

시인 윤동주 편

♣ 목차

별과 바람을 노래한 시인, 윤동주 //윤동주(1917~1945)

‘잎새에 이는 바람에도’ 괴로워했던 시인이자 작가인 윤동주는 중국 길림성 화룡현 명동촌에서 아버지 윤영석, 어머니 김용 사이에서 장남으로 태어났다. 윤동주의 집은 가랑나무가 우거지고 사방이 산으로 둘러싸인 아늑한 곳이었다. 28년 생애의 절반인 14년을 아름다운 자연을 벗 삼아 시인으로서의 감수성을 키운 것이다. 아명은 ‘해처럼 빛나라’는 뜻의 해환(海煥)이었다. 아버지 윤영석은 동생들에게도 달환(達煥), 별환이라는 아명을 지어주었다.

이처럼 아명 속에서 ‘하늘과 바람과 별과 시’가 잉태되고 있었던 것이다. 어릴 때부터 하나님과 이웃을 사랑하는 기독교정신에도 영향을 받아 죽는 날까지 한 점 부끄럼 없이 살기를 소망하신 것이다. 한인자치단체 간민회의 회장을 역임한 외삼촌 김약연의 영향으로 민족의식에도 눈뜰 수 있었다.

최초의 시는 1934년 은진 중학교 3학년 때 쓴 ‘초한대’, ‘삶과 죽음’, ‘내일은 없다’로 알려져 있다. 우리에게 잘 알려진 감성의 시 ‘별 헤는 밤’은 1941년에 발표되었다. 1939년에 ‘소년’이 발표되고, 1941년에 ‘눈 오는 지도’가 발표되는데, 여기에는 ‘순이’가 등장한다. ‘순이’는 안온했던 자신의 소년 시절을 의미한다.

윤동주의 아버지는 의과 진학을 희망했지만 문과를 선택한다. 이 무렵에 참담한 민족의 현실에 눈뜨며 그 몸부림이 시에 반영되었던 것이다. 연희전문학교 졸업을 앞두고 ‘하늘과 바람과 별과 시’라는 시집을 엮었다. 시집 원고 3부를 필사해 한 부는 자신이 갖고 한 부는 출판을 주선해 달라는 요량으로 이양하 교수에게 주고, 나머지 한 부는 후배 정병욱에게 주었다. 훗날 정병욱이 유고집을 출판하는데 큰 몫을 담당한다.

1944년 ‘재쿄토 조선인 학생 민족주의 그룹사건’이라는 이름을 붙여 후쿠오카형무소에서 징역 2년의 형을 선고받는다. 1년 뒤인 1945년 형무소 안에서 원인 불명의 사인으로 하늘을 우러러 한 점 부끄럼 없이 29세의 짧고 굵은 인생을 마감한다.

[네이버 지식백과에서 인용]

별 헤는 밤 / 윤동주

계절이 지나가는 하늘에는
가을로 가득 차 있습니다

나는 아무 걱정도 없이
가을 속의 별들을 다 헬 듯합니다

가슴 속에 하나 둘 새겨지는 별을
이제 다 못 헤는 것은
쉬이 아침이 오는 까닭이요
내일 밤이 남은 까닭이요
아직 나의 청춘이 다 하지 않은 까닭입니다

별 하나에 추억과
별 하나에 사랑과
별 하나에 쓸쓸함과
별 하나에 동경과
별 하나에 시와
별 하나에 어머니, 어머니

어머님, 나는 별 하나에 아름다운 말 한마디씩 불러 봅니다. 소학교 때 책상을 같이 했던 아이들의 이름과 패, 경, 옥, 이런 이국 소녀들의 이름과, 벌써 아기 어머니된 계집애들의 이름과, 가난한 이웃 사람들의 이름과, 비둘기, 강아지, 토끼, 노새, 노루, '프랑시스 잠', '라이너 마리아 릴케' 이런 시인의 이름을 불러 봅니다

이네들은 너무나 멀리 있습니다
별이 아스라이 멀 듯이

어머님
그리고 당신은 멀리 북간도에 계십니다

나는 무엇인지 그리워
이 많은 별빛이 내린 언덕 위에
내 이름자를 써 보고
흙으로 덮어 버리었습니다

딴은 밤을 새워 우는 벌레는
부끄러운 이름을 슬퍼하는 까닭입니다

그러나 겨울이 지나고 나의 별에도 봄이 오면
무덤 위에 파란 잔디가 피어나듯이

내 이름자 묻힌 언덕 우에도
자랑처럼 풀이 무성할거외다.

시인 윤무중 편

♣ 목차

#프로필
서울 거주
대한문학세계 시 부문 등단
(사)창작문학예술인협의회 회원
대한문인협회 서울지회 정회원

#시작노트
일상생활에서 접하는 사물에 대한 감정을
표현하는 방법은 여러 가지가 있겠지만
시를 통해서 표현함에 있어 함축된 감동을
자아낼 수 있다는 것이 시의 장점이 될 것이다.
시는 순수함으로 느끼는 감정과 함께 눈에
보이는 것, 귀로 들을 수 있는 것 등을 시어로
표현할 수 있다는 자체가 얼마나 훌륭한 일인가,

나는 항상 시를 쓸 때면 나의 표현력이
부족하고 미숙함을 느끼지만 그래도 시작하는
일이 그때그때 즐거움과 기쁨으로 다가온다
이번 2021년 명인 명시 특선시인선 작품에
선정되어 훌륭한 시인님들과 함께 할 수 있어
행복하다.

시낭송 QR 코드
제 목 : 봄꽃(春花) 편지
시낭송 : 최명자

윤무중 제1시집
"사랑한 만큼 꽃은 피는가"

윤무중 제2시집
"손길로 빚어 마음에 심다"

아름다운 삶 / 윤무중

생각이 깊은 자는 말을 하지 않고
생각을 합니다
생각이 없는 자는 쓸데없는 말만
생각 없이 합니다

언제나
말보다는 밝은 미소와 침묵으로
잔잔한 물이 깊은 것처럼
믿음이 가슴을 감동케 하는 것처럼

깊이 있는 말은
사랑의 감동을 전할 수 있음에
이것이 바로
아름다운 삶이 아닐까

플라타너스 환상(幻想) / 윤무중

오늘은 그날처럼 눈 내리고 춥다
눈이 쌓여 나뭇잎과 범벅이 되고
휘날리는 모래알과 함께 마른 열매를
끈질기게 매달아 학교 운동장에서 떨고 있을
플라타너스여

아직도 그곳에서 너의 절박함이 안쓰럽고
회한을 두 손에 움켜쥔 채 갈 곳 잃어 헤매는
플라타너스여

왜 이렇게 추억은 쉽게 잊혀지지 않고
현실은 순간을 망각하는가
냉혹한 세상에 오직 내가 믿고 만나보고 싶은
플라타너스여

아직도 스승을 찾아 헤매련만 너만이 굳건히
제 몫을 하고 있구나

함께 뛰놀던 운동장으로 가고 싶다
눈 덮인 들판에 가 미끄럼 타고 싶다
그리고 나는 그곳에서 아직도 버티고 있는
플라타너스가 되고 싶다. 플라타너스여!
내 스승 찾아 그 시절로 가고 싶다.

사람 노릇 해봅시다 / 윤무중

꽃향기 묻어나는 아름다운 시절
훈훈한 흙냄새 번지는 세상인데
너를 보고 나를 탓하거늘
나를 보아 너의 탓으로 하니
삶이 고달파 편안히 잠들 수 있을까

서로서로 질투와 시기를 일삼아
내 잘난 것처럼
내 잘못이 없는 것처럼
어떤 것이 옳고 그른 것인지 헷갈리는데
사람 노릇 한번 해보자고
큰소리로 목청 높여 왔지만
지치고 지쳐 메아리가 되었는가

불평이 온천지에 뒤덮여도
나 몰라라 하면
온전히 잠들지 못해 뒤척이고
시간이 흐를수록 멍들고 상처일 뿐
삶이 버거워질 테니
이제 사람 노릇 한번 해보면 어떨까

인정이 넘치는 호시절도 있었지만
시간의 너울과 함께
돌아올 수 없을 만큼 흘렀는지도 모른다
한때 그릇된 오류였는지
인정에 불신의 갈등이 쌓였는지
인간성 회복을 위한 메마른 대지에
단비가 내리기를 바란다.

겨울 그림자 / 윤무중

겨울은 어디에 머무는가
그는 서서히 다가오면서 그림자로 남아
낮엔 검은색으로 밤엔 하얗게 머문다

때로는 매섭게 오고 때론 다정하게 온다
난 그래도 그에게 말을 건네려 하고 품에 안긴다

겨울은 자신이 냉정하고 모질다지만,
다행히 그에겐 모든 걸 비춰 줄 그림자가 있다

그동안 가슴에 쌓인 한을 풀어 놓을 것이다

어머니의 따뜻한 품에 안겨 설움을 달래듯
그 그림자에 다 풀고 싶을 것이다

그래야만 그가 서서히 떠나고 난 후
또다시 봄이 찾아올 테니까.

삶의 지혜 / 윤무중

나는 언제나 홀가분한 차림이 좋다
한껏 준비하여 함께 가는 건
복잡하고 번거로움이 아니던가
내 옆에 당신이 있다면 더 좋겠지

누구나 시간의 흐름에 따라
삶의 고통을 잊고 늙어가지만
산다는 모습을 보여주는 것은
자기 스스로 믿음이 있어야 한다

삶은 두려움을 멀리하려 하여
배려와 관심에서 출발한다 하면
나는 언제든지 그 앞에 나서도
떳떳한 웃음을 지을 수 있으리라.

사랑하는 아름다운 손길에 따라
기쁨을 찾는 손짓으로 알아야 하며
삶의 지혜는 진정한 의미를 부여하여
그에게 나를 접목해야 할 것이다.

오월의 시(詩) / 윤무중

바람이 불더니 구름이 흩어지고
추위를 다 하더니
꽃이 피어 어느새 훈풍이 오는 오월
젊은 시절 지난 시간은 기억일 뿐
세월의 중턱에서 당신을 만난 곳은
장미가 피는 오월의 언덕이었습니다

당신은 아름다운 길을 인도한 소중한 존재
정성스런 손길의 모습이었습니다

그 날, 그 시간들
한 획, 한 자, 모순을 일깨우고
한 자라도 시(詩)라 함을 알았습니다
그래서 '시는 진실의 그림자'라 하였지요

아직 서툴고 어리석지만
장미가 피는 오월의 언덕은 기쁨이 가득합니다
이 기쁨은 사랑으로 남아
내가 남긴 발자국을 시의 진실로 알고
순수한 시(詩)를 만나고 싶습니다

오월의 시(詩)는
내가 주는 마지막 사랑이랍니다.

국화(菊花)의 순정 / 윤무중

가을 국화는 청아하지요
가지런히 머리 풀어
다정한 입김이 스쳐오면
색다른 향기를 내 보냅니다

여름내 견딘 고통과 인고로
세상에 태어났건만
그토록 사랑하는 님은
이미 떠나고 말았습니다

님을 위한 아름다운 자태도
기다리다 떠난 님을 향해
오늘도 아쉬움을 달래려고
이렇게 화려한 꽃을 피웁니다

그 님이 떠난 자리에
이제는 순정을 묻어 버리고
내년에 다시 한번
더 예쁜 꽃으로 피어 나렵니다.

여름과의 이별 / 윤무중

구월은 침묵으로 가을을 그린다
칠 팔월의 뜨거운 가마솥 열정이
아직도 가을의 문턱에 가득 넘친다

숲에 숨겨둔 수많은 가지와 잎들
한껏 뽐낸 자태를 어루만지며
아쉬움 남겨둔 채 떠날 채비를 한다

여름이 떠나는 자리

귀뚜라미 울음소리,
소박해진 바람 소리,
마지막 이별을 알리고
가는 발길 달랠 수 없어
떨리는 손 내민다.

한설(寒雪) / 윤무중

찬 것이 있어야 따뜻함이 있는 것
따뜻함은 찬 것을 함께 한다
때가 되면 어김없이 그를 만난다
언제나 삶이 머문 줄 알지만
그때는 다시 태어나는 순간이 된다

한설은 고요하고 풍요를 느끼며
풍요는 새로운 변화로 바뀌어
변화에 적응하는 친화력을 갖는다
찬 것과 더운 것은 기다림이 다를 뿐
한 걸음 변화의 지혜는 똑같다

겨우내 가는 곳마다 그를 만나며
덧없는 세월의 모습이 투영되는데
변함없이 반복되는 그 자리에서
나를 보고 또 보며 비치는 그 의미를
내 가슴에 새기고 새긴다

가까이서 다가오는 그 온화함에
내 모습을 보는 듯
꽃이 활짝 피어 나는 듯한데
터무니없는 지난날을 돌이켜
그 틈 사이 사이에 엉킨 실타래는
언제쯤 매듭이 풀릴까, 기다려 본다

봄꽃(春花) 편지 / 윤무중

난 그대만 보면
가슴이 뛰고 황홀하다
활짝 웃으며 나를 반기고
형형색색 모습으로 나에게 안겨주니
어찌 너를 좋아하지 않으리
또 사랑하지 않으리

봄이 오면 어김없이 예쁜 얼굴 보이고
찡그리지 않고 웃는 그대는
나 혼자만 좋아할 일이 아닌걸

이 봄날 내 곁에 있어
그대는 내가 좋아하는 천사가 되어
어둡고 외로운 내 마음을 어루만지는
애인이었네

하루의 지루함에 웃음을 가득 주고
계절의 허무함을 달래주니
내 진정한 기쁨이 되어
지난날과 변함없이 내 곁에 왔으니
이 즐거움 무어라 얘기할까

그대의 만개는 내 기쁨이고
내가 함께하여야 할 사랑이니
내 생에 넘치는 활력이 되리라

시인 은별 편

♣ 목차

★ 시낭송 QR 코드

제　목 : 비와 고독
시낭송 : 김락호

 # 프로필

전남 영광 출생 (서울거주)
대한문인협회 시 부문 등단
(사)창작문학예술인협의회 회원
대한문인협회 서울지회 정회원 (홍보차장)
(사)한국마이다스 밸리댄스협회 강사

 # 시작노트

찬란하게 빛나는 아침 햇살을 받으며
시작은 늘 설렘으로…
아련한 겨울
추억 속의 하얀 눈꽃처럼 반짝이는
아름다운 세상을 꿈꾸며
언제나 고운 눈으로
무뎌져 가는 마음 맑은 영혼을 담아
시를 지으고 글을 씁니다.

시인의 봄 / 은별

아날로그 감성으로
시인의 마음으로
봄을 맞이하고 사랑하리라
극복할 수 없는 시련은 없다

긴긴 겨울
혹독한 추위 속에도
봄은 오고 새싹이 돋고
꽃이 피어난다

약속처럼 다시 돌아온 계절
상큼한 매력
수줍은 봄 아가씨
꽃눈 틔우는 날

향 고운 감성과 봄을 담아
마음에 스케치하고
봄 향기 따라 시를 읊으리라

행복은 바로 이런 거야 / 은별

후끈 유월의 태양이 뜨겁다

햇살 샤워 끝내고
솔 솔 불어오는 달콤한 바람
베개 삼아 잠시 꿈길 여행하고

초여름 밤의 멜로디
감미로운 시어들 속에
마음의 리듬 타고
생각의 나래를 펼쳐본다

삶의 다양한 향기 속에서
순간 느껴 보는 꿀맛 같은 휴식
꿈이어도 좋아라
행복은 바로 이런 거야

은별 시인

엄마 따라 장에 가던 날 / 은별

코스모스 피어 있는
한적한 들길을 지나
엄마 따라 장에 가던 날

연 분홍빛 코스모스 한들한들
바람에 물결을 이루고
하늘하늘 춤을 추던 정든 고향의
가을 녘

그 옛날 엄마 따라
오일장에 가던 아득한 신작로길
울퉁불퉁 덜컹덜컹
비포장도로 길을 하염없이 걸어
장에 가던 날이 문득 생각납니다

한없이 가슴 부풀어
행복했던 그 꽃길
점점 희미해져 가는 기억 속에
아련하게 남아
그리움에 젖게 하네요

오늘도
추억 속의 우리 엄마와 함께
정다운 이야기꽃을 피우며
코스모스 피어 있는 그 가을 길을 따라
장에 가는 꿈을 꿉니다

가을 하늘은 높아만 간다 / 은별

아침 바람이 알싸하게
코끝을 스치며
단잠을 깨운다

너의 향기에 심취하여
나의 마음 온통
사랑의 열망으로 노래하고

가을 향기 그윽한
꽃밭을 지나
너에게로 가는 길
콩닥콩닥 희망의 설렘이다

하늘하늘 아련한
옛 추억에 젖게 하는
순정의 꽃 코스모스

바람에 리듬 맞춰
현란한 춤사위
짙은 향기 속으로
가을 하늘은 높아만 간다.

마음으로 보는 행복한 삶 / 은별

아침 청아한 새들의
맑은 화음 소리가
아주 예뻐요

저녁 해가 넘어가는
무렵에 고요한 바다가
나는 참 좋아요

보이지 않는 여백은
상상으로 채워봐요

마음의 중심에서
통찰하는 유영함을
느끼며 보아요

풀꽃 같은 추억들이
소담스럽게 피어 있는
한적한 길을 걸어요

하늘하늘 춤추는
예쁜 꽃 무리 속에서
사랑을 보아요

마음으로 보는
행복한 삶은 언제나
부유하고 아름다워라

비와 고독 / 은별

하늘에서
비가 눈물처럼
내려온다

구슬처럼
영롱한 빗방울
나뭇 잎새마다 스며들어
예쁜 자연의 물감
대롱대롱 맺혀
떨어진다

빗방울 그림을 그리는
창가에 앉아
수채화처럼 펼쳐놓은
봄의 화실
운치 있는 풍경 속으로
살포시 젖어 드는 마음
잠시 감상에 젖어본다

차 한 잔 마시며…

사랑하는 그대에게… / 은별

눈으로 가을을 담아
가슴으로 곱게 물들이고
마음으로
살포시 포장하여
그대에게 이 가을을
고이 전해드립니다

소녀의 마음처럼
맑고 청아한 가을빛
채색된 하늘 풍경
반짝이는 물결 위로 가을이
짙어갑니다

유혹의 진한 향기
마음 이끌려
자꾸만 젖어 듭니다

예쁜 꽃잎 낙엽 위에
그대 사랑 내 사랑
나란히 새겨봅니다

사모하는 마음
님 향한 애틋한 그리움
이렇게 좋은 날
사랑하는 그대에게
아름다운 이 가을을
선물합니다

고향 포구 / 은별

앉아 있노라면
푸른 언덕이 보이고

서 있노라면
먼바다가 보이고

낮이면 파란 물결이
멀리 보이고

밤이면 하얀 물결이
찾아오는 곳
그곳이 내 마음의
고향이라오

한 마리 물새가
시름없이 찾아왔다 날아가는
아주 한적한 포구

행여 빈 배가 있으면
고동 소리 있겠지만
빈 배가 없는 날이면
바람 소리뿐

마음 설레게 하는 고향 포구
기억에도 없는 날은
풍랑에 묻히는
비바람 부는 날이었소

은별 시인

가을날의 추억 / 은별

꽃 지고 세월 가고
그 자리
또다시 꽃이 피어나고

가을 길목에 들어선
늦여름 풍경
사랑스러운 예쁜 하늘
눈을 감으면 떠나온 날의
그 추억이 꿈을 꾸듯
설렘으로 다가와
가을빛으로
곱게 내려앉는다

향기 나는 채색의 그리움
가슴에 머물고
흰 구름 흘러가는 파란 하늘
고추잠자리의 춤사위가
시원한 가을을 부른다

음~ 달콤한 향기
옛 생각들 하늘에 그려 보며
호젓한 가을 길
짙은 향수 속으로
젖어 드는 그리움
가을바람에 실어 찾아온 추억
옛사랑을 느껴본다.

일편단심 내사랑 / 은별

꽃향기 그윽한
산자락 따라
봄 마중 가련다

마음을 간지럽히는
들길 따라
님이 오시려나

따사로운 미소로
나풀나풀 춤을 추며
봄이 웃는다

바람처럼
스며오는 추억
일편단심 내 사랑

꿈이어도 좋아라
바람이면 어떠리
그대 마음
내 안에 있는 것을…

시인 이동백 편

♣ 목차

시낭송 QR 코드

제 목 : 아리랑
시낭송 : 조한직

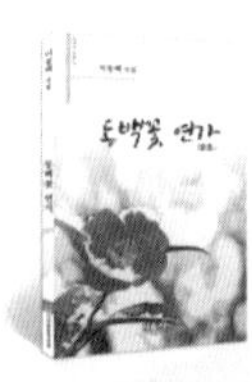

이동백 시집
"동백꽃 연가"

 # 프로필

청주 상당 낭성 출생(56년)
청주 거주
대한문학세계 시 부문 등단
(사)창작문학예술인협의회 회원
대한문인협회 대전충청지회 사무국장
대한창작문예대학 졸업

 # 시작노트

가시처럼 영혼을 콕콕 찌르거나
코를 씰룩이게 하는 모과 향기처럼
읽는 이의 마음을 건드릴 수 있어
헤어날 수 없는
감동 바이러스에 감염되어
배가 불러도 채워지지 않는
정서적 허기 채워줄 수 있는 글로
만인의 가슴을 흠뻑 적시는
단비 같은 글을 짓기 위해
겸허한 자세로 삶을 노래하며
짧은 듯 길고 긴 인생 여정을 가꿔
나가도록 애써보려 합니다.

해가 가고 달이 가도 / 이동백

꽃 보면 기쁘고 잔 들면 정답다

꽃 속엔 사랑이 숨어 웃고
마주한 술잔에 어리는 추억은
그대와 어울린 낭만 시절이 그리워
나그네 빈 가슴에 여울이 진다.

몸은 늙어도 마음은 청춘인 것을

모르는 일 / 이동백

우람한 거목이 어느 날 갑자기
비바람 눈보라에 꺾일지
여리고 어린나무 중
어떤 나무가 거목으로 자랄지

인연이 악연인지 필연인지
생각이 언제 어떻게 바뀔지
숙명과 운명의 짐을 짊어진
세상사 인생사

언제 누가 어떻게 될지
알 수 없는 바람의 방향처럼
우리네 인생살이
너나 나나 모르는 일 모르는 일

말의 향기 / 이동백

멋진 말을 골라서 하면
돈 한 푼 안 들이고 인심을 쓰며
엔도르핀을 돌게 한다

무거운 침묵보다 부드러운 말은
마음의 문을 열게 하여
행복 바이러스를 퍼트린다

시린 가슴 데워줄 따뜻한 말은
아픈 영혼을 달래주고
웃음꽃 피워 평화를 선사한다

문화를 연결하는 통로인 말은
격을 드러내는 그릇으로
얼이 담긴 말은 향기를 지닌다.

꺼지지 않는 불꽃 / 이동백

그대와 라일락 꽃그늘에 앉아
찻잔과 파우스트를 사이에 두고
잊혀져간 괴테의 사랑 이야기를 나눈다

뜰에 핀 꽃도 아침과 저녁 향기가 다르듯
젊은 시절 읽은 괴테의 연분홍빛
사랑 이야기는 다른 색깔로 길게 살아나
여운도 사유도 메아리 되어 전설로 떠오른다

우람한 고목은 세월 저편에 쓰러져
유폐되어 썩어 흙이 되어도
남긴 그의 문학은 뜨거운 가슴을 통해
슬픔과 고통을 삭여 시어로 꽃을 피운다

목마름에 허기진 가슴을 채워주고
기쁨을 찾아 만족시켜 줄 거라는
갈망이 채워질 수 없다는 것을 알기도 전에
옛 열정이 마음속에 남아 있을 때
새로운 열정이 솟아오를 수 있었다면
베르테르의 슬픈 사랑을
괴테는 노래하지 않았을 것이다

찻잔에 라일락 꽃향기 살아나듯
마음 깊은 곳에서 불꽃 사그라지고
또다시 타오른다.

사색의 뜨락에 서서 / 이동백

세월은 세상을 바꾸고

청춘을 등지게 해도

상념의 뜰에는

옹이 진 그리움에 바람이 인다.

아리랑 / 이동백

가슴에 쌓인 응어리
아리랑 아라리오
흥을 풀어내던 노래

시름 털어버리려
울분 삭이며 발효시키는
힘을 얻는 아리랑

삶을 두드리며
보릿고개 넘겨야 했던
한 많은 세월의 노래

질곡의 슬픔을 안고
섧은 가슴 달래던
혼이 깃든 아리아리랑

어둠을 밝힌 빛글 / 이동백

바늘과 실이 만나 한 땀 한 땀
줄기와 이파리를 만들 듯
닿소리 홀소리는 뼈와 살이 되어
숱한 꽃송이로 피어나
하얀 설렘을 주네

가로줄 세로줄 동그라미 빗금이 어우러져
그믐밤별처럼 초롱초롱한 글이 되어
동살처럼 온 누리를 비추고
오롯이 품고 있는 뜻은 없는 길을 만든다.

마루 아래 뉘 어느 곳에서
이토록 소름 돋을 먹빛 만남이
눈을 열어 감치는 느낌으로
춤사위를 펼치는 어울림을 녹여낼까

닿소리 홀소리가 만들어낸
거믄 즈믄 온 일흔두 개의 글귀는
별이 되고 구름이 되고 바람이 되어
소리 없는 울림으로 가슴에 남아
겨레의 얼로 살아 숨 쉬고 있다.

우리말 풀이
* 빛글 : 세상 사람들의 빛, 곧 길잡이가 되는 글을 쓰라는 뜻 * 숱한 : 아주 많은
* 동살 : 새벽에 동이 터서 훤하게 비치는 햇살 * 온 누리 : 온천지의 순수한 우리말
* 오롯이 : 모자람이 없이 온전하게 * 마루 : 하늘의 우리말 * 뉘 : 세상의 옛말
* 감치는 : 잊히지 않고 늘 마음에 감돌다 * 거믄 : 만에 해당하는 우리말
* 즈믄 : 천에 해당하는 우리말 * 온 : 백에 해당하는 우리말 * 얼 : 정신의 줏대

순우리말 글짓기 주제: 가갸 가갸날(한글 한글날)
한글 창제 572주년 기념 전국 시인 공모전 은상 수상작.

검은 그림자 / 이동백

눈먼 대낮 허공을 맴돌며

영혼을 비틀려는 코로나바이러스

오감으로도 감지할 수 없는

형체도 없는 것이

입을 막고 길을 막는

덧난 세월 구멍 난 가슴만 탄다.

파란만장 / 이동백

짧은 듯 긴 인생 여정에는
사연 없는 사람 없고
만고풍상 속에서도 꽃은 핀다

천태만상 요지경 속 세상엔
삶의 한때를 흔들던
희로애락의 소용돌이에 맴돈다

짓궂은 운명 털어놓고 싶은 맘
들어 줄 누군가가 있다면
맺힌 응어리 풀릴 수도 있으련만

토해내지 못하고 묻어 둔 사연
하소연이라도 한다면
가슴이 뻥 뚫려 후련해지리라

억새 / 이동백

하얀 꽃을 피우기 위해 억새는
모진 비바람에 허리를 추스르고
햇빛 달빛을 가두며 울었나

예리한 칼날을 세우고도
몸을 눕히며 흔들린 것은
견뎌 내려는 몸부림인 것을

초록 이파리 출렁임보다 근사한
은빛 물결로 생을 마감하려고
질곡의 한 세월 목말라 했나

시인 이만우 편

♣ 목차

시낭송 QR 코드
제 목 : 등불
시낭송 : 박순애

 # 프로필

대한문학세계 시 부문 등단
(사)창작문학예술인협의회 회원
대한문인협회 경기지회 기획국장
2019년 한국문학 올해의 시인상 수상

 # 시작노트

야생화나 들꽃은
자연환경에 적응하면서
스스로 대처하는 능력이 뛰어나서
자신의 생명을 끝없이 이어간다

우리의 삶도
끊임없는 세태의 변화에
따라가야 한다

도태되지 않으려면
모든 것을 받아 들이고
슬기롭게 가야 한다.

나도 그렇게 가고 싶다

인생은 건축물 / 이만우

세상의 공기를 마시기 위하여
요란한 울음보를 터트리며
나의 존재가 나타났다

천진난만하고 순수함이 가득한
아기천사의 모습으로
곱고 예쁘게 성장하였고

많은 것을 보고 배우고 노력하면서
나는 기초를 단단하게 만들고
수많은 것들을 쌓아 나갔다

땅을 다지고 돌 한 개씩
쌓아 올리는 건축물의 주춧돌 같이
인생도 단단하게 만들어졌다

부처꽃 / 이만우

작은 연못이나 물웅덩이의
가장자리에 자리를 잡고
무더위 속에서 피어나는 꽃

보라색의 은은하고
감질나는 색으로 그대는 곤충들을
유혹하면서 도도하게 서 있다.

조용히 다가서는 나비는
긴 빨대로 꽃 속의 맛있는
꿀로 허기진 배를 채우고 있다

공존과 공생
서로에게 필요한 것
나도 부처꽃과 나비처럼 가련다.

가을 / 이만우

가을은 저물어 가는 노을과 같이
붉게 물들여 놓거나 하얀 머릿결처럼 하얗게
만들어 놓고 저 멀리 사라져 가고 있다.

나도 그 길을 따라 천천히
발걸음을 옮겨 가면 한개 두개
발자국이 길거리 낙엽만큼 많아진다.

때로는 넘어지고 다시 일어나
먼 길을 가기 위해 또 가면서
올바로 왔는지 가끔 뒤돌아본다.

후회한들 무슨 소용 있나
이미 가버렸는데 하면서 돌고 돌아
정신을 차려보면 언제나 제자리에 와있다.

낙엽 / 이만우

이제는 성장을 잠시 멈추고
조용히 쉬고 싶은 마음에
옷을 벗어 내리려 한다

나뭇잎들은 자신의 역할이
무엇인지 오랜 세월을 지내면서
그때를 기다리고 있다

떨어진 그대들의 낙엽은
땅의 미생물들과 어우러져
비옥한 생명의 터전을 만들고

끝없는 생각의 터전도
돌고 돌아가는 쳇바퀴의 모습이지만
나는 그곳에서 벗어나고 싶다

강아지풀 / 이만우

부드러운 솜털을 쓰다듬고 있으면
나의 손길로 전해지는 짜릿한
느낌은 신선하게 전해지고

그대는 그저 바람에 나부끼며
흐느적거리고 깨알 같은
씨앗을 멀리멀리 바람에 실려 보낸다

따스한 날들이 지나가고
매서운 찬바람이 들이닥쳐도
그 자리를 지키고 있다

강인한 생명력은 아주 오랫동안
그곳을 지키며 자연에서 살아가는
방법을 터득하며 삶의 지혜를 얻는다

해넘이 / 이만우

어둠은 저 먼 곳에서
조용히 내게 다가오며
가까이 오라 하고

어디에선가 들려오는
풀벌레 울음소리가
마음을 울리는 것 같다

자연의 순리에 따라
어둠이 지나면 새벽이
또다시 밝아 오고

힘들고 어려운 고통의 시간도
세월의 흐름 속에 묻어 놓으면
따스하고 맑은 날은 나에게도 온다

남겨진 씨앗 / 이만우

나는 들판의 한가운데 서 있고
친구들은 모두 어디론가
가버리고 홀로 남아 있다

새들은 나를 보고
허기진 배를 채우려 달려와서
사정없이 먹어 치우고 있다

그냥 친구처럼 이야기라도 하며
맛있게 먹어 주고
나를 멀리멀리 데려갔으면 좋겠다

나는 외롭지 않았고
새로운 친구들이 찾아와서
멋지게 함께 멀리 가고 있다

등불 / 이만우

어둠은 저 멀리서 밀려오고
일과에 지친 많은 사람도
저마다 각자의 갈 길을 가고 있다

친구와 함께
연인과 손잡고
모두 흩어져 사라져 간다

나는 그대가 켜고 있는
등불을 찾아서
발걸음을 옮기고 있다

어둠을 밝게 비춰주고
나의 마음을 포근하게 해주는
등불이 있는 그곳으로 나는 간다.

동자꽃 / 이만우

뜨거운 햇살 아래
조용히 구석에 홀로
곱게 얼굴을 내밀고 있다

외로운 그 마음을
알아주지 않고 있어도
그 자리를 지키고 있다

나비와 벌들이 고운 옷 입고
찾아와서 재잘재잘 이야기하고
실바람이 주변 소식을 전해주고 있다

기다리는 마음을 간직하며
변함없는 우직함이
예쁜 꽃으로 나에게 다가왔다

실잠자리 / 이만우

고요한 연못 속에 퍼덕대며
요리조리 날렵하게 사냥을
피해 다니면서 살아남았다

딱딱하고 무거운 껍데기를 물속에
살며시 남겨놓고 새로운 세상을
두리번거리며 보고 있다

물 밖의 세상을 살아가는데
먹잇감이 되지 않기 위하여
풀숲을 넘나들며 피해야 한다

곱고 예쁜 그를 만나려면
조용히 그리고 천천히 기다려야
그가 나를 맞이하여 준다.

시인 이상 편

♣ 목차

난해한 작품들을 많이 발표한 시인 겸 소설가 // 이상(1910.8.20 ~ 1937.4.17)

시, 소설, 수필에 걸쳐 두루 작품 활동을 한 일제 식민지시대의 대표적인 작가이다. 특히 그의 시와 소설은 1930년대 모더니즘의 특성을 첨예하게 드러내준다.

1934년 김기림·이태준·정지용 등이 중심이었던 '구인회'에 입회하고, 『조선중앙일보』에 7월부터 8월까지 연작시 「오감도」를 연재하다가 독자들의 비난으로 중단했다. 1936년 구본웅이 경영하는 창문사에서 구인회 동인지 『시와 소설』을 편집하였고, 시 「지비(紙碑)」, 「가외가전」, 「위독」, 소설 「지주회시」, 「날개」, 「봉별기」, 「동해」 등을 발표했다. 1936년 11월 일본으로 건너가, 도쿄에서 사후 발표작인 소설 「종생기」, 수필 「권태」 등을 썼다. 1937년 일경에 의해 불령선인(不逞鮮人)으로 검거되어 2월 12일부터 3월 16일까지 구금되었다가 건강 악화로 풀려나와 도쿄대학 부속병원에 입원했으나 4월 17일 사망했다.

[네이버 지식백과에서 인용]

거울 / 이상

거울속에는소리가없소
저렇게까지조용한세상은참없을것이오

거울속에도내게귀가있소
내말을못알아듣는딱한귀가두개나있소

거울속의나는왼손잡이오
내악수(握手)를받을줄모르는 – 악수(握手)를모르는왼손잡이오

거울때문에나는거울속의나를만져보지를못하는구료마는
거울아니었던들내가어찌거울속의나를만나보기만이라도했겠소

나는지금(至今)거울을안가졌소마는거울속에는늘거울속의내가있소
잘은모르지만외로된사업(事業)에골몰할께요

거울속의나는참나와는반대(反對)요마는
또꽤닮았소

나는거울속의나를근심하고진찰(診察)할수없으니퍽섭섭하오

시인 이상노 편

♣ 목차

시낭송 QR 코드

제 목 : 엄마
시낭송 : 박영애

#프로필

서울 거주
대한문학세계 시 부문 등단
(사)창작문학예술인협의회 회원
대한문인협회 서울지회 정회원

#시작노트

"지천명"이 넘어 잘 여문 사랑이 "천명"으로 이 땅에 태어나 웃습니다. 이렇게 사랑을 노래할 수 있다는 것이 얼마나 행복인지...

가슴속에서 넘어지고, 찢어지고, 피 흘렸던 사랑의 시어, 이젠 찬란한 세상으로 두려운 마음 함께 담아 보냅니다.

예쁜 꽃으로 피어 이 땅의 힘든 이들, 이 땅에 뿌리내린 온갖 미물에게도 아름다운 향기로 다가가길 바랍니다. 감사합니다.

엄마 / 이상노

이 세상에 오직 한 사람
손등만 바라보아도
가슴을 뭉클하게 하는 사람이 있습니다

내게 처음으로 사랑의 젖을 물려준 사람
몸이 아파도 마음 편히 앓아눕지도 못하는 사람
밥 한 끼 대충 먹고도 배부르다고 하는 사람
엄마!

험한 세상 넘어질까 항상 가슴을 졸이며
내게 인생을 다 바치신 엄마!

가슴으로만 사시고
가슴으로만 우시는
뼛골이 다 빠지도록 고생하신 엄마!

부지깽이 하나 붙잡고
벼랑 끝에서도 포기할 수 없었던
꽃처녀 그 고왔던 모습은 다 어디 가셨나

그런 엄마에게 못다 한 말
엄마!
사랑합니다.

할미꽃 내 사랑 / 이상노

봄 햇살 곱게 내려쬐는 양지바른 곳에
하얀 털 곱게 두른 등 굽은 할매처럼
땅만 바라보던 할미꽃이
활짝 웃고 있었다

가까이 가 보았다
그곳에는 여린 봄 햇살같이 고운
한 일생이 거기에 있었다
한 세월이 거기에 앉아 있었다

한 세월을 가슴으로 끌어안은 장모님
거기에 앉아 활짝 웃고 계셨다

내 사랑 할미꽃이…

해님 같은 내 님아 / 이상노

여명 뒤에 숨어서 한 발짝 한 발짝 걸어오는
해님처럼 어여쁜 내 님이여!

여명 뒤에서 부푼 꿈을 안고 빨갛게 부끄러이 다가오는
해님처럼 고운 내 님이여!

내민 내 손 잡으시어 함께 가시어요

가다 보면 거센 구름도
거센 비바람도 만날 것이니
함께 만져보고 느껴도 보아요

그때 흘리는 님의 눈물은
비가 되어 서러이 허공을 맴돌다가 끝내는
내 가슴에 켜켜이 고이겠지요
님아 님아

우리 잡은 손 놓지 말고
환한 미소 지으며 붉게 물든 노을 앞으로
한 발짝 한 발짝 걸어가요

님아 님아 사랑하는 내 님이시여…

샘물 같은 님의 가슴 / 이상노

가슴은 있으되 가슴을 펼치지 못했던
지난 세월

머리로만 생각하고
눈으로만 바라보고
입으로만 이야기하였습니다
그것은 사랑이 아녔습니다

이제는
가슴으로 생각하고
가슴으로 바라보고
가슴으로 이야기하겠습니다

님의 가슴에는
봄꽃 향기처럼 맑은 향기가 있습니다

내 가슴에도
님이 주신 향기로 맑은 샘물이 가득 고여 있습니다
이 샘물이 다 마를 때까지
조금씩 조금씩 님께서 다 마시어요

님의 가슴에 새겨진 멍이
조금씩 조금씩 씻기어질 것입니다.

사랑하는 내 님이시여...

멍든 세상 / 이상노

홀딱 벗은 앙상한 나목에 멍든 잎새 하나
스치는 바람 안고 잎새는 떠나간다

가여운 잎새 두 어깨 들썩 이며
다시 오지 않을 것처럼 잎새는 떠나가네
멍든 잎새 하나가

이 척박한 세상에서
어찌 멍 하나 없이 살 수 있었겠는가
어찌 멍 하나 없이 버틸 수 있었겠는가

이 척박한 세상에서
멍든 내가 멍든 너를 바라보고
멍든 네가 멍든 나를 위로한다

멍든 세상에
멍든 너
멍든 나

사랑도 멍들고 행복도 멍들어 가는 세상
조용히 겨울비는 내린다
멍든 잎새 포근히 감싸 준다

허수아비 사랑 / 이상노

내 가슴엔 아무것도 없네
오로지 사랑스러운 사랑밖에 없네

명주바람 살포시 찾아와 이마에 땀을 닦아 주는데
그것은 사랑이었네

가을 햇살 곱게 찾아와 젖은 내 가슴 토닥여 주는데
그것은 사랑이었네

밤하늘 별빛도, 달빛도 외로운 밤 나를 토닥여 주는데
그것은 사랑이었네

아무 생각 없는 내게
새들도 날아들어 춤추고 노래 부르는데
그것은 사랑이었네

나는 참 많은 사랑 받고 살아가네
그 힘으로 하루하루 살아가네

나는 빈 가슴으로 넉넉하고 풍요로운
환한 미소로 사랑 주겠네
사랑 참 사랑스럽네.

붉은 장미 / 이상노

나를 향해 활짝 펼친 붉은 입술
그대가 활짝 웃고 있습니다.

그런 그대가 집시처럼 방랑하는
내 가슴을 두드립니다.

어둠을 밝히는 등불처럼 빨간 물감 뒤집어쓴
날카로운 가시까지도 아름다운
그대는 오월의 붉은 장미여!

내 가슴을 울리고
내 가슴을 붙잡은
그대의 화려함과 진한 향기!
나는 그 안에서 숨 쉬는 한 마리 벌이고 싶습니다.

먼 훗날
그대의 화려함과 진한 향기가 지더라도
나는 그 안에서 잠들고 꿈을 꾸겠습니다

사랑하는 사람아!
핑크빛 사랑을 알게 한 그대는
오월의 붉은 장미!

초록 마음으로 / 이상노

땅속 꿈 많은 사랑 씨
한 알 한 알 싹 틔운 초록 마음

얼었던 땅 들고 솟은 봄
산과 들의 산뜻한 모습처럼
우리 초록 마음으로 살아가요

초록 마음속에는 욕망도, 시기도, 미움도
온갖 거짓된 마음도 없으니까요

그렇게
초록 마음으로 이해하고
초록 마음으로 용서하고
초록 마음으로 사랑하며
우리 초록 마음으로 살아가요

초록 마음으로 살다가 숲이 부르면
그때 초록 마음 안고 숲으로 가요

탯줄 하나 잡고 태어났던 그 마음으로…

가을이 떠나려 하네 / 이상노

가슴에 점 하나 콕 찍어 놓은 가을이
한껏 물든 붉은 잎새 앞세우고
어디론가 떠나려 한다

거울처럼 맑았던 가을이
무거웠던 짐 훌훌 털고 한 편의 시만 남긴 채
어디론가 떠나려 한다

잡으려 해도 잡히지 않는 가을이
아무 일 없었던 것처럼 아픈 마음 두고
어디론가 떠나려 한다

늙은 나무에 나이테 하나 획 더 그어 놓은 가을이
잎새마다 붉게 맺힌 사랑 남긴 채 사붓사붓
어디론가 먼 길 떠나려 한다

슬픔이 물든 가슴에
소리 없는 눈물만 흐른다.

가을은 무겁다 / 이상노

가을 향기는
무거워야 한다

봄 향기처럼 가벼우면
가을 향기가 아니다

무거운 향기만이
가을 향기다

가을은 무겁다
인간도 그래야 한다.

시인 이상화 편

♣ 목차

민족주의 시인, 이상화 // 이상화(1901~1943)

호는 무량(無量), 상화(尙火, 想華), 백아(白啞, 白亞). 1901년 4월 5일 대구 출생. 7세때 아버지를 여의고 14세까지 백부의 훈도를 받으면서 가정 사숙(私塾)에서 수학했다.

18세때 경성중앙학교 3년을 마쳤고, 1919년 3·1만세운동 당시 친구 백기만(白基萬) 등과 함께 대구 학생봉기를 주도하다가 발각되기도 했다. 1921년 프랑스 유학을 목적으로 일본에 건너가 아테네 프랑세에서 프랑스어와 프랑스문학을 공부하다가 1923년 9월 관동대진재(關東大震災)를 겪고 고국으로 돌아왔다. 1927년 의열단 이종암(李鍾巖) 사건에 연루되어 구금되기도 했고, 1937년 백씨 이상정 장군을 만나러 만경(滿京)에 갔다가 돌아오자마자 일본관헌에 붙잡혀 4개월 동안 옥고를 치렀다. 그 후 대구교남학교에서 교편을 잡았으며, 교남학교를 그만둔 후 「춘향전」의 영역본(英譯本)과 국문학사 등을 기획하고 독서와 연구에 몰두했으나, 완성치 못하고 1943년 4월 25일 사망했다. 대구광역시 달성공원에 시비가 세워져 있다.

[네이버 지식백과에서 인용]

빼앗긴 들에도 봄은 오는가 / 이상화

지금은 남의 땅 – 빼앗긴 들에도 봄은 오는가?

나는 온몸에 햇살을 받고
푸른 하늘 푸른 들이 맞붙은 곳으로
가르마 같은 논길을 따라 꿈 속을 가듯 걸어만 간다.

입술을 다문 하늘아, 들아,
내 맘에는 내 혼자 온 것 같지를 않구나!
네가 끌었느냐, 누가 부르더냐. 답답워라, 말을 해 다오.

바람은 내 귀에 속삭이며
한 자욱도 섰지 마라, 옷자락을 흔들고.
종다리는 울타리 너머 아씨같이 구름 뒤에서 반갑다 웃네.

고맙게 잘 자란 보리밭아,
간밤 자정이 넘어 내리던 고운 비로
너는 삼단 같은 머리털을 감았구나, 내 머리조차 가뿐하다.

혼자라도 가쁘게나 가자.
마른 논을 안고 도는 착한 도랑이
젖먹이 달래는 노래를 하고, 제 혼자 어깨춤만 추고 가네.

나비 제비야 깝치지 마라.
맨드라미 들마꽃에도 인사를 해야지.
아주까리 기름을 바른 이가 지심 매던 그 들이라 다 보고 싶다.

내 손에 호미를 쥐어 다오.
살진 젖가슴과 같은 부드러운 이 흙을
발목이 시도록 밟아도 보고, 좋은 땀조차 흘리고 싶다.

강가에 나온 아이와 같이,
짬도 모르고 끝도 없이 닫는 내 혼아
무엇을 찾느냐, 어디로 가느냐, 웃어웁다, 답을 하려무나.

나는 온몸에 풋내를 띠고,
푸른 웃음 푸른 설움이 어우러진 사이로
다리를 절며 하루를 걷는다. 아마도 봄 신령이 지폈나 보다.

그러나, 지금은 – 들을 빼앗겨 봄조차 빼앗기겠네.

시인 이세복 편

♣ 목차

1. 환희
2. 여정
3. 어머니의 들녘
4. 하늘 소풍 가던 날
5. 거울 속에 나
6. 그냥, 좋다
7. 흑자두
8. 한여름 밤의 풋사랑
9. 달 속의 그리움
10. 아픈 사랑

시낭송 QR 코드

제　목 : 환희
시낭송 : 김락호

#프로필

대한문학세계 시 부문 등단
(사)창작문학예술인협의회 회원
대한문인협회 대구경북지회 정회원

#시작노트

삶에서 희로애락을 詩로 짓고 마음을 닦으며 글로 쓸 수 있는 작가라서 정말 기쁘고 행복합니다. 제 삶이 아프고 비록 혹독했으나 삶이 글에 원동력이 됨을 지금 생각하며 감사한 일인 것 같습니다. 부족하지만, 글을 사랑해 주시고 아껴주시는 독자님을 봐 올 때 더욱더 힘이 솟구치는 걸 느끼며 기쁘길 한량이 없습니다. 앞으로도 독자들에게 따뜻한 마음으로 다가갈 것을, 약속드리며 제 글이 삶에 작은 위로가 되길 진심으로 바라는 마음입니다.
2021년 명인 명시에 함께 참여하게 됨을 진심으로 기쁘고 축하드립니다.

환희 / 이세복

온몸의 세포가 뜀뛰기 하며
시계 초침처럼 째깍째깍
알 수 없는 선율을 타는 듯한 그런 사랑

지천명 세월을 거꾸로 놓고
가슴 두근거리는 사랑을 하고 싶다

되돌아갈 수 없는 청춘이지만
아직 있는 그대로 봐줄 사랑이라면
수많은 젊은 날의 외로움을
이젠 활활 태우고 싶은 가을이다

붉게 타오른 불꽃의 절정 봇물마저
콸콸 쏟아내는 수줍음을
따뜻한 사랑으로 함께 채우고 싶다

설령,
하늘이 노랗고 빨강이 파랑으로 보일
신비의 무지개가 아른거릴지라도
그리 한번 해보고 싶다

그 무지개 위에서 그네를 타는
신이 준 신비의 몰약
그건 바로 황홀한 사랑은 아닐는지.

여정 / 이세복

스산한 바람 갈잎으로 물들어 가고
내 가슴 깊은 곳엔 추억을
가끔 하나둘 꺼내어 그려봅니다

갈색빛이 아른거리는 계절
뜨거운 커피 같은 여름을 견디고
사랑이 가득 찬 가을을 맞이합니다

지난날을 돌이켜보니
뜨겁게 마주했던 농작물과 사랑
가을은 풍요로운 수고의 열매입니다

소슬바람에 초록이 움츠러들어
불거진 주홍빛으로
가볍게 떠나는 그리움의 향연인가

뜨거웠다가 식어버린
연민 같은 허우룩한 가슴에
좋은 것만 가득 채우고
이젠 사랑으로 가을을 보내주렵니다

봄부터 일궈온 힘겹던 땀방울이
삶을 풍요롭게 채울 열정으로
그렇게 예쁜 가을로 익어갑니다.

어머니의 들녘 / 이세복

잿빛 구름이 두둥실 유영하더니
소나기가 거침없이 퍼붓듯
하얀 부유물을 게웁니다

황톳빛으로 익은 곡물이 들판에서
나지막한 비명을 지르듯이
단비를 반깁니다

목이 타들어 가는 뙤약볕 아래
힘겹게 농사짓는 노모의 일생처럼
해는 뉘엿뉘엿 고달프게 넘어갑니다

가을걷이를 앞두고
어머니의 땀이 헛되지 않은 것 같은
알곡들이 사랑스럽습니다

추수를 앞두고 비라도 내릴라치면
노모는 노심초사 애가 탑니다

지는 석양을 바라보고 있자니
허리 펼 틈 없는 엄마 고단한 하루가
가슴 짓누르는 듯 미어집니다.

하늘 소풍 가던 날 / 이세복

눈물은 슬픔의 강물을 이루고
아픔도 하얀 파도처럼 부서질 겁니다

끝내 작은 오라버니는
요람의 강을 힘겹게 건너갑니다

지인들 소풍 가실 때는
만가로 꽃상여를 잘도 어르시더니
그 뉘의 곡소리 꽃상여도 없이
쓸쓸히 훨훨 가십니다

거센 빗줄기 탓에
경운기에 가벼운 육신을 태우고 보니
빈소에 국화가 줄 이었다지만
꽃가마가 못내 그립습니다

장성한 아들 손주가 슬퍼해도
꼭 한번은 가야 하는 길
한두 고개 넘더니 아리랑 고개 넘어
다시 오지 못할 길을..

말없이 잘도 가는 오라버니
부디, 평온하소서
빗길 따라 그 기억들이 따릅니다.

거울 속에 나 / 이세복

회색빛으로 퇴색되어가는
겨울 낙엽 뒹구는 진자리가 서럽다

나뭇가지 초연히 벗어버리듯
잔상을 토해내는 초라함
어느 날 우연히 거울에 비친
나를 발견하듯 아픔을 봅니다

예뻤던 모습은 세월에 잃어가고
낯선 여인이 날 보고
물음표를 던지는 듯합니다

마음은 이팔청춘인데
세월의 흔적은 고스란히 날 비추고
비웃기라도 하듯 날 바라본다

예쁜 모습이길 앙망해보지만
더욱더 쉬워지는 순응의 자세가
안타깝기만 합니다

하지만,
당당히 어깨 활짝 펴고
젊어서 못해본 것을 하나씩 해보며
조금씩 내려놓는 삶을 누리렵니다

외모보다는 내면을 다지면서
나다운 인생을 가꾸며
한 개를 잃으며 다른 것을 채워가는
나의 소중한 삶으로 시나브로!

그냥, 좋다 / 이세복

저만치 흐른 유수 같은 세월이지만
생채기 마음마저 가슴 언저리에 남아
되돌아볼 새 없이 흘러버린 청춘

꿈만 같던 삶의 여정 속엔
행복한 순간도 지우고 싶은 아픔도
이젠 그림자로 그려진다

세월은 닻을 달은 듯
인생은 깊어만 가는데도
그저 이 순간이 좋다

지금 빗소리가 선율처럼 흐르고
내 마음은 새가 기류를 타는 듯한
이 분위기가 좋다

삶이 그렇듯
지난날 행복했던 일만 떠오르게 하는
빗소리가 너무 정겹고 좋다

사랑해줄 꽃이 만개한 봄날
또 다른 나를 마주하면서
봄의 물결 따라 유유히 흐르고 싶다

그러니 세월아
이 모진 풍파 다 가져가다오.

흑자두 / 이세복

동구 밖 언덕을 가득 메운
하얀 은빛은 봄의 전령사입니다
가지마다 옥빛으로
아롱지게 꽃잎을 피웁니다

초여름은 초록의 열매가 주렁주렁
뜨거운 햇살과 싱그러운 빗물은
과실을 달고 맛있게 영글게 합니다

새색시처럼 고운 볼로
유혹하는 붉은 연지
농부의 땀과 결실입니다

자연의 고마움을 귀하게 대접받으니
좋은 것 있으면 나눠 먹고 싶은 마음
그 사람 생각하며 빙그레 웃음 짓습니다

탱글탱글 선홍빛의 새콤달콤한 맛
흑자두 선물을 받아 들고
고마워서 어쩔 줄 모르는 마음
그분은 아실까요

한여름 밤의 풋사랑 / 이세복

달콤한 향기를 품은
푸성귀가 빨갛게 농익어
가슴을 움찔움찔 찔러 댑니다

벌 나비 시선을 유혹하며
살랑거리는 사랑스러운 손짓에
행인들 발걸음이 멈칫합니다

내 가슴에 향수의 강이 흐르듯
하얀 빗방울은 하염없이 내리는
촉촉한 7월의 밤을 맞습니다

오매불망한 임 그리며
불거진 능소화 애간장은 토담을 넘고
우뚝 선 흰 백합의 순결은
뜨락의 아름다움을 지켜냅니다

이룰 수 없었던 갈색 추억의 사랑을
풀벌레 소리와 밤새 도란거렸더니
저 먼 동녘에 붉은빛이 터져옵니다

사랑아 풋사랑아
가을에 떠난 풋사랑이
한여름 밤이 아름드리 매혹적입니다.

달 속의 그리움 / 이세복

달빛이 휘황찬란한 가을밤
상념 속의 그리움에 머물고
길잃은 돛단배의 안타까움처럼
그대 향한 갈퀴는 접을 줄 모릅니다

소슬바람에 나부끼는
무언의 질책은 당신의 체온이
많이도 그리운가 봅니다

여름의 향긋한 풋사랑
물밀듯 파고드는 가슴앓이
홍엽 같이 태운 마지막 사랑도

휘영청 밝은 달빛 같던 내 임 얼굴
오늘따라 또렷해지는 날입니다

잊자니 아프고
간직하자니 이 쓸쓸함을 달아, 달아

붉게 물들어 고개 숙인 석양처럼
구름도 가고 둥근달도 가듯
우린 그렇게 늙어 갈 수는 없나요

능금 같은 사랑이길 바랬는데..
달빛 내린 하늘을 바라보며
가슴에 조각달 하나 품어 봅니다

아픈 사랑 / 이세복

눈에 넣어도 아프지 않을 내 딸아
꿈에라도 행복하기를 학수고대하며
너의 삶이 평안한지 묻고 싶다

얘야 울지마라
네가 울면 못 해준 어미의 가슴
더 찢어지고 아프단다

사랑하는 내 착한 딸아
그 힘든 머나먼 길 그리 연약하여
앞으로 어떻게 가려느냐

세상은 험난하고 실망도 많을 텐데
내 곁에서 새근새근 자던
천진난만한 그때의 모습 그립구나

세상살이 속 온갖 시름과 무거운 짐
잠시라도 내려놓고 쉬어 가렴

믿고 건넜던 돌다리도 두드리듯이
인생을 뒤돌아보고 되새기다 보면
어느새 좋은 결정의 행복도 있을 거야

행복을 얻으려거든
네 마음부터 따뜻하게 내어주고
달이고 달여진 곰국에 진미를 느끼듯
세상은 스스로 돕는 자를 돕는단다.

시인 이육사 편

♣ 목차

가시밭길을 걸어간 민족의 저항시인, 이육사 // 이육사(1904~1944)

이육사의 시는 거친듯하면서도 아름답고, 광야에서도 작은 불빛처럼 빛난다.
경북 안동군 도산면 원촌리에서 이가호(퇴계 이황의 13대손)와 허길 사이에서 6형제 중 둘째 아들로 태어났다. 본명은 이원록. 1927년 장진홍의 조선은행 대구지점 폭파 사건에 연루되어 3년 간 옥고를 치렀다. 죄수 번호가 264여서 그때부터 이육사라는 이름을 쓰게 되었다. 이 이름부터가 죄인이라는 자조 섞인 그만의 저항의식을 드러낸 것이라 볼 수 있다.
1930년 1월 3일 첫 시 '말'을 조선일보에 발표하였다. 1935년 다산 정약용 서세 99주기를 기념하여 "다산문집" 간행에도 참여하였다. 그 해부터 본격적으로 시(詩)를 쓰기 시작하였다. 1939년(35세)에 '청포도', '절정'은 36세, '광인의 태양'은 1940년에 발표하였다. 그의 생애는 1944년 1월 16일 새벽 5시 중국 베이징 일본총영사관 감옥에서 순국한 것으로 짧은 인생을 마쳤다.
2년 후 동생 원조가 "육사시집"을 출판하였다. 육사는 39년 동안 열일곱 번의 옥살이를 한다. 일제의 경찰과 헌병에 의해 구금과 투옥을 반복하였다. 그때마다 학대와 고문이 심했지만 일제에 굴하지 않고 항일, 반제국주의 투쟁의 고삐를 늦추지 않았다. 독립을 위해 죽는 그날까지 불사신처럼 가시밭길을 치달려 간 것이다. 죄수 번호 이육사로 생을 마감했지만 그 분의 시는 우리 가슴에 청포도처럼 알알이 남아 있다.
여기에 소개할 대표적인 이육사의 시 '절정'은 1940년 "문장"에 발표된 것이다. 일제 식민지 시대의 절망을 극복하려는 의지가 엿보이고, 저항의식을 담은 저항시의 백미라고 일컬어진다.

[네이버 지식백과에서 인용]

광야 / 이육사

까마득한 날에
하늘이 처음 열리고
어데 닭 우는 소리 들렸으랴

모든 산맥들이
바다를 연모해 휘달릴 때도
차마 이곳을 범(犯)하던 못하였으리라

끊임없는 광음(光陰)을
부지런한 계절이 피어선 지고
큰 강물이 비로소 길을 열었다

지금 눈 내리고
매화 향기 홀로 아득하니
내 여기 가난한 노래의 씨를 뿌려라.

다시 천고(千古)의 뒤에
백마 타고 오는 초인(超人)이 있어
이 광야에서 목놓아 부르게 하리라

시인 이장희 편

♣ 목차

섬세한 감각과 이미지의 조형성을 보여준, 이장희 // 이장희(1900~1929)

시인, 번역문학가이다. 본관은 인천(仁川)이고 호는 고월(古月)이다.

1900년 경상북도 대구에서 아버지 이병학의 11남 8녀 중 장남으로 태어났다. 아버지는 대구의 부호이며 조선총독부 중추원 참의를 지낸 이병학이며, 어머니는 박금련이다. 다섯 살때, 어머니를 잃고 이후 계모 밑에서 크며 아버지와 불화했다. 아버지 이병학은 두 번째 부인과 5남 6녀를 두었고, 이장희가 죽기 5년 전에 세 번째 결혼을 하였으며 그 외에 측실도 1명을 거느렸다. 이장희 자결 당시 형제는 모두 10남 8녀로 매우 복잡한 가계였다. 경상북도 대구보통학교를 거쳐 일본 교토 중학교를 졸업하였다. 교우관계는 양주동, 유엽, 김영진, 오상순, 백기만, 이상화, 현진건 등 극히 제한되어 있었다. 부친이 중추원 참의로서 일본인들과의 교제가 빈번하여 아들 이장희 시인에게 중간 통역을 맡기려 했으나, 이장희 시인은 한 번도 복종하지 않았고, 총독부 관리로 취직하라는 지시도 거역하여 부친은 이장희 시인을 버린 자식으로 아주 단념하였다 한다. 그래서 극도로 빈궁한 삶을 벗어나지 못하였다. 1929년 11월 3일 대구 자택에서 음독 자살하였다.

[네이버 지식백과에서 인용]

청천의 유방 / 이장희

어머니 어머니라고
어린 마음으로 가만히 부르고 싶은
푸른 하늘에
다스한 봄이 흐르고
또 흰 별을 놓으며
불룩한 유방(乳房)이 달려 있어
이슬 맺힌 포도송이보다 더 아름다워라

탐스러운 유방(乳房)을 볼지어다
아아 유방(乳房)으로서 달큼한 젖이 방울지랴 하누나
이때야말로 애구(哀求)의 정(情)이 눈물겨웁고
주린 식욕(食欲)이 입을 벌리도다
이 무심한 식욕(食欲)
이 복스러운 유방(乳房)
쓸쓸한 심령이여 쏜살같이 날라지이다
푸른 하늘에 날라지이다

시인 이정원 편

♣ 목차

★ **시낭송 QR 코드**

제 목 : 황금빛 들녘에서
시낭송 : 박영애

 # 프로필

서울 출생 (경기 고양시 거주)
대한문학세계 시 부문 등단
(사)창작문학예술인협의회 회원
대한문인협회 경기지회 정회원
<공저>
가울문 <가슴 울리는 문학 동인시집>
2020 유화로 보는 명인명시선

 # 시작노트

뭉클하게 가슴이 저리는
진정한 시의 맛을 느끼고 싶다
시간이 흐를수록 곰삭은 새우젓처럼
더욱 깊어지는 시(詩) 한 편

늦겨울 들판에 뿌려운 두엄이
봄철 어린 모에 생기를 불어주듯
싱싱한 시(詩) 한 편 써 보고 싶다

정제된 언어로 애완을 충전하여
독자들에게 울림을 전하는 시(詩)

문학의 문턱을 넘어
감동과 여운이 푹푹 찌를
순금의 언어로 아름드리 채울 외길을
난, 오롯이 걸으련다.

황금빛 들녘에서 / 이정원

가을빛으로 채색된 하늘
눈 부신 햇살이 파도처럼 물결치니
황금빛으로 오곡백과 무르익는다

먼 산 들녘을 바라보는 허수아비
참새 친구를 기다리는 걸까
들판에 홀로된 처연한 신세라지만
그나마 가을빛이 흥겨워 덩실거린다

새벽 찬바람에
그리움이 움실거려 정처 없는데
가냘픈 허리춤에 메라고 푹푹 찔러대듯

찌르르 우는 풀벌레 소리가
왠지 모를 내 편이 되어 줄 것 같은
아련한 추억이 태연스레 웃는다

결실의 행복을 갈망하는 가을 언저리
자연의 순리 따라
알곡이 토실토실 영글어간다.

텃밭 추억 / 이정원

새벽녘의 맑은 공기 마시며
흙내음 물씬한 텃밭을 걷는다

정성스레 가꾼
도톰한 깻잎과 알싸한 고추에
영롱한 이슬이 맺혀있다

하루의 소중함을 느끼며
올곧게 살았던 향기롭던 청춘은
세월의 뒤안길에서 머뭇거리지만

풀잎에 맺혀있는 이슬방울이
아침 햇살에 하늘로 퍼지듯
흘러간 삶 속의 추억도 시공간에 머문다

어느새 이슬은 햇빛에 사그라지고
나의 노고에 보람을 느끼라는 듯
싱그러운 채소들이 빈자리를 채운다

이슬이 없다면 얼마나 삭막할까
말없이 새 희망을 베푸니
인간과 자연은 찬란한 부활을 꿈꾼다.

꽃무릇 / 이정원

붉은빛 유혹에
꽃대의 그리움이 물들었다

매혹적인 자태
꽃대를 맴도는 나비의 춤사위

바람결에 흔들거리는 붉은 영혼
심장이 뜨겁게 타오른다

오늘 밤
상사화에 홀려
잠 못 이루던 나비의 몸짓은
가슴앓이였다.

능소화 / 이정원

주홍빛 꽃망울
장맛비에 흠뻑 젖은 채

임 향한 그리움인지
덩굴손 담장에 피어있다

얼룩진 세월 속
애타는 가슴을 부여잡은 채
메마른 눈물을 목 놓아 울부짖는다

뜬눈으로 지낸 연민
밤새 아른거리는 그 사랑이
능소화 전설처럼 애절히 흐른다.

구절초 / 이정원

줄기 끝에 피어오른 숨결
가련한 마음 부둥켜안고
하얀 구절초가 피었습니다

소낙비에 흠씬 젖은 채
맨땅 위에 옹송거리는 몸짓
처량한 눈빛으로
그리움 노래합니다

맑게 개인 날
따스한 햇살 기다리며
움츠렸던 어깨 펴고
감미로운 향기로 가을을 반깁니다

가을바람 타고 임 오는 소식
애타는 마음 간직한 채
구절초는 하염없이 피었습니다.

인공지능 알파 詩 / 이정원

탁월한 언어지능 알파 詩
광대한 발상 치밀한 분석의 표현
철옹성 같던 문학세계를 넘나든다

자연과 교감한 감수성으로
창작의 고통을 승화시키는 시인과
시 대국의 서막에 올랐다

문장을 자동 입력하고
정해진 경로 따라 직진하는 알파 詩
인생의 실패를 모르는
고철 덩어리에 불과하다

때론 길을 헤매고
나약해 보이는 인간이지만
세월의 아픔과 모진 고난에
눈물 씨앗 심어서라도 꽃을 피운다

정제된 언어로 애환을 충전하여
번뜩이는 찰나의 묘수보다는
감동과 여운이 푹푹 찌를
정수(正手)로 맞서 끝내 이기리라.

둠벙 / 이정원

가만히 귀 기울여 보라
생명의 소리가 들리지 않는가

고요히 머물고 있으면서
생명의 물줄기 흐르는 둠벙
둠벙은 생명력의 원천이다

꼬리를 흔들며 유영하는
붕어와 송사리
진흙 바닥을 헤집으며
둠벙을 회복시키는 우렁이

생기 넘치는 둠벙
썩을 줄 모르는 둠벙은
생명의 보고다

생명의 소리는
울림을 전하는 시(詩) 되어
오늘도 귓가에 맴돈다.

석양 / 이정원

하얀 물감이 풀어진 구름
흘러간 세월 한탄하며
어슴푸레한 기억 떠올린다

멈칫 서서 하늘 바라보며
야속한 세월 명상에 잠겨
허공에 맴도는 그리움 노래한다

핏기가 사라진 눈가에
슬픔이 그렁그렁 배어있고
산등성이에 붉은 해가 지면
깊은 내면의 소리 침묵한다

햇빛 사그라지고
땅거미 내려앉은 자리엔
주인 없는 헌 옷만 남아
임의 잔재는 무덤이 된다

산 자의 영혼 없는 육체가
빈자리를 서성이며
갈 곳 잃은 나그네 된다.

가을 단상 / 이정원

은은한 원두커피 향
한잔의 여유가 입가에 머무는
달곰한 커피를 마신다

말도 마음도 살찌는 가을
물감을 뿌린듯한 파란 하늘에
쌉싸름한 하루가 담겼다

소리 없이 찾아온 계절
불거질 향기를 여과지에 내리듯
사랑했던 기억을 흘려보니

들녘에 코스모스가 한들거리고
단풍이 붉게 물들어 가니
귀뚜라미 질세라 가을을 노래한다

지나온 잿빛 세월
길목 한쪽에 숨겨져 있는
아련한 향수가 추억을 스쳐 가도
아, 가을이 좋다.

칠월 끝자락에서 / 이정원

쨍쨍거리겠다
더디게 흐르던 인고의 세월 속에
환골탈태하는 매미의 계절

한여름을 반기며
은은한 피톤치드가 퍼지는
울창한 숲길에서
햇살에 비친 자화상을 그려본다

지친 환우들을
이십여 년 물리치료사로
정성스레 치유했던 나를 되돌아본다

어릴 적부터 소망한 열정이
창작의 고뇌마저 초월하여
시 한 편 지어낼 때마다
짜릿한 카타르시스를 느낀다

지천명에 문학의 문턱을 넘어
순금의 언어로 아름드리 채울 외길을
난, 오롯이 걸으련다.

시인 이종숙 편

 목차

★ 시낭송 QR 코드

제 목 : 가을은

시낭송 : 최명자

 # 프로필

대한문학세계 시 부문 등단

(사)창작문학예술인협의회 회원

대한문인협회 정회원

대한문인협회 경남지회 정회원

대한문인협회 경남지회 (현) 총무국장

수상

대한문학세계 신인문학상

2019년 10월 2주 금주의 시 선정

2020년 명인명시 특선시인선 선정

2020년 대한문인협회 경남지회 동인문집

 # 시작노트

사물이 자연과 공존하는 빛을 찾아

내면 탐색을 뛰어넘어

언어와 현실 균형감으로 공유하는

겸양과 오연히 함께 하는 시 세상

그리움 / 이종숙

그리움을 전하는 비
나뭇가지에 매달려 울고

순간순간 그대와 바라보던
하늘빛은 무색으로

어느 곳에도 찾아지지 않는
그리운 얼굴 젖어 울고

옅은 바람에도 덜컹거리는 기억은
철퍼덕 바닥에 쓰러져

그대 찾는 숨결에 저장된
그리움만
카톡처럼 들고 난다.

가을은 / 이종숙

높새바람 불어오는 가을날
창가에 피어나는 단풍을 보니
두근거린다

누가 그리운 것도 아니고
누굴 보고 싶은 것도 아닌데
내가 나를 차 한잔 들고 기다린다

가을이 서성거린다
단풍이 노작 걸린다

어느새 붉게 물든 창가에
다가서지 못한 그리움
나를 끌고 저 넓은 들판에
누런 벼를 헤집고 마주 보는 산길을 등지고
콧노래를 부르며 가을을 따라간다

수십번 따라다니던 가을은
봄을 안고 여름을 삼키고 가을을 내어주고
겨울을 희생하는 순리를 가르치며
오늘도 내 눈앞에서 흐른다.

사랑 / 이종숙

새가 사랑을 하나보다
조용하던 나뭇가지에 갑자기 시끄럽고
울림으로 떨린다

나도 사랑을 하나보다
별것도 아닌 일에 화가 나고
흥분하는 것을 보니

새는 좋아서 떨고
나는 사랑으로 봐 달라고 떨고
사랑은 표현이 달라도 뜻은 같다.

그와 그의 관계 / 이종숙

짧은 시간
많은 추억을 새긴 사람은
멀어진 시간에 있어도
그는 가까이 있습니다

오랜 시간
많은 추억을 담아서
함께 하는 사람은
눈앞에 있어야
그가 가까운 것 같습니다

장롱 속 개어 둔 계절 옷처럼
때때로 보고 싶고 그리운 사람은
같은 시선과 생각이 함께하기에
멀리 있어도 그리워집니다

손끝에 피어있는 보고 싶은 사람은
매일 만나기 때문에
속속들이 펼쳐 놓은 허물 강에서
배도 되고 사공도 되고 때로는
호흡을 같이하는
보고 있어도 보고 싶은 사람입니다

높고 깊고 넓은 마음자리에
노닐고 다니는 그리움과 보고 싶음은
서로 믿어주고 아껴주는 다정함에서
그와 그는 밝습니다

코스모스 / 이종숙

하얀 미소 다소곳이
부끄러워요

눈 감으면 싱그러운
그대 숨결 향기로워요

불어오는 바람 따라 걷는
내 마음 설레게 해요

호숫가 피어 있는
그대 모습 사랑스러워요

지나간 추억들이
물결 위에 일렁이는 시절
그대 이름 불러요

잊을 수 없는 고운 미소
가을빛 사랑으로 손짓하네요

가을 향기 그윽한
길섶 이야기 무대
그대 주인공 되어 피어나네요

그이 / 이종숙

그의 깊은 곳에 빠져들면
향기가 난다
누구도 낼 수 없는
그이만의 향기는
내 정신세계를 돌아다니며
현혹한다

빠져도 빠져도 더 깊이 빠질수록
향기가 짙어지는 그의 매력에
밤잠을 설치며
숨 가쁘게 따라가다 보면
하얀 속살을 드러내는
정열의 꽃이 핀다

잔잔하게 흐르는 물결 위에
반짝이는 빛은
사랑이 끝난 뒤의 황홀함을 선사하면
그이 깊고 넓은 동경에서 벗어난다

그이에게 스며든 그 향기는
해와 달이 숨바꼭질하듯
어떤 시인의 시가 되이
하나의 나무로 꽃이 필 것이다

그대와 커피 / 이종숙

찻잔 속 하얗게
퍼지는 방울은
그대 웃음입니다

모락모락 피어오르는
구름 속에
그대 모습이 나풀거립니다

햇살이 저어 놓은
잔 속에
그대 행복이 보입니다

달보드레한 따뜻함이
그대가 주는
편안함입니다

나는 아직도 진행형인 꿈을 꾸고 있다 / 이종숙

가을이 그리움을 깨우는 날엔
단풍나무 한쪽이
오후 한 시에서 졸고 있다

푸르던 젊은 날의 치열한 시간을
야금야금 갉아먹는 뒤편에
듬성듬성 구멍이 뚫리기 시작하면

붉은 노을은 비틀거리며 빈틈 사이
비집고 들어가 비린내를 풍긴다

도둑맞은 푸른 들판은
등을 내보이며 이랑이랑 청춘의 싹을 덮어 놓고
건덕 거리는 외로움은 간을 태운다

하늘 저편에 나풀거리는
고추잠자리 등에 업힌 실낱같은 꿈이라도 다시 뛰게 할라치면
날름거리는 뱀의 혀끝으로
날개의 깃을 잡는다

어둠이 빛을 잡아당기는 날이 오면
못다 한 꿈을 한땀 한땀 바느질로
새 옷을 만들어 입어 보고 싶다

그대 앞에 새로운 꽃이 핀다 / 이종숙

우리가 살아가면서 만남이 어찌

푸른 나무만 있으랴

백합처럼 웃는 날도 있을 것이고

시들시들 시들은 낙엽도 있을 것이고

이리저리 바람에 쏠림도 있을 것이고

예견치 못한 일들이 발에 차이기도 할 것이다

변화하는 날들을 조용히 눈을 감고

푸름은 가을에 묻고

낙엽은 봄을 기다리고

바람의 불씨는 바다에 재운다

어떠한 만남이라도

슬픔과 괴로움과 이별 뒤에

찾아드는 만남은

그대 앞에 새로운 꽃이 핀다.

정원의 꽃 / 이종숙

나는 당신에게 꽃입니다
당신의 정원에서
당신 손길 따라 피어나는 꽃입니다

어느 날
꽃이 고개 숙이고 있을 때
당신의 관심이 필요하다고
전하는 것입니다

당신의 관심이 없을 때
고개 숙인 꽃은 점점 시들어
당신 곁을 떠날 줄도 모릅니다

당신의 꽃을 오래 두고
향기로 느끼려면
당신 몸처럼 다듬고 가꾸는 정성을
필요로 합니다

당신의 정원은
꽃이 있어야 빛이 나고
살아가는 인생에 활력이 되는
삶을 충전하는 꽃입니다

당신의 정원에 꽃, 말입니다

시인 이한명 편

♣ 목차

시낭송 QR 코드

제 목 : 가을을 살피다
시낭송 : 박순애

#프로필

인천 거주
대한문학세계 시 부문 등단
(사)창작문학예술인협의회 회원
대한문인협회 인천지회 정회원
저서:<한국문학대표시선8>공저,시집

#시작노트

10년 세월을 침상에 눕혀 유리창에 하늘만 그리다 떠나신 어머니 생각에 몸집을 벗어난 그리움의 형상은 늘 바람이 되고 새가 되어 고향집으로 향한다. 빈터만 남아 감나무 몇 그루 지키고 있을 앞마당, 아직도 그곳 부엌에서 밥 짓고 계실듯한 어머니 생각에 문득문득 가을을 뒤적이곤 한다. 유년의 그리움이 있는 곳, 그곳 아랫목에 묻어 둔 늙은 호박 같은 향수에 이끌려 미친 들바람같이 달려왔던 삶, 평정심을 찾을 나이가 되어서야 되돌아본 고향, 그 집 앞에 다시 선다.

홍시 / 이한명

아무도 들어가 본 적 없는

통나무 속,

내 어릴 적 이빨 자국 선명히 화석으로 굳어있는 집 뜰에는
홍시 나무가 허공 깊이 등불을 매달아두고

가끔은 월담을 해도 좋았다

등불은 언제나 내 머리 위에서 엄마의 손을 떠났던 적이 없었으므로
그리움을 곱씹느라 늘 혓바늘이 돋아

장대비 내리는 날은 우수수 떨어진 생각들이
엄마를 그리워했다

하얗게 표백된 허공에 그리움을
덧칠하니

홍시 물든다

가을, 번지점프 / 이한명

붉은 입술이 얼마나 아찔한
유혹이었는지

노을 마중 가는 서풍에
단풍 걸렸다

바람 하나 햇빛 하나 허리에 묶어 네 가슴에 뛰어들던

나에게 온 마지막 설렘이야

절벽처럼 막아선 파란 풍경이
온 신경을 끊어낸다

목구멍에서 무언가 자꾸만 올라와 털어내던 곰팡 내음

들길 지나오는 기적소리에
쫑긋 귀 세우는

가을 번지점프

팝콘 터진다

물의 꿈 / 이한명

의뭉스런 다리 밑,

그들의 회합은 끝나지 않았고

짧은 계절이 한 숨 지나갈 동안
물살의 등지느러미는 여전히 각을 세우고 상류를 거슬러 올랐다

어둔 암전 속에서도 지느러미 촉을 잃지 않았던 물길,
순탄해 보이는 물결도 그 속을 들여다보면
역린의 칼날 하나쯤은 품고 있다

손에 잡히지 않는 저 밖은 더 깊은 세상 속이라
꿈은 꿈속에서도 물길을 돌려세우고 표정을 읽어 내느라 애쓰지만
그들의 꿈은 자꾸만 퇴화된 인간의 다리를 닮아가고 있다

오래도록 기억되지 않을 그 너머의
너머

해몽은 언제나 꿈의 밖에 있었다

가을을 살피다 / 이한명

호박잎 하나 들춰 들고 그 숨긴 속내를
살핀다

젊은것 늙은 것 할 것 없이 저마다 숨긴 속곳 속엔 넝쿨로 줄을 이었지만
언제나 먼저 떠나는 건 새파란 윤기 흐르던 젊은것
탯줄을 자르듯 옹이 자국 하나 남겨두고 떠난다

파랗게 떠나는 가을은 숨보다 색이 먼저 마른다
단풍은 왜 개울을 건너왔다가
산비탈 너머 늙은 산짐승 울음 따라가야 하는지
그곳에서 불어오는 바람은 늘 우리를 아프게 하는지
그 바람은 왜 낙엽 속에 숨어 우는지

모두가 떠나고 나면
옹이 자국만 남은 늙은 호박 하나

방 아랫목에 가을을 묻어두고 산다

어떤 귀향 / 이한명

새들은 어디로 가나

저렇게 산 그늘 쫓아 바삐 오는
단풍 속으로

날개마다
하얀 계절이 지고 있는데

그리운 얼굴들 모서리마다
낙엽은 쌓이는데

한동안 찾지 않던 까칠한
길모퉁이에

입추 지난 풀잎들 서러운 눈물
닮아 가는데

쏴한 가슴마다 숭숭
바람이 드나들어도

아직은 지지 않은 그리움의 빛깔,
홀로 남아

새들은
처마 끝에 날개를 달아두는데

미친 들바람 돌아와
이제야

허수아비들이
옷을 벗고 있는데.

바람새 / 이한명

바람새 우던 저녁은 하얀 감꽃이
폈었지요

당신 몫으로 남겨둔 그 계절은
지고 없지만
하얀 감꽃 물고 떠난 마당가에 빈자리가 그립답니다

막걸리 한잔 부어 놓은 꽃자리에
볼 빨간
단풍이 들어
문밖을 나섭니다

저녁 늦은
술 그림자 동구 밖에 비칠 때면
감꽃 먼저 길 밝혀
마중을 나섰지요

기다림은 종일
섬돌 위를 서성이다
바람새가 되어 떠납니다

언제나
당신의 술병 속에서는
바람새가 울었고
그 속사정 마다하지 않고 따라주던
술잔 안엔
감꽃이 폈었지요

* 바람새 : 바람씨의 다른 말, 바람소리의 형태

담쟁이 / 이한명

뭐가 그렇게 바빠
생을 다해 넘으려고 떼를 쓰는지

그 가을 숨 하나 두고 온 꽃자리
질긴 끈 하나 대롱이더라
인연 하나 매달리더라

통통거리며 산 넘어 간
경운기 소리
귀에 밟히더라
젊은 우리 엄마 두고 지나가더라

붉은 숨 토해내며 세상 오르던
그 가을 꽃자리
담쟁이 피었더라

놓아주지 못한 끈 하나 아직도
쥐고 있더라

가시의 식성 / 이한명

늘 그리움을 꼬리표처럼 매달아 두던
어느 날

비명처럼 따라온 가시를 두고 호들갑을 떨어보지만
손끝에 매달린 통증
언젠간 저 홀로 삭여 없어지겠지 했었다

잊었다 했지만

가끔씩 들여다본 옛집
먼 길 돌아 나온 보고픔은
눈물로 맺히고

박혔던 가시가 몸의 일부로 되돌아
나오기까지
통증이 혈관을 뚫고 일주하는 동안

오감을 잘라먹던
가시의 식성은

그리움을 소각하듯 기억을 야금야금 지운다

미련 둔 발걸음 뭉텅 잘라내던 안갯길에
아무리 쥐어 짜내도 피 한 방울 나오지 않던 통증

그 무덤가 자라나던 가시나무의
기억

둥지 / 이한명

누군가 생을 다해 지켰을 저 둥지

나무둥치
뿌리를 허물었다

가끔씩 기웃대며 부리를 쪼아 오던 그들도
이파리 헐린 햇빛 사이로 날카로운 이빨을 드러낸다
시커먼 삽날로 찍어오는 굴삭기 앞에서는 무릎을 꿇는다
어느덧 공공의 적이 된 둥지

혹여 모난 돌이 만나 둥지를 틀면
그들은 같은 생각으로 꿈을 꿀까

달이 차오르고 꿈 실은 조각배 밤길
헤쳐오면
같이 꽃씨를 뿌리고 열매를 가꿀 수 있을까

그들의 꿈은 아직도 흔들리고 있을까

버려진 꿈들은 생각을 읽지
못하고
읽히지 않는 생각들이 땅에
버려진다
자라지 않는 생각들이 얽혀 뿌리를 이룬다

나무둥치로 내려앉은 둥지 속에 꿈들만 어지럽다

그 집 앞 / 이한명

혹시 수급자세요 라고 묻는다

동사무소 살아 온 이력 좀 떼러 갔더니
아마도 이름자 꼬리표에 무료라는 뭔가 붙었나 보다

나이테를 새기듯 평생을 끌어안은
반송되지 못하는 세월
그 이력엔 이제 청춘이 없었다

다 떠나고 빈집만 남은

때로는 주인 잃은 편지가 문 앞을 서성여도
대문 옆 기둥에 붙어 있는 삭은 우편함은 손을 내밀어 받아 주질 못해

이미 들어찬 편지들이 빼꼼히 얼굴을 내밀고 손길을 기다리지만
온기를 잃은 지 이미 오래다

살피지 못하는 안부 하나 꽂혀
서성이던
그 집 앞

며칠 전 동사무소 직원이 붙여주고 간 국가유공자의 집 명패가
나를 빤히 보고 있다

시인 이희춘 편

♣ 목차

★ 시낭송 QR 코드
제 목 : 가을 앓이
시낭송 : 박영애

 # 프로필

대구 거주
대한문학세계 시 부문 등단
(사)창작문학예술인협의회 회원
대한문인협회 대구경북지회 정회원

 # 시작노트

한편의 시에 마음의 위로와 공감하면서 독자님과 함께 성장할 수 있는 시를 쓰고자 합니다

자유로운 영혼이 되다 / 이희춘

뜨락 커다란 나무 아래
마른 낙엽이 널브러져 수북하다
그저 계절이 흘러간다

얕은 바람에도
나뭇잎들이 연신 기침을 해 댄다

한여름 뙤약볕이 내리쬐는 날에도
오들오들 자리를 지키고 있다

보름 달빛이 나뭇가지 사이로 쏟아지는 밤이면
고통으로 오는 떨림을 견디곤 했다

찬 바람이 일 때 몸서리치다
햇살 뜨거운 타오름 달에
버팀목은 자유로운 영혼이 되었다

거목 같은 아버지 잔 나무뿌리 깊게 내리기만 바라고
둥치 썩어 가는 것 모르고 가셨다

웅덩이의 흙탕물 / 이희춘

옹기종기 모인 장독들
먼지와 거미줄에 갇힌 채
시간의 맛을 우려내고 있다

고추장 한 숟갈로
매운 시집살이
서러움의 눈물로 울분을 풀어낸다

진한 간장 한 쪽 자로
짠맛난 살림살이에
고달픔이 숯 검댕이 된 속 삭인다

굵은 소금 한 사발로
애간장을 염장하며
속 끓이는 끈 혼신의 힘을 다한다

펄펄 끓는 된장 한 뚝배기에
구수한 온기로 부엌 가득 채우고
배고픔의 시름을 잠시 잊는다

조각난 화병
장독대 쩍 쩍 갈라진 틈 사이 박혀있다.

가을 앓이 / 이희춘

온몸을 붉게 물들이고
불타오르는 당신의 숨결에
숨이 멎는 줄 알았습니다

뜨거운 열정에 심장이 멈춰
그 누구도 모를
소낙비처럼 지나간 하룻밤

그리움에 밤새도록 뒤척이다
온몸이 열꽃으로 붉게 물들어
땀 범벅이 되었습니다

당신과 나 새겨놓은 흔적
고이 접어
가을 달빛 아래 살포시 내려두고 가렵니다

일탈 / 이희춘

솔바람에도 쓰러질듯한 주인장
아기작아기작 거리며
젊은 놈이 대낮부터 농으로 맞는다

파란 하늘 아래 햇살 드리운 숲속에
활활 타오르는 장작불의 열기에
솥뚜껑이 엉엉 눈물을 쏟아낸다

장닭은 약초 탕에 드러누워 유혹하고
찬들의 감미로움에 코끝은 벌렁벌렁
침샘의 방망이질에 혀끝이 요동친다

동동주 한 사발 베어 무니
입속 쌀알이 동기동기 선율을 튕기고
뭉게구름 춤사위에 신선놀음이다.

농익은 낮빛에 웃음꽃 피어나고
내 둥근 배는 강물 따라 두둥실 춤을 추고
강 건너 쪽배에는 안중에도 없다.

숨소리 / 이희춘

가마솥 아궁이 불의 기운을 토하며
구들장을 휘어 감을 때
큰 이불 뒤집어쓰고 붉게 물들어간다

세찬 바람에 해가 떨어지면
언 발들이 옹기종기 수를 놓고
갓 구운 고구마에 시린 손 녹이며
주린 배를 채운다

깊은 밤을 업고 오시는
아버지의 한 끼 밥통이 되어
하루의 고단함을 달래준다

문고리 손이 쩍쩍 붙는 아침에는
옷들과 양말 데우는
따뜻한 엄마의 품속이다

아랫목 한 귀퉁이에
목도리 칭칭 감고
할배의 동동주가 뽀글뽀글 익어간다

눈물 / 이희춘

칼바람과 폭설을 맨몸으로 견뎌내고
수술을 피워 신고를 하지만
변덕스러운 날씨에 얼음꽃으로 등을 진다

자연에 순응하며 난산 끝에
혼신을 다한 보살핌으로
힘겹게 생명의 씨눈을 피운다

여린 잎사귀로 비바람을 이겨내고
내리쬐는 햇살과 땅속 자양분으로
점차 모양새를 만들어간다

파란 하늘 아래 붉은 낯빛을 뽐내지만
봄날의 아픔에 조막손이 되어
농부는 한숨으로 사과의 생애를 품는다.

사랑초 / 이희춘

불타는 노을빛에 농익은 낙엽이
메마른 가지 끝을 움켜잡고
시월의 마지막 밤을 속삭인다

한여름 폭우와 뙤약볕도 보냈지만
더는 안된다며 꼭 잡은 두 손 놓으며
다음 생을 약속하며 흙으로 돌아간다

어둠 속의 동토 아래 긴 호흡을 하며
힘찬 발길질에 씨방의 꽃 깔 모자 벗으며
찬란한 봄 속에 나를 찾아다닌다.

전생에 노랑나비 흰나비 꿀벌인가
산속 들판 부잣집 정원을 헤매다
너의 심장에서 물길 따라 흐른다.

애증 / 이희춘

우리 집에는 식구 같은
아버지의 단짝 암소 한 마리가 있다
들판의 갓길에도 논밭에 쟁기질할 때도
이랴 워 한마디면 죽이 척척 잘도 맞는다

가을이면 멍에를 걸고
등이 휘어지게 달구지에 짐을 싣고
큰 눈 부릅뜨고 한발 한발 내디딘다

큰형님 대학 등록금도 척척
누이 시집갈 밑천도 뚝딱
우리 집의 암소는 복덩어리이다

도깨비방망이 한번 두드릴 때면
생이별의 아픔을 털어내려
몇 날 며칠을 목이 터지도록 울부짖는다

단짝인 아버지 농주 한 바가지 입에 물리니
지친 마음 누인 채 새록새록 잠이 들고
이른 아침 엄매 쇠죽 달라고 소리친다.

너의 향기 / 이희춘

온몸을 아낌없이 불살라
숨 가쁜 수증기 내뿜으며
내 입술을 훔친다

코끝을 울리는 짙은 향수
혀끝을 휘감는 흔적을 입속 가둬두고
살포시 너의 향기를 느낀다

아침햇살에 찬 이슬 대지에 숨죽일 때
너와 나 라떼 한 모금의
달콤한 맛에 심장이 요동친다.

무념 / 이희춘

이만하면 되었다 싶은데
해가 뜨고 어둠이 들고 별이지도
용하다는 곳 찾아다니며
부처님 전에 기도한다

먼지가 되어 우주로 흩어질 것을
한 줌의 욕심 끝없이 채워 달라고
부질없는 때 써는 기도를 하고 있다

집안 온기가 있는 평범한 삶이 좋고
고통도 내 마음속에 노닐어 즐겁고
내려놓고 포기하는 마음도 행복하고
감사의 기도에 참 평온한 한때이다.

시인 전병일 편

♣ 목차

시낭송 QR 코드

제 목 : 한결같은 마음
시낭송 : 최명자

#프로필

전북 무주 거주
대한문학세계 시 부문 등단
(사)창작문학예술인협의회 회원

#시작노트

습작하다 들어선 길
목적지는 없지만
돌아갈 수 없이 온길
발길 닫는 대로
그 길을 나선다

가다가 지치면 쉬어가고
대자연도 심취해 보고
삶에 희비애환도 느끼면서
한 올 한 올 엮어
행을 만들고
연을 만들어
노래 불러본다

늦은 시작이었지만
낙숫물이 모여
계곡을 넘나들고
강가로 흐르듯이
드넓은 대양을 향해
항해하렵니다.

한결같은 마음 / 전병일

당신의 한결같은 마음
벗기고 벗겨보아도
한결같은 하얀 속살
난 그런 당신이 좋다

벗길 때는 눈물 나게 힘들어도
너와의 입맞춤은
매콤달콤했다

어찌 그리 좋은 마음씨를 가졌다니
당신 향한 만인의 손길에
난 하얀 속살로 보답하고 있다

내가 아는 모든 사람
당신처럼 속이 꽉 찬
한결같은 마음을 가졌으면 좋겠다.

호박잎과 애호박 / 전병일

옆 모퉁이 터전을 지나
장 꽝을 덮어버린 호박넝쿨
호박은 보이지 않고 넝쿨만 무성하다

어쩌다 맺은 애호박
애지중지 떠받혀 주었지만
크다 말고 푹 곯아떨어진다

갈고리 세운 무성한 호박넝쿨
옆 순을 집는 어머니
찜통 가득 넣고 쪄낸다

짭조름한 양념간장에
밥 한술 얹어 먹으니
입안에 사르르 녹는다

긴 장마에 순만 키워온 호박
된더위 속 호박을 달기 시작한다
긴 장마와 무더위에 달아난 입맛
호박잎에 애호박 전이 입맛 돋운다.

반란의 향기 / 전병일

코끝을 자극하는 내 금세
야는 분명 나에게 익숙한 향기인데
가죽 피리에서 나온 가스 향도 아니고
똥간 푸는 향기도 아닌
미묘한 그 향기는
분명 엄마표 향기다

해마다 주시던 향기
요즘 은근히 기대했는데
오늘에서야 그 향기를 주신다

신김치에 흰 두부 얹어 보글보글
뚝배기 속 군단들의 반란으로
걸쭉하게 김이 서린
엄마표 향기가 코를 쑤시고
침샘을 폭발 시켜 혀끝을 난동질한다

난
그 향
그 맛이 그립다

반란의 군단
구수한 내 금세
너는 무죄다.

수마의 흔적 / 전병일

성난 황토 군단이 지나간 자리
깊은 골짜기에 광활한 황야가 조성되고
제방은 무너지고 할퀴여
호수 위의 수상 가옥도 만들었다

성난 황토 군단 밤새워 긴 항해길
새벽안개 머금고 드러난 흔적은
수초와 나무는 그 자리 반쯤 누워있고
지상의 널브러진 쓰레기와
세간살이도 동행길 나선다

막사에서 탈출한 소, 돼지
황토 군단 대열에 머리만 드러낸 체
가까스로 탈출한 운 좋은 놈들
수초와 지붕 위에 구조의 손길을 기다린다

과수원 복숭아는 배 터지게 물먹더니만
바닥에 널브러지게 곪아 떨어지고
물구덩이 참외도 이파리 다 녹아
뼈대만 드리운 체
그 자리 폭 뭉그러졌다

폭우와 댐들의 방류에
피해 주민 아비규환
책임소재 갑론을박 치유의 손길 내밀지만
피해와 아픔의 상처가 아물기에는
턱없이 부족한 수마의 흔적이었다.

딱새 / 전병일

부리에 이끼를 물고
빨랫줄 타고 사주경계
눈치를 보던 딱새
지붕 밑으로 들어간다

아늑한 지붕 밑
새 보금자리를 마련한 듯
수컷 딱새는
보금자리 기초 자재들 열심히 나른다

몇 주 후
딱새 부리에는
먹이를 물고 날갯짓에 울어 댄다
옥수수 꽃대에 앉았다
빨랫줄에 앞뒤 뛰뛰기 외줄 타다
모르는 체하였더니 행랑채 물받이 쉬하고
보금자리로 들어갔다

안 보였던 딱새 안주인
산란 이후 가냘픈 몸매로
사냥감 물고 나타나
번갈아 가며 보금자리 속
새 생명을 키워간다

딱새 부부님!
집주인 눈치 보지 말고
어린 자식들 얼른 키워
푸른 하늘로 날갯짓하게 하렴.

들풀 / 전병일

새봄 지층을 뒤흔들며
우후죽순처럼 솟아나
키 재기하던 너였다

비, 바람에 넘어지고
허리 잘리고 짓밟혀도
꿋꿋이 잘도 일어난 너였는데

요즘 농익은 너의 모습은
꼬부라진 허리에 빛바랜 피부로
더 몸을 낮추어 인사한다

자연 앞에 고개 숙인 겸손은
부와 명예욕에 사투하는 인간사의
선망의 들풀이다.

참새와 허수아비 / 전병일

들녘의 파수꾼 허수아비
그는 떠났다
그가 떠난 이유는
콤바인이 지나간 후부터이다

참새들의 유일한 터전인
황금 들녘
나락 모가지 한 톨도 없이
싹쓸이해 갖기 때문이다

새들이 찾지 않는 빈 들녘
초라한 내 모습 보여주기 싫어
이름 넉 자 남겨두고 떠난다

들녘의 허기 진 새때들
우리 터전으로 찾아들지만
그곳은 독수리 건이 하늘을 날고 있다

아!
갈 곳이 없다
山 넘어 山이다.

길 잃은 방랑자 / 전병일

가을 햇살 가득 머금고
불그스레 치장하여
한둘씩 꽃잎 되어
추풍 따라 춤을 춘다

춤추는 오색 물결
바람결에 파도 타며
사그락사그락
갈길 잃은 방랑자다

그 자리 요염하게 앉아
아름다움 독차지하지
왜 자꾸 떨구어
발길에 차이고 짓밟히나

나도 그리하고 싶지만
찬바람에 등 떠밀려
가는세월 원망도 해보지만
낙엽이 내 운명인 것을.

36.5° / 전병일

삼총사 모임 후 뒤풀이
주택가 아늑한 곳
희미하게 보이는 36.5°
그곳 자동문을 터치한다

중년 여장은 그 방 한쪽 모서리
전기스토브 불빛 옆에
진한 커피 빵 한 접시 놓고
고독과 싫음하고 있다

주인마님은 그 자리를 내어준다
삼총사는 유자차 3잔을 시켜놓고
시(時)와 수필(隨筆)을 논하며
체온을 높이고 느껴본다

창밖에는 가로등 빛이 반사되어
화이트 거리를 만들어
내 눈을
착각의 늪에 빠지게 한다

유자차가
대장(大腸)에 도착할 무렵
다음갈 발길을 옮기는데
주인장 더 있다가도 되는데

쓸쓸함과 외로움에
가는 발길 잡는다
사람이 그리운가보다
체온이 떨어진다.

거꾸로 사는 세상이 편하다 / 전병일

동종의 형제자매들 저 하늘 태양에
두 팔 벌리고 탐욕에 아웅다웅 살아가지만
내가 몸을 낮추고 사는 이유는 편안한 삶 때문이다

삼라만상 생명체와 중생들
그저 높은 곳을 향해 우위를 점하고
부와 명예의 사욕에 사투하고 있다

내가 몸을 낮추는 또 하나의 이유는
물속에 비친 내 모습을 보고
내 모습에 반해 더욱더 몸을 낮춘다

비록 거꾸로 사는 인생이지만
남들이 가지 않는 나만의 편안한 길이
그 물가에서 유혹하기에 더욱 몸을 낮춘다.

시인 정기현 편

♣ 목차

★ 시낭송 QR 코드

제 목 : 갈라진 인연
시낭송 : 박영애

 # 프로필

부산 거주
대한문학세계 시 부문 등단
(사)창작문학인예술협의회 회원
대한문인협회 부산지회 정회원

 # 시작노트

시를 좋아하는 친구와 자주 주고받던 습관이 나도 모르게 시에 대한 애착으로 등단하여 시작(詩作)이란 공간에 나의 감정, 느낌, 생각을 표현하며 삶의 허기와 내면의 욕구를 채우는 작업을 쓰고 지우고 하면서 많이 서툴지만 이러한 고통을 즐거이 감내 한다. 한편의 시에 마음을 담아 낸다는 것이 즐겁고 독자의 작은 공감을 얻는다면 더할 나위가 없겠다. 시는 들풀과 같은 소박하고 정겨운 작은 목소리도 시라는 생각이다. 주변의 대중가요나 광고, 카톡이나 댓글에도 시가 넘친다. 비싸고 화려한 음식이 아니라 누구나 가까이 할 수 있는 맛있는 음식 같은 이미지가 담긴 시를 습작하고 싶다. 시를 통해 나를 알고 감정과 느낌을 공감하는 이들과 작은 울림으로 공유하고 메아리로 나누고 싶다.

당신 생각에 / 정기현

붉은 노을
늙은 산 비스듬히 베고 눕고
땅거미 어둠을 삼킬 때
저 멀리 강 건너 마을
개짓는 소리 공허한 시린 밤.

방 안 가득한 달빛 외로움
자꾸만 떠오르는 당신 생각에
잠 못 들어 하고
그리움 쿵쿵 두드리는 괘종시계
희뿌연 새벽을 열어갑니다.

그리움에 젖는 마음
달랠 길 없어 이른 골목길 나서면
저만치 먼저 가는 그리움
낯선 길 서성이고
쌓여만 가는 외로움에
허전한 가슴 멍울져갑니다.

남몰래 눈 감으면 지난 사연
손에 잡힐 듯 주르륵 펼쳐지고
기억 속으로 걸어 나온 무지개빛 추억
결 고운 음율로 사랑을 노래할 때

듬성듬성 그리움 그려놓은
파란하늘 구름 한 조각 떼어내
곱게 물든 홍엽으로
밤 새워 꾹꾹 눌러쓴 연서
먹먹한 가슴 토닥여 줍니다.

흔들리는 삶을 싣고 / 정기현

출렁거리는 인생
덜거덩 덜겅 흔들리는 삶의
두 바퀴를 타고 나란히 드러누운
철길 두드리며 바람을 헤집는
가을에 몸을 맡긴다.

시간이 흐르는 창밖은
파노라마처럼 한 폭의 수채화로
가을을 펼치고 농부의 애환이
스며든 굵은 땀방울, 노랗게 익은
황금물결로 파도를 탄다.

소슬바람 흔들고 지난 자리에
갈색 그리움 한 줌 배어나
푸르던 잎 붉게 물들이며
세월을 노래할 때

잊을 수 없는 사연
주렁주렁 묶인 노을 진 삶의 그림자
영사기처럼 투명한 유리창에 비춰지고
빛바랜 시트에 묻힌 영혼
추억을 더듬어 간다.

아! 테스형 테스형의 노래가
귓가에 파고들며 세월을 끌고 가자던
가황의 메아리가 동대구 도착 멘트를
뚫고 울림으로 다가선다.

꽃으로 피는 숯 / 정기현

정겨운 산새들 멜로디에
흥겨운 바람 타고 춤추던 떡갈나무,
청설모 걸터앉아 두 손 모아
기도하던 날

날카로운 톱니에 허리 잘리고
갈라지는 고통보다 정든 님
떠나는 설움에 조각난 나목
나뒹굴며 몸부림칠 때
슬픈 구름비 어름쓸며 웁니다.

어긋난 삶의 끝
지난날 빛바랜 삶에 대한
회한의 아픔으로 던져진 영혼
파란 불가마 꽃불 되어 춤을 춥니다.

환생의 다비장이었던가
까맣게 갈아입은
티 한 점 없는 검은 실루엣
새로운 인연을 위한 질곡의
기다림이었으리라

희미한 가로등 졸고 있는
새벽시장 뒷골목, 번호표 한 장
움켜쥔 주름진 손에 휘어진
막걸릿잔 닮은 굽은 삶을 삭히는
군상 앞에

하얗게 한 줌 재가 되는 것이
주어진 숙명이라면 고단한 삶을
녹이는 사랑의 군불 되어
화려한 불꽃으로 피어나리라

가을이 가는 날 / 정기현

가을이 떠나가는 날
바람도 서성이고 뜬구름
먼 산 배회할 때 슬픈 이별의
아픔으로 발갛게 물든 얼굴
하나둘 울컥이며 떠나가네.

석별의 한을 삭이는 살풀이던가
사르륵 어르는 춤사위로
바람을 가르는 홍엽
검불 위로 몸을 떨구어 간다.

동병상련의 아픔으로
수북이 쌓인 메마른 잎 새
뒤엉킨 몸부림은 못다 한 인연에
대한 그리운 몸짓이리라

허전한 속내 감추고
못내 떠나야만 하는 아픔에
달빛도 무안한 듯 여린 손길로
어름 쓸며 외면할 때

밤하늘 검은 먹구름
슬픈 이별 연가에 빛바랜
낙엽 위로 서러운 눈물
밤새워 그렇게 뿌리고

못다 한 사랑
남기고 떠난 아쉬움에
지난 밤 하늘은 우르릉 우렁
그렇게 울었나 봅니다.

갈라진 인연 / 정기현

달빛이 창가에 앉아
그리움 흔드는 밤이면

물거품처럼 부서지는
조각난 흔적 담느라
작은 가슴 뒤척입니다.

맺지 못할 갈라진
인연의 아픈 그림자는
그렁그렁 젖는 마음으로

지우지 못하는
기억 저편에서
하얀 밤을 지새웁니다.

밤새 울컥대는
창밖 풀벌레에
봉숭아 눈물 툭! 떨어져
붉게 물드는 새벽

젖은 마음
먼발치에 걸어놓고
스치는 바람에
그리움 말립니다.

중년의 윤슬 / 정기현

파란 하늘
사무친 그리움 멍이 된 아픔인가?
애달픈 마음 숨겨진 상흔인가
저토록 깊고 시린 마음
텅 빈 내 가슴 닮았으리라

메마른 소슬바람 솔가지 끝에
걸터앉은 낮달의 상념 털어내듯
옷깃을 휘젓고 지나고

잠 못 드는 밤이면
사랑의 흔적 등에 업고
창밖에 털썩 주저앉아
달빛 스며든 창문 두들기며
흐느낀다.

유난히 그대 그리운 날
빈 가슴 채울 수가 없어
빗장 풀고 나서면
바람결에 조각난 그리움
길 잃은 뜬구름 따라
낯선 길 서성인다.

굴곡진 삶의 미련
출렁이는 세월의 윤슬로 반짝이고
흔들리는 영혼 서걱이는 갈대
춤사위로 털어낸다.

코스모스 / 정기현

끝없이 깊고 푸른 심연의 바다 우주,
반짝이는 별을 품은 가냘픈 꽃님
별똥별 함진아비로 시집을 왔네.

샛노란 별무리 품은 꽃잎
연분홍 수줍음에 얼굴 붉히고
여덟폭 다홍치마 이쁜 고운매가
곰살갑게 나풀거린다.

하늘하늘 가녀린 허리 휘감은
짓궂은 산들바람 시나브로 숨어들고
분홍빛 살내음에 취한 벌 나비
수줍은 꽃잎에 입맞춤 하니

배시시 웃음 지으며 비트는
가냘픈 몸매 긴 다리 까치발로
산들산들 홍학의 군무를 춤춘다.

바람결에 한들거리는 우아하고
청량한 아름다운 춤사위
그리움 묻어나는 가을 여인의
애끓는 연정이어라

거실 화분 / 정기현

온몸 적실 듯 스며들고
희롱하며 휘감던 비, 바람의
기억이 희미한 거실

굽어진 삶 버거운 듯
물끄러미 창밖을 내려다보는
녹색 잎은 더없이 서럽다.

여린 뿌리 휘어지며
실타래처럼 엉키는 삶의
아픔이 멍에 되어
속울음 웁니다.

화분이란 굴레에
아파하면서도 고사리 손 품는
산고의 기쁨 아는지

구름을 이불 삼아 별빛도
달도 잠든 깊은 밤
하얀 조명 아래 잠 못 들어도

억눌린 그리움
창틀을 움켜쥔 채
그리운 임 그리듯 먼 산
바라보다

붉은 해
창가에 다가 앉으면
수줍게 푸른 몸 기대어
갑니다.

홍염(紅焰) / 정기현

창문을
뚫고 들어온 홍염
녹색 잎사귀를 지지며 흩어지고

후끈거리는 열기에
러닝셔츠 등줄기는 비릿하게
젖어 미끈거린다.

사랑을 갈구하는 매미들의
신음으로 더욱더 뜨겁게
내 몸은 달구어지고

실외기 바람에 뒤엉켜 걷는
도심의 치마 속은
사막의 열풍을 뿜어낸다.

무논에 구부린
농부의 굽은 등 위로 흐르는
진한 아픔은 누런 적삼
녹색 물로 물들이며

아낙네의 찜통 감자처럼
벗겨지는 여름 한낮은
뜨겁게 뜨겁게 익어간다.

여름은 / 정기현

붉은 햇살이
구름을 태울 듯
뿌려지는 여름은

맴맴 매
요란한 장단에 맞춘
바람의 몸짓에 푸른 갈대
허리춤이 신난다.

반짝이는 강물은
술 취한 듯 출렁이며
흐르는 여름을 노 젓고

흠뻑 젖는
베적삼도 잊은 듯
아낙네 호미질 사연이
흙에 묻힌다.

그렇게 여름은
눈부시게 출렁이며
능소화 치마 속 열풍처럼
뜨겁다.

시인 정란희 편

♣ 목차

★ 시낭송 QR 코드

제 목 : 가슴이 빈 여자
시낭송 : 박순애

#프로필

대구 거주
대한문학세계 시 부문 등단
(사)창작문학예술인협의회 회원
대한문인협회 대구경북지회 정회원

#시작노트

늘 초심을 잃지 않고 샘물 같은 청정심으로 살아가려고 애쓰고 있다. 그러나 매일 비우고 비워도 채워지는 게 인생인 듯하다.

'이 세상이 아무리 음험하고 간사할지라도 우리는 여전히 과감하게 호인으로 살아가야 한다'라는 스승님의 말씀대로 정진하며, 시를 통해 나를 비우고 채움에 그림을 그려본다.

가슴이 빈 여자 / 정란희

창밖에선 바람이 화난 듯 괴성을 지르고
집안 거울 앞에선 몸단장에 한창 정신없다
거울에 비친 그녀에게 매혹적인 향기가 코를 찌른다

수많은 사람 사이를 정신없이 지나가더니
의식적으로 사랑이 부르는 소리에 귀를 기울인다
몰래 빠져나와 매화 향기에 몸을 맡기며 힘껏 들이킨다

바람이 불자 새뽀얀 살결에서 떨어져 나가는 카디건을 쓸어올리는데
저 멀리 익숙한 그림자 그녀의 모습에 눈길을 떼지 못하고 있다
기척이 사라질 때까지 숨어있다가 다시 매화 향기에 눈을 감는다

바람에 날려 떨어지는 눈물들을 매화 꽃잎들이 살포시 감싸 안는다

옆구리에 핀 상사화 / 정란희

고달픈 인생살이
옆구리에서 핀 상사화
아픔에 그리움마저 얇아지고
강박함에 심장이 얼어들어간다

동태가 되어 난로 앞에 앉아있다
가시방석 위 앉은 자리 피가 흥건하다
피멍이 든 손가락이 움직이지 않는다
잠깐 눈을 붙였더니 그리운 그녀가 찾아온다

알락 까치 우는 소리에 소스라치게 놀라 깨어나
다시 부랴부랴 이것저것 챙겨 일터로 나간다.

천년의 '관음 각'으로 / 정란희

또 꿈에 나타난 그 사람

가슴에 묻어놓고 살았나 봐

그대가 남겨준 팔찌가 아직도

팔목에서 미끄럼타고 있다

그대를 떠올릴 때마다

가슴에서 천둥 번개가 치고

눈망울에서 구슬이 흘러나온다

그렇게 그녀는 마른 소나무가 되어간다

추억은 메아리로 가슴에 남았는데

그리움은 못처럼 심장에 박혀 버렸다

생을 마감하는 그날 가슴에서 내보내련다

저 먼 바닷가 천년의 '관음 각'으로

봄이 오는 소리 / 정란희

개울물이 웃으며 지나가고

개구리가 뛰쳐나와 데이트하고

오솔길을 걸으며 그대를 생각합니다

그대와 손을 잡을 생각에 웃음이 나고

같이 걸을 길에서 행복한 상상을 합니다

봄의 소리를 들으며 나란히 걸을 그대 생각에

얼굴에 홍조가 일어나고 심장이 담장을 넘어갑니다

전생 못다 한 사랑을 지금 이 순간순간마다 다림질하며

이생에 그 희미해진 추억을 찾아 지금도 열심히 달려갑니다

겨울비가 지나가던 날에 / 정란희

촉촉한 안개비로 얼굴을 단장하고
달콤한 목소리로 사랑을 묻어버리고
바람에 그녀를 맡기고는 홀연히 떠나버린다

봄비에 싹트자 눈비에 짓밟혀버린다
슬픔이 골수까지 파고들어 핏물을 흡입한다
빗속을 가르며 그녀가 있는 곳으로 달려간다

무심코 들리는 휘파람 소리에
순정이 짓밟히고 몸을 빼앗겨버린 여래향은
비 오는 날 그렇게 밤새 목놓아 울었다고 한다.

영혼 속에 그린 사랑 / 정란희

영혼 깊숙이 숨어 들어간 그대
육체로 그린 사랑은 슬퍼했으나
영혼으로 그린 사랑은 행복했다

흙 속에 묻힌 사랑의 추억은
세월을 따라 산산이 흩어져버리고
육체 속 향기는 바람 따라 떠난다

최초의 사랑은 육체에 묻힌 채로
향기는 사라지고 영혼은 그 안에서
썩어서 구더기가 되어 우글거린다

껍데기만 남고 영혼은 들판에 버려졌다.

자기만 아는 기다림 / 정란희

젊은 하늘가에 마음 하나 걸렸다
쩔뚝거리더니 걷더니 지팡이를 던졌다
하늘가에 들려온 비 소식에 무지개는 웃었다

틀린 시간에 맞는 사람 만난 고통 속에서
보고만 있어도 숨이 막혀 쓰러질 것 같다
길옆의 들국화를 손이 잡히는 대로 뜯어 먹었다

드디어 하늘이 감동했으나 바닷물은 말라 있었다
수만 겁의 기다림 끝에 지구의 끝자락에서 만난다
담벼락 위에서 뛰어내리다 서로 눈길이 마주쳤다

화들짝 놀란 그녀가 황급히 오솔길을 빠져나간다
전생을 까맣게 잊어버린 그녀는 새사람을 만나고
추억 속의 그 사람은 오래전부터 사라져가고 있었다

저 먼 곳에서 / 정란희

마음이 흐른다

산들바람 타고 오늘도 그대 곁으로 흘러간다.

봄에 졸졸 흐르던 시냇물 따라 나도 흐른다

그냥 떨어진 벚꽃에 반해서 따라 흐른다

그 핑크빛 입술이 예뻐서 따라나섰다

저녁노을은 몸을 불사 질러 사랑을 표현하는데

그냥 묵묵히 뒤따라가기만 하련다.

그냥 그녀만 보면 마냥 웃음이 나온다니까

차르르 흘러내리는 핑크드레스가 눈에 들어온다

그녀를 보면 웃음이 흐르고 내 마음도 흘러내린다.

오늘도 그냥 그녀를 따라나선다

저 알 수 없는 미지의 세상으로

십 년을 기다린다면 / 정란희

그때는 내 곁에 와 있을까
청개구리 한 마리 연못으로 퐁당 뛰어든다
추운 겨울날, 기다리라는 말만 남기고 떠난다
밤새 신음하던 연꽃이 물 위로 얼굴을 내민다

인연이 닿을 무지개를 그리며
돌아올 거라는 기대감에 환한 웃음이 짓는다
그리움에 얼굴을 파묻으며 오늘도 그녀의 향기를 느낀다
사랑에 목숨을 건 피멍 든 가슴에 진달래꽃 심는다

서로에게 흠집을 내며 아파했던 지난날을 참회하며
아름다운 오솔길에 그녀가 좋아할 꽃나무, 대나무 심는다
이생 다하는 날까지 하늘이 바다와 손을 잡았을 때
그녀는 아마 흰 드레스 입고 앞에 내 앞에 나타나겠지

인생무상이라 했던가 / 정란희

붉은 바다 위에 비쩍 마른 갈매기 날아다니고

핏빛 나는 태양이 바다를 불태우고 있다

이 세상이 슬픔으로 저무는구나

무거운 그림자는 바람 따라 홀연히 사라지고

바다는 흉악한 얼굴을 하고 시퍼런 거품을 뿜아낸다

오늘도 인산인해 세상사에 파묻혀 있다가 저녁에 돌아오면

그새 인간이 아닌 부엉이가 되어 고통에 몸부림치는데

하늘 끝에서 빛이 서서히 올라오고 있었다

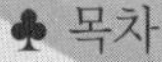

시낭송 QR 코드
제 목 : 둥글어지기까지
시낭송 : 최명자

정상화 제1시집 "스스로 피어짐이 아름다운 것을"

정상화 제2시집 "산다는 것은 한 편의 시"

정상화 제3시집 "그러하더라도 사랑해야지"

정상화 제4시집 "아름다운 인연을 만나는 것은"

정상화 제5시집 "곱게 물들었으면"

 # 프로필
울산 거주
대한문학세계 시 부문 등단
(사)창작문학예술인협의회 회원
대한문인협회 울산지회 지회장

 # 시작노트
아름다운 인연을 만나는 것은
서로의 향기에 취해
말없이 물들어가는 것이다

서로의 환경을 이해하고
서로 색깔을 인정하면서
서로의 향기에 묻혀 가는 것이다

시 '아름다운 인연을 만나는 것은' 중에서

둥글어지기까지 / 정상화

흙탕물 뚫고 나오는

제 살 깎는 신음

아픔 잦아들 때쯤 강가 어디엔가

조약돌로 환생하겠지

가슴에서 치미는 화의 모서리

삼키고 삼켜 둥근 눈물이 되기까지

얼마나 많은 날들을 서걱였을까

산다는 것은

모난 가슴 둥글게 다듬는 일임을

아픈 순간도 소중한 내 것임을

모난 돌이 어찌 알까

뾰쪽한 돌,

흙탕물 속으로 차 버리고 돌아선다

행복은 순간에 있는데 / 정상화

두루마리 화장지,
생의 끝자락으로 가고 있는
나인 것 같아 조금만 풀었다
피식
웃음이 난다
가는 시간 멈추는 것도 아닌데
비단을 뚫은 번데기처럼 본능적으로
살아왔지는 않은지
시간을 의식하지 못하고
순간순간 벌어지는 일들이
때론 웃음 때론 울음이 있기에
삶은 아름다운지도 몰라
상처를 아물게 하는 것은 시간이 아니라 사랑이라는 것을 너무 늦게야
깨달은 지금
옆에 누워계신 어무이 귀에 대고
"사랑합니다"
"나도"
한을 남기고 싶지 않아 자작극을
꾸민다
행복은 정상에 서는 것이 아니라
올라가는 과정에 있음을 이제야
깨달았으니

세상에서 가장 아픈 시詩 / 정상화

평생 허리 휘게

아끼고 아껴 모은 재산

정리 못하고 돌아가신 날

슬픔이 욕망이란 무기가 되어

조문객 앞에서 피 터지게 싸웠다

상갓집 다녀오신 이웃 할머니

눈물 흘리시며 남의 일 같지 않으니 방법이 없느냐고 살아온

이야기로 시詩를 쓰신다

못 먹고 못 입으며 보리 흉년 지난

순간들

자식들만은 나처럼 살지 말아야지

입술 깨문 찰나

눈물로 시詩를 쓰신다

유언 공증 내내

입술을 깨무시고 글 대신 읊어내시는

재산 정리

모든 손가락은 아프다고 가슴으로 시詩를 쓰신다

곱게 물들었으면 / 정상화

가치관의 꼭짓점이 맞닿은

아름다운 인연

바라만 보고 있을 뿐인데

가슴이 환해지고

한 순간도 설레지 않는 순간이 없으니

한 순간도 보고 싶지 않은 순간이 없었으니

사랑인 거지

잘못을 진심 어린 마음으로

인정하고 용서하는 삶

묻어 버리고 싶은 부끄러움은 없는지

익숙함으로 포장된 무관심은 아닌지

못하면서 안 했다고 합리화하지 않기를

지나고 나면 아무것도 아닌 것

언제나 함께 바라볼 수 있기를!

접시를 닦으며 / 정상화

심장이 스친 억새 날에 진저리친다
쓰라린 감정의 정지됨
폰에 담긴 꽃이 시들지 않듯
행복한 순간이 멈춰 있다면야 삶이
뭐 그리 어렵겠습니까
가끔은
허물어지고 흔들리며 사는 게 인생이지요
가슴 열고 풀 한 포기라도 눈물겹게 사랑할 수 있다면
얼마나 아름다운 일이겠습니까
바람에 실려 돌 틈에 꽃 피우는 의지와 관계없는 삶도 있으니까요
힘껏 살아야지요
예쁜 접시도 깨어져 날을 세우면
아프게 찔러오니까
모두가 내 할 탓이겠지요
흙으로 돌아갈 수 없는 영혼을 위로한들 무슨 의미 있겠습니까
흩어진 사금파리 날을 세우니까요

4월이면 / 정상화

어무이 치맛자락 꼭 쥐고
땅골 고개 넘어 사자평
끝없는 평원 불탄 자리 나물들
곤달비 개대가리 미역취 비비추 잔대
삿갓대가리 고사리 참나물 취나물
더덕 이팝 나물…
꿰맨 자국 덕지덕지 나물 보따리
꽉꽉 눌러 이고 지고
골짝 흐르는 물에 참나물 곤달비 씻어
보리밥 된장 얹어 꿀맛으로 먹던 추억
심장 터지게 봄이 영 걸어 4월
물푸레나무 꽃은 하얗게 웃는데
당신은 침대 누워만 계시니
단 한 번이라도
치마폭 잡고 산으로 들로 갈 수 있다면…
캐온 취나물 데쳐 드리니
입은 오물오물 눈물 거렁거렁
꿀떡꿀떡 삼키는 소리에 꽃이 지고 있습니다

생각을 덮어 씌운다 / 정상화

코로나보다 무서운 프레임이
마술처럼 착각의 세계로 끌고 간다

평생 농사지으며 착하게 살아온
이웃집 할머니는 대추 한 알 주워
먹고 도둑이 되고

평생 권세 누리며 착한 척 살아온
장관은 온갖 탈법 불법 저질러도
마음 빚진 선한 사람이 되고

감자 먹고 나무 하며 도인처럼 사신
배내골 외할아버지는 빨갱이로
낙인찍혀 감옥에서 맞아 죽었다

무섭다
빨강이 파랑이 되고
파랑이 빨강이 되는 세상
목적을 위해서라면
진실도 묻어 버리는 세상
그만하자 우리
심장의 피는 모두 붉잖아
덮어 씌운다고 모를 줄 아니

꽃이 된 산딸기 / 정상화

앞산 논 구석 산딸기 익어
침이 고인다

한 줌 따 입으로 가던 손 멈추고
칡잎에 곱게 싼다

한 입 오물거리시는 어무이
틀니 맞닿은 씨앗 터지는 소리
웃음이 난다

어린 시절
허리춤에서 꺼내 주시던 딸기도
몽그러 진 손에서 피어난 붉은 꽃이었으리라

공간과 시간의 낭만 / 정상화

보도블록 틈 비집고
냉이 꽃 피었다

땅을 파며 논둑 제비꽃 유혹에
넘어갈 틈이 없다면

가슴에 쌓인 근심을 잊고
하늘을 바라볼 틈이 없다면

홀로 가는 길 멈추고
둘이 가는 길 마주 보며
웃을 수 있는 틈이 없다면

꽃길 숲길 끝나는 순간
마지막 한 발은 내 몫이니
아무리 바빠도 틈을 비집자

전화기 흐르는 힘없는 목소리
"짬 좀 내거라, 보고 싶다"

아름다운 인연을 만나는 것은 / 정상화

아름다운 인연을 만나는 것은
서로의 향기에 취해
말없이 물들어가는 것이다

서로의 환경을 이해하고
서로 색깔을 인정하면서
서로의 향기에 묻혀 가는 것이다

가슴에
나 하나 버리고
너 하나 채워서
서로의 가슴에 둥지를 짓는 일이다

여기서 저기로 가는 길
새로운 세상 둘이 하나 되어
서로의 가슴에 호흡하며
강물처럼 흐르는 것이다

지상에서 가장 어려운 것은
아름다운 인연을 만나는 것이고
그보다 어려운 것은
인연을 곱게 지켜가는 것이다

아름다운 인연이 만들어 지기를
까만 밤 하얗게 기도한다

시인 정찬열 편

♣ 목차

★ 시낭송 QR 코드

제 목 : 아쉬운 세월아
시낭송 : 박영애

정찬열 제1시집
"날개 꺾인 삶의 노래"

정찬열 제2시집
"다시 오지 않는 삶의 구간들"

정찬
"짓눌린

 # 프로필

광주 거주
대한문학세계 시, 수필 등단
(사)창작문학예술인협의회 회원
대한문인협회 광주전남지회 정회원

 # 시작노트

해마다 연말이 되면, 대한문인협회에 '명인 명시 특선시인선' 응모한 후 겁도 없이 입선 통보를 은근하게 기다렸다. 겉으로는 태연한 척했으나 내심 초조함은 내 마음을 엄습했다. 기다린 끝에 이사장님으로부터 한 통의 문자가 왔다. "응모에 선정되었다며 축하에 말"과 그 후 '작가의 시작 노트와 특선시인선에 들어갈 사진을 보내 달라고 말이다. 명인 명시에 연속 8회째 이름을 올린 속내는 마냥 기쁨이 앞선다. 응모에 힘을 실어주신 이사장님과 심사위원님께 감사한 말씀을 전합니다.

아쉬운 세월아 / 정찬열

곱게 자란 몸통에 옹이가 박혀
세월에 멍이 든 무게의 상흔일까
사무친 생의 길에 숨겨진 아픔일까
텅 빈 가슴속에 시리고 아려온 아픔이다

그 속을 아는지 모르는지
소슬바람은 가지 끝에 흔들리고
잠시 쉬어가는 낮달의 상념은
푸념 없는 옷깃에 정처 없이 매달린다.

조용히 눈을 감고
말없이 지난 세월 더듬어보면
바쁘다는 핑계 속에 내 처진 사랑은
아쉬운 한숨 속에 녹아나듯 스며든다.

가끔은 그리움이 솟구쳐보지만
빈 가슴 한가롭게 채울 수 없는 아쉬움
채워지지 않은 빗장을 내려 보아도
숨 가쁘게 달려온 한 많은 지난날

붙잡지 못한 굴곡진 미련은
안갯속에 휩싸여 매달린 영혼에
세월의 바지랑대 윤슬처럼 반짝이고
뜬구름에 길을 잃고 아쉬움에 서성인다.

기다린 그런 날 / 정찬열

어느 봄날 소리 없이
찾아드는 코로나바이러스에
온 세상이 조바심과
계속된 공포 속에 살아가고 있다

마스크라는
입 덮개를 쓰지 않거나
알 수 없는 사람과 함께하여도
행여나 감염될까 조바심에 살아감이다.

평온해야 할 호수에
어디선가 날아든 돌이 파도를 키우니
먹구름 속에서 소리 없는 전쟁을 치르고
뜻하지 않은 감염자와 확진자가 파도를 탄다.

언제쯤에나 백신이 개발되어
살아감이 자유롭고 경제도 살아나고
부모 형제며 친구들도 만나고
마음 놓고 살아가는 그런 날을 기다린다.

측은한 틈새 / 정찬열

등산하며 끼고도는
우람한 바위 틈새에는
키 작은 도토리나무 한 그루
그 주위에
바위 버짐 벽화 꽃이 피어있다.

묵은 세월
드리워진 곳에
떨어진 열매가 자라났을까?
바위틈새 터를 잡고 살아 온건
도토리는 다람쥐의 저장고였을까

나무가 자라는데
필수의 물과
흙이 있어야 하는 곳에
틈새에 자양분은 보이지 않은데
수수께끼 같은 조건이 살아 숨 쉬고

나뭇잎도 듬성듬성하게
장애의 흔적이 여리게 배여있어
바위에 동정 어린 바위 꽃 피었지만
힘에 겨운 생활 터전 측은함이 도리질한다.

이화에 슬픈 농심 / 정찬열

때 되어 핀 배꽃이
눈처럼 하얀 이화(梨花)는
봄은 깊어 벚꽃처럼 화사하나
벌 나비 휴일 되어 일손 놓는다.

이맘때면
가장 분주한 봄맞이에
겨울을 털고 일어나 바쁜 나들이
일벌은 날개마저 나들이를 접고서

눈꽃처럼
피어난 꽃송이 위에
이불처럼 찬 서리 덮어버리니
덧씌워 하얗게 피어난 아침
한 시절이 그지없이 안타깝구나!

피어난 꽃술에
뽀얀 찬 서리가 덮치니
한해를 기약한 농심(農心)에는
개화기에 거두어간 과일 농사
얼룩진 슬픔만 하얗게 덮어버렸다.

* 개화기에 냉해 받은 농가를 보며

불가사의(不可思議) / 정찬열

불가피한 자리에
내 몸을 내놓으려 하니
들어서는 자리의 입구에는
내 몸을 더듬어 카메라가 측정하고
본인의 인적 사항과 연락처를 적는다.

양편에 조화가 드는 길을 열병하고
검정 복장이 무리 지어서 있다
국화꽃에 싸인 고인은 웃고 있지만
올리는 술 한 잔과
작별의 인사를 하니 눈물만 글썽여진다.

유가족과 무거워진 인사
조문객의 자리에 음식이 들어오고
원거리에서 오랜만에 만난 사람
그냥 지나칠 수가 없어 주먹 인사를 하고
불가피하게 마스크를 벗어야 하는 시간

오랜 시간 수많은 사람과
반가움에 마주하며 접촉하고
귀갓길에 소독약을 흠뻑 바른 후
돌아와 전신을 깨끗하게 씻었지만
우두망찰한 꺼림칙하게 느껴지는 불가사의

노년에 푸념 / 정찬열

백세시대의 노래를 따라 부르며
나이는 숫자에 불과하다 두고 쓰지만
아픈 곳이 이곳저곳 늘어나니
종합병원에 신세에 커다란 약 보따리

왁자지껄 시장 꾼이 다 떠난 뒤까지
돼지국밥에 김치 한 사발 놓고
막걸릿잔을 친구와 비워대던 시절에
치마만 걸쳐도 모두 예쁘다. 하던 술자리

짚단만 들어도 문제없다던 큰소리는
막상 칠순을 넘기고 보니
밤에 쓰는 물건은 짐만 된다면서
긴 한숨 쉬어가며 친구에게 푸념한다.

숙성된 알큰한 홍어 삼합에 안주에
젓가락 몇 번 가다 자포자기한 삼합 안주
옛날에는 어쩌고저쩌고 변명으로 채우고
조그마한 고기 한 점 발라서 오물대며
막걸리 한 잔으로 노년의 울적함을 달랜다.

트로트 전성시대 / 정찬열

매주 일요일
정오 시간대를 달구는
전국을 누비는 노래자랑
수많은 열창으로 무대를 뜨겁게
달구고 끌어내는 94세의 송해 선생님

KBS 40년 장수 프로는
딴 따라 패들의 인기에 힘입어
장년들의 프로가 젊음을 이끌어
수많은 인기 젊은 가수를 배출했고
유성처럼 트로트에 끼가 넘쳐난다.

트로트를 탄 미디어에 힘입어
인기 영상 미디어, 성인가요 전성기
14세의 나이 어린 가수 정동원이며
송해를 기절시킨 입담 좋은 황혜린
트로트를 유행시킨 송가인 역시, 그 출신

모든 지상파 공중파 방송에서
기성세대의 열정과 윤슬을 품어내며
트로트를 붐을 일으킨 신진 가수들
성인가요는 젊은 386세대의 신진들이
즐거움을 선사한 트로트의 귀재들이다.

인연(因緣)의 잔상 / 정찬열

등 뒤를 뒤덮는
출렁거리는 긴 머리 자락
옹골찬 그 자태에
푹 빠진 그 시절에 반한 미모

낯선 시골까지
양장점 재단사로 찾아든 여인
긴 머리 소녀의 분홍빛 참모습
일거수 일상을 줌으로 지켜내다.

정겨운 인연으로 맺어진
삼백예순 날 한결같이
나의 몫까지 다한 정성으로
아름다운 결실의 사랑이 되었다.

사랑과 열정으로
내 곁을 지켜준 옹골찬 연인
당신에 고마움을 아로새긴 인연
한 편의 시심으로 담아두렵니다.

숙원 풀린 천사 대교 / 정찬열

넓고 넓은 바다에 천사 대교가 자리한 곳
그동안 오가는 길 뱃길로 단축하고 살아왔지만
육중하게 자리한 현수교의 웅장한 천사 대교
넓은 바다 위에 꿋꿋하게 버티며 한을 지워버렸다.

거대한 풍랑과 짙은 안개가 가는 길을 막아도
거센 눈보라와 비바람이 몰아쳐도 자동차로 오가며
파도와 안갯속에 묶여버린 뱃길도 물리치게 된
대형 선박이 통과하는 길은 믿음직한 교량이 되어
팔구천여 명의 섬 주민의 숙원이 풀린 천사의 다리

목포의 국도 1호선 끝을 연결하여 새로운 국도에
드넓은 바다에 천사가 솟아 아름다움을 자아낸 곳
당초에 목포와 압해도 송공항 입구까지였는데
암태면 신석리까지 국도 2호선으로 새롭게 탄생했다

바다가 육지라면, 갈망하던 운명의 숨 가쁜 순간도
사전에 개통된 압해도에 자은, 암태, 팔금, 자라, 안좌도의
바다가 육지로 여유롭게 부르던 천사 섬의 한 맺힌 숙원
서남해안 바닷길에 우뚝 선 천사의 다리는 9개 면의 자랑
그 옛날 조선왕조에 나주목이 관장하던 바다는 육교로 통한다.

거성제(巨城堤)의 회상 / 정찬열

누렇게 익어가는 고향 집 들판
잠시! 추억을 맞나 보려고
하늘이 내려와 누워있는
동네 옆 마을 저수지를 찾아간다.

거울 같은 맑은 물속에
산 그림자 소나무도 거꾸로 서 있고
거성제에 풍경을 그리는 몽리 답
두어 명의 강태공은 세월을 낚고 있다.

1959년경에 밀가루를 주며 막은 거성제
얼마 전에 내린 장마에
여수 토(餘水 吐)에 물소리만 요란하고
찌 위에 내려앉은 잠자리도
강태공의 눈치를 모르는지 찌 위에서 졸고 있다.

건너편 버들 숲에 몇 마리의 오리 떼들
어린 시절의 애잔하고 말 못 한 마음뿐
저수지 바닥에 물을 물지게로 퍼 나르다
농사를 팽개치고 광주로 취직한다며 떠난
요람이 서린 고향에 거성제는 변함이 없다.

* 거성제(巨城堤): 나주시 봉황면 선동마을에 있는 저수지

시인 제갈일현 편

♣ 목차

시낭송 QR 코드

제 목 : 비움과 채움
시낭송 : 박순애

 # 프로필

대구 거주
대한문학세계 시 부문 등단
(사)창작문학예술인협의회 회원
대한문인협회 대구경북지회 정회원

 # 시작노트

어둑새벽 아직도 지지 못한 보름달이
빠르게 달리는 트럭을 따라옵니다
달이 안쓰러워 속도를 좀 줄여봅니다
한껏 여유로워집니다

바쁘게 앞만 보고 달려온 세월을
속도를 늦추고 다시 한 번 뒤돌아봅니다
사람들의 웃음이 보입니다
오늘따라 새벽바람이 참 좋습니다

목련 / 제갈일현

봄 온 줄도 모르고

눈 꼭 감고 졸다가

아이들 떠들썩한

웃음소리에 놀라

담장 위로 빼꼼

얼굴 내민 너

이팝꽃 / 제갈일현

보릿고개 사흘을 굶어

감꽃만 씹던 아이에게

긴 팔 쭉 뻗어 내미는

고봉밥 한 그릇

빨래터 / 제갈일현

벗꽃

다 떨어진

빨래터에

꽃보다

환 한

아낙들이

입으로

입으로

온 동네

묵은 빨래

다 하고 있다

능소화 / 제갈일현

늦은 줄도 모르고

넘보고 있다

장미꽃 이미

다 져 버린 마당을

너와 나 / 제갈일현

언제나

너는 내 안에 있고 싶었고
나는 네 밖에 있고 싶었나 보다

우리 사이에는
허물 수 없는 벽이 있었구나

비움과 채움 / 제갈일현

비우면

채워진다는 걸

보여주기라도 하듯

어제

마지막 잎

내준 가지에

오늘

흰 눈 내려

소복이 쌓인다

봄비 / 제갈일현

톡

톡

톡

두드리는

빗방울

열리는

꽃봉오리

봄의

절묘한

줄탁동시

들꽃 / 제갈일현

설한풍
견디느라

이름마저
흐릿해 져버린

넌

울엄마
닮았구나

너라는 꽃 / 제갈일현

나무가 늙었다고
늙은 꽃이 피는 것은 아니다

오래된 나무일수록
더욱더 아름다운 꽃을 피운다

너처럼

이유 / 제갈일현

첫사랑을

내가

못 잊는 건

잊을 만하면

가을비

오기 때문이다

비가 오면

떠오르는

얼굴 하나 있다

시인 주선옥 편

♣ 목차

#프로필
대한문학세계 시 부문
(사)창작문학예술인협의회 회원
대한문인협회 대전충청지회 정회원
저서 : 시집 "아버지의 손목시계"

#시작노트
인생 사계를 살며
숨 가쁘도록
부지런히 앞만 보고 가다가
문득 멈추어 서곤 합니다.

나는 지금 어디로 이렇게 바삐
걸어가고 있는 걸까?

그때마다 하늘이 보이고
나무와 꽃과 바람을 만납니다

비로소 느껴지는 나의 계절
꽃피고 영글어가는 세월
그렇게 저는 詩를 썼습니다

제 詩를 읽어 주시는 분들과
함께 숨을 쉬며 인생을
잘 익혀 갈 수 있기를 소망합니다.

-천안 병천에서...

시낭송 QR 코드
제 목 : 섬진강의 봄
시낭송 : 최명자

주선옥 시집
"아버지의 손목시계"

섬진강의 봄 / 주선옥

매화꽃 향기가 서럽게 익어가고
맨발로 뛰어나와 물가에 찰랑거리는
눈부시게 짓궂은 햇살을 봅니다

한달음에 몰려나와 으스러지는
그 풀잎의 노래는 어느 가슴에
날아드는 앙칼진 노래일까요

밤마다 잠을 이루지 못해
검은 은하수를 자맥질하며
그대에게 맡긴 소식을 기다렸습니다

성가시게 보채는 바람 따라나서서
옛 시인들이 버렸다는
흩어진 꽃잎닮은 詩 조각을 주웠습니다

발끝에 밟히는 낡은 언어의 유희
뜨겁게 심장을 뛰게 하는 억겁의 윤회
비로소 깊은 잠을 이룹니다

장마 / 주선옥

달갑지 않은 오랜 손님의
고약한 장난으로 흐트러진
옷매무새를 거울에 비춰봅니다

구깃구깃해진 하루하루
잘 익지도 못한 누룩 내 나는
주름진 일상에 짜증도 납니다

이제 그 모든 시간을
고운 볕에 말려 팡팡 두들겨서
빳빳하게 날 선 광목의 깃처럼

기분 좋게 열리는 창가
근심 어린 이웃의 큰 웃음소리
아이들의 즐거운 비명

보송보송하게 마르는 빨래
잘 구워진 식빵처럼 구수하고
푸르게 돋아서 나는 햇살이 그립습니다.

여름에도 우리의 삶은 / 주선옥

언덕을 넘어 후들거리는 발걸음
붉어지는 눈시울에 일그러지는 일상
흐트러짐 없이 당당한 풍경을 본다

인내를 양산처럼 펼쳐 미소 지으며
등줄기에 흐르는 삶의 역사
고달파도 내일을 지키는 꿈지기 되어

뜨겁게 달궈진 아스팔트에 널브러져
녹아내리는 우리의 고뇌는
고무줄처럼 늘었다 줄었다 우습고

한바탕 쏟아지는 소나기에
깊은 한숨 냉수처럼 들이마시고
삼복에 뜨거워진 가슴을 달래며

내려놓을 수 없어 지고 가야 하는
무수한 삶의 보따리들은
하나씩 구겨서 버려야 할 휴짓조각

언제나 식지 않는 우리의 열정은
생의 처마 끝에서 청아하게 울리는
풍경소리를 듣는 풀잎이다.

풍경(風磬) 소리 / 주선옥

나직하게 부르는 바람의 노래

어느 수행자 바랑에 담겨
사람의 마을마다 한 줌씩 내어져
때로는 보리심의 뜨거운 눈물되고
더러는 깨우침의 사자후 되어

부처님 전에 이르는 청기와 끝
어제는 맑은 솔향에 실려 오더니
오늘은 붉어진 단풍에 파르르
모질게도 몰아쳐 오는 흑풍일세

바람도 나무도 여여하게
천년만년 단정하건만
소리 없이 하늘을 나는 물고기
내 마음에 풍경(風磬)을 달아 놓았다

들꽃에게 / 주선옥

들숨으로 너의 향기를 보고
날숨으로 너의 자태를 본다

눈을 감고 오롯이 너의
멋스러운 흔들림에
덩달아 갈지자걸음으로 흥겹구나

오고 가는 이 많은 들길이나
제각각이 생각에 잠겨
너를 알지도 못하고 지나가는데

어쩌자고 내게는 말을 걸어
따듯한 약속 하나 잠시 미뤄두고
백치 마음에 향기를 물들이니

이름을 알 수 없는 너에게
언어로서 생명을 줄 터이니
향기로서 누구에게든 희망을 주거라.

어떤 가을 아침에 / 주선옥

거칠게 지나간 태풍의 뒤태는
아이러니하게도 숨 막히도록 잔잔한
아이보리빛 햇살로 가득하다

곳곳을 할퀴고 찢어 놓아
마귀의 짓궂은 행패가 남겨놓은
처참한 몰골에 인간은 넋을 잃었고

한 걸음씩 한 단계씩 쌓아 이룬
모든 소망이 와르르 무너져 내려
다시 흩어져 모진 인연의 생채기

풀잎처럼 드러누워
겨우 숨만 쉬는 우리의 아가미는
검붉은 진액을 토해내고 있다

순진한 아이의 볼을 어루만지듯
따사롭게 더러는 간지럽게 스치는
어떤 음모를 숨겼는지 알 수 없는

대자연의 미묘한 기운 그러나
너무나 자상한 그 미소에 우리는
또다시 바벨탑을 쌓아간다.

9월 / 주선옥

당신의 담담한 눈빛
조석으로 우는 풀벌레 소리
너무나 힘겨웠다고
투정 어린 동심 어쩔까나

맑은 햇살에
빛나는 하루의 사연
작은 쪽지에 적어
꼬깃꼬깃 간직한 슬픈 가슴

수십 년 된 감나무
그 기둥을 볼 때면
얼룩진 눈물이
금빛으로 방울방울

저기 멀리
산 너머로 마중 가는 걸음
빨간 종이비행기처럼
설레는 마음 들켜

당신께서 오시는 길목
낯선 눈빛 마주칠까
볕으로 데운 구름 한 점
시린 하늘가에 걸어 둡니다.

삶의 길이 되는 말 / 주선옥

저마다 섬이 되어 까탈을 부리네
봄빛이 잠기는 화사한 차 한잔
애처로운 가슴마다 스몄으면 좋겠다

인간이 어쩌면 이리도 나약할까
어느 생명이 귀하지 않을까만
그중에 가장 꼭대기에 있어

어쩌면 그 이기심이 부른 재앙
한 번 더 손을 모으고 겸손해지고
다른 생명을 돌아볼 시간이 필요하다

꽃처럼 피었다 시들어가지만
우리가 남기는 소중한 씨앗으로
인간의 역사는 쓰이리니

사람아!
그저 평평한 들판이 아닌
모진 돌 틈 사이에도 싹은 자라니

깊이 머리를 숙이고 참회의 기도로
오염된 영혼을 씻어
내일은 청정한 샘물이 되자꾸나.

오십견을 앓으며 / 주선옥

살아가면서 문득 마주하는 고통은

허허벌판을 걸어가다 만나는 소나기처럼
그냥 흠뻑 맞고서 감기가 들어 콜록거리며
해야 할 일도 미루고 주저앉아 잠시 쉬듯이
그렇게 바라볼 수 있는 풍경이면 좋겠다

너무 힘들어서 괴롭게 몸을 비틀며
애써 견디려 정신마저 혼미해져서
삶을 놓아버리고 싶도록 그렇게까지는
고통스러운 체험이 아니면 좋겠다

넓은 우주에서 지구라는 작은 별에
사람이라는 존재로 태어나 살면서
어떤 빛나는 계급장 같은 이기심이 눌어붙었나
무슨 귀한 목숨이라고 비굴하게 버티며
맹구우목그 엄청난 비밀의 문을 열려는 걸까?

이렇게 세월을 쌓으며 걸어서 닿을
그곳이 어디 이길래 머리카락 산발하고
옷고름 풀어 헤친 채 처절한 신음으로
알아들을 수 없는 염원의 기도문으로
다리를 절 둑 거리며 긴긴밤을 건너야 하는가?

곤히 잠들었다가 새벽이면 어김없이
부서져 버리듯 극심한 고통으로 깨어나
절절한 신음에 몸부림치지만
삶이 아프지 않고 어깨가 아파서 다행이다.

복수초(福壽草)를 보며 / 주선옥

그다지 얇지는 않으나
고운 나비 날개처럼 여리다

하얀 눈 속에 떨어진
하늘 아기의 장난감인가!

황금빛으로 눈부시게
바람에 나풀나풀 날아

금방 하늘로 날아갈 것 같은
작은 새 닮은 복수초(福壽草)

팔순의 내 어머니 여생에
수복(壽福)을 누리시길 기도하며

저 푸른 봄 하늘로
노랑새 한마리 훌쩍 날려 보낸다

시인 주야옥 편

♣ 목차

시낭송 QR 코드

제 목 : 예쁜 말
시낭송 : 박영애

#프로필

대한문학세계 시, 동화 부문 등단
국문학과 학사
참 소중한 당신 명예 기자역임
(사)창작문학예술인협의회 회원
대한문인협회 인천지회 기획차장

#시작노트

아이들아
너희들이 만들어 가는 놀이 속에
시가 숨어 있단다.

너희들의
호기심, 생각, 느낌, 행동이
한편의 이야기가 되어
시가 된다는 것 아니?

아이들아
오늘도
선생님과 함께 시를 잡아 볼까?

봄꽃 찾기 시간 / 주야옥

진달래, 민들레, 벚꽃
봄꽃 어디 있을까?

봄꽃과 숨바꼭질

벚꽃 찾았어요
선생님! 부르며
손을 드는 순간

꽃들이 앞다투어
저요, 저요
손을 들지요.

예쁜 말 / 주야옥

미술학원 끝나고
친구와 집에 오는 길

조록조록
주룩주룩 내리는 봄비

내 머리에
친구 머리에

내 옷
친구 옷 모두 적시어 놓아도

넌 참 예뻐
친구가 남긴 예쁜 말
젖지 않아요.

겨울 모양 찾기 / 주야옥

뽀드뽀드 하얀 눈

동글동글 뭉치면

예쁜 동그라미

뾰족뾰족 고드름

따보며

뿔 달린 세모

폭신폭신 눈 위에

데굴데굴 구르면

내 주머니에 그려놓은

네모

여러 가지 모양

숨겨진

겨울 참

예쁘다.

눈 오는 날 / 주야옥

빨간 털모자
한 올 한 올 꿰매며
손가락으로 뜨개질 시간

교실 창문에
얼굴을 내민 눈

우와 눈이 온다
소리치는 친구들

나도 덩달아
으쓱으쓱 어깨춤 추며

하얀 눈 위에 적어보는
하얀 꿈

참 예쁜 꿈

체온계 / 주야옥

콜록콜록
단풍잎이 밤새 기침을 하더니
온 몸에 열꽃이 피었어요

바람이 급히 달려가
단풍잎에
체온계를 대며
39도 고열입니다.

빗방울의 가을 운동회 / 주야옥

가을비 내리는 날
빗방울의 가을 운동회

하나, 둘, 셋
빗방울의 뜀뛰기
누가 누가
멀리 뛸까?

하나, 둘, 셋
꽃잎 위로 폴짝, 폴짝

이겨라, 이겨라
빗방울의 높이 뛰기

퐁당퐁당
먹구름도 응원해요.

음표 공부 / 주야옥

푸니쿨리 푸니쿨라 음악 들으며
음표 공부해보자

4분음표만큼 귤 먹어볼까?
냠냠냠냠
참 ~맛있지

음 이젠
8분음표 길이만큼 레몬 먹어볼까?
냠냠냠냠냠냠냠냠
아이셔

그럼
2분음표 길이만큼 사과 먹어볼까?
냠-냠-
꿀꺽

윙윙 놀이터에서 놀이하던 바람도
삐거덕
교실 문 열고 들어와
바나나 하나 들고
쩝-쩝-

우리가 꿈꾸는 세상 / 주야옥

하얀 도화지에
그려보는 세상

어른들이 잃어버린
세상을 그려보아요

시험으로
일 등, 이 등, 삼 등 키재기
하지 않는 세상을 그려봐요

음 음 음 음 음

난 꿈을 꾸어요
예쁜 마음으로
일 등. 이등, 삼등
키 재기 하는 세상을요

음 음 음 음 음

손가락 놀이 / 주야옥

친구하고 다툰 날
있잖아
손가락 놀이 참 재미있단다

리아 오른손가락 토리 왼손가락
구부려볼까
동글동글 동그라미
동그라미 안에 방긋 웃는 해님
참 따스하다

엄마한테 꾸중 들은 날
리아 오른손가락 엄마 왼손가락
맞대어볼까

반듯반듯 네모
네모 안에 엄마의 따뜻한 사랑
참 행복하다

숲속 동물이 보고 싶은 날
리아 오른손가락 선생님 왼손가락
마주쳐볼까

뾰족뾰족 세모
세모 안에 그려지는 멋진 산
참 재미있다.

진달래 / 주야옥

오솔길 돌아
뒷동산 오르면
활짝 웃는 분홍빛 진달래

여우머리 고갯마루
두 팔 벌리고 반기던
그리운 아빠의 모습

쪼그리고 마루에 앉아
가만히 귀 기울이면
꽃잎 속에서 들려오는
아빠의 음성

시인 주응규 편

♣ 목차

 # 프로필

2011년 대한문학세계 시, 수필 부문 등단
2012년 한맥문학 시 부문 등단
현) (사)창작문학예술인협의회 부이사장
현) 한국문인협회 지회지부협력위원회 위원
현) 대한문학세계 심사위원
현) 한국 가곡작사가 협회 이사
현) 문학어울림 회장

 # 시작노트

봄, 여름, 가을, 겨울 사계절의 삶을 담은 시인의 심상이 독자의 가슴에 살포시 내려앉아 소소한 공감을 불러일으킬 수 있다면 하는 심정으로 대한문인협회 특선시인선에 "그리운 금강산" 작곡가로 명성이 나신 최영섭 선생님께서 곡을 부쳐 주신 "못 잊을 사랑이여" 詩 이외 자연을 모태로 한 서사시 9편은 실체적 관점으로 바라본 시인의 객관적인 1인칭 어조로 시의 모호성을 살짝 가미하여 소담히 담았습니다. 한 편의 시가 누군가에게 삶의 위안이 되고 안식이 되었으면 하는 바람입니다.

시낭송 QR 코드

제 목 : 못잊을 사랑이여
시낭송 : 김락호

주응규 제1시집
"人生은 詩가 되어 흐른다"

주응규 제3시집
"시간 위를 걷다"

주응규
"햇살이 머무는

못잊을 사랑이여 / 주응규

바람 불어 꽃잎이 지면 이별인 줄 알았었는데
꽃잎 향기 그리움 되어 가슴속에 숨어 있었네

남모르게 아무도 모르게 가슴앓이하던 사랑이여
잊겠노라고 잊었노라고 가슴 치며 다짐했는데

내 가슴의 사랑 별에 하얗게 녹아내리는
추억 속의 그 사랑 못 잊을 사랑이여

눈물 속에 피어난 사람 다시 필 줄 몰랐었는데
눈물 씨앗 그리움 되어 가슴속에 다시 피었네

남모르게 아무도 모르게 가슴앓이하던 사랑이여
이제 다시는 이제 다시는 생각 말자 다짐했는데

내 가슴의 사랑 별에 하얗게 녹아내리는
추억 속의 그 사랑 못 잊을 사랑이여.

금강초롱 / 주응규

산 높고 골 깊은 숲사이로 흐르는
청아한 빛살 가두어
금강초롱 피었어라

운무(雲霧)에 여과된 이슬 받아
다소곳이 멱감은 단아한 맵시
우아하고 신비하여라

애달픈 사연의 눈물이 사위어
보라 물빛으로 찰랑이며
초가을 날에 투영(投影)되는
전설이 피었어라.

태백산 주목(朱木) / 주응규

태산준령에 가부좌(跏趺坐)하고
세상을 지그시 관조(觀照)하며
사시사철 고상한 풍모로
천년을 하루 같이 사노라

파란만장한 삶의 궤도를
고스란히 밟고 지나
살아 천년, 죽어 천년의
궤적을 남기리라

세상사 희비에 비틀어진 속내
삭히고 삭혀내어 붉었어라

세월의 모진 고초 처연히
씻고 씻어내어 비웠어라

붉게 탄 하루가 노을빛으로
대지(大地)에 스러지면
다시 어둠이 새벽을 잉태하여
아침을 맞고 봄을 맞아
천년을 살리라.

매화(梅花) / 주응규

임 향한 긴긴 그리움이
삭풍에 흔들리다
섣달 그믐날
세찬 눈보라 속에서
꽃물 들었나

오랜 기다림 끝에
터트린 눈물이
처연히 응고되어
꽃망울 맺었나

산란히 휘젓는 먼빛에
임 그림자 비쳐들면
꽃불을 소담스레 놓아
임 맞으려나.

산촌의 아침 풍경 / 주응규

밤하늘 어둠 속에 창백히 묻힌
무수한 전설이 별빛 이슬로
밭이랑 잎사귀를 타고 흐르면
희붐히 먼동이 틉니다

산등성이 휘감은 구름안개에
갓난 신선한 바람이
들꽃에 스치는 옹알이가
산기슭 외딴집에 건들어지면
낭창한 하루가 걸립니다

먼 산자락 자락을 감아 돌아
물밀 듯이 점령한 햇발은
고즈넉한 산촌을 차지하고는
늘어지게 드러눕습니다

늙은 촌부(村夫)의 눈 속에 들어온
산야(山野)는 짙푸른 물결로
분주히 풀빛 잉크를 풀며
하얀 하루의 원고지 빈칸을
채워갑니다.

반딧불이 / 주응규

해 저문 외진 강여울에
시름의 허물을 벗어 둔
고단한 근심가지는
은하수에 흐르고

아스라이 멀어진 날들은
달빛에 편편이 바스러져
별빛으로 깜박인다

으스름달에 초조로이 잠긴
산자락 기슭 묘지를 지나
동구 밖 길섶에 다다라

먹빛 가슴 올올이 풀어헤쳐
해 묵혀 온 초록 심지에
애절한 그리움을 켠다.

사랑은 봄 같아요 / 주응규

꽃바람 불어와 마음 흔드는 날
사랑하는 그대로부터
햇살과 바람을 그려 넣은
러브레터 보내왔어요

꽃잎 편지지에 담긴 사랑이
너무나 예뻐서 봄이 피어나네
사랑이 피어나네

사랑은 봄 같아서
마음에 꽃피고 설레게 해요

사랑하는 마음은 봄빛 같아서
바라만 보아도
행복한 미소가 번져나요

그대가 내 마음에 피워 놓은
봄은 아름다워 사랑은 향기로워요
오색빛 찬란한 사랑은 봄 같아요.

능소화 / 주응규

임 사랑하는 마음이
하늘 향해 솟구쳐
불꽃으로 타올라라

한 뼘 한 뼘 기다린 세월에
남모르게 살피살피 피운
열정의 사랑 불이
여름 한낮 볕보다도
뜨거워라

마디마디 사무친 임 그리움
얼마큼, 그 얼마큼
불살라 놓아야
깡그리 태우려나

열두 폭 청라 치맛자락
한 올 한 올 풀어
불붙인 외사랑
꺼질 줄 몰라라.

*청라: 푸른 담쟁이덩굴

단풍 엽서 / 주응규

너에게 다가서기까지에는
말로는 형용할 수 없는
눈물이 있었다

내 마음에 오롯이 걸려있는
너 그리움이
눈물에 시나브로 번지는
사연들

네 가슴에 그려진
내 모습이 바랠까 봐

너 그리움으로 물든
단풍 엽서를
이 계절에 띄운다.

흰 눈 바램 / 주응규

괜스레 울적한 마음이
회색빛을 띠는 날

오래전에 떠나버린
그리운 사람이
눈송이같이 하늘하늘
올 것만 같아 설렌다

연기처럼 사라져간
아득한 날의
그 사람 그리워
하늘에 안부를 띄우는
오늘 같은 날

그리운 사람아
보고픈 사람아
흰 눈같이 왔으면 좋겠다.

시인 최영호 편

♣ 목차

시낭송 QR 코드
제　목 : 가을 꼬투리
시낭송 : 박순애

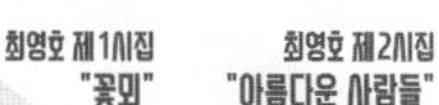

최영호 제1시집 "꽃뫼"
최영호 제2시집 "아름다운 사람들"
최영호 제3시집 "아름다운 사건"

 # 프로필
안동 거주
대한문학세계 시 부문 등단
(사)창작문학예술인협회 회원
대한문인협회 대구경북지회 정회원
<저서>
제1시집 '꽃뫼'
제2시집 '아름다운 사람들'
제3시집 '아름다운 사건'

 # 시작노트
길을 걸었지
저물어 어두운
아무도 탐내지 않는 가시밭길 무형의 길,
남들은 피하는 길을 따라
눈으로 보이는 것 너머로
가슴으로 울먹이며 걸었지
영원을 바라며
그대 어깨에 기대면 좋으련만
지친 발을 접어
등불 앞에 쓸쓸히
환경의 하수인이 되어 또다시
서로 다른 길을 걸었지
그 길 끝에 하늘이 부르면
가을처럼 물든 노을 속으로
구름 더불어 흘러 가겠지.

시간의 그림자 / 최영호

너 없는 남루한 날이면
지친 발을 접고 드러누운
모두가 사라져 가는 텅 빈 밤이면
달그림자가 창문을 밝히고 있다.

지나간 것은 지나는
바람결에 날아가고
오랫동안 함께 하던
달콤한 꿈들은 아득한 신전에 있다.

한때는 꽃씨를 품은
달보다 곱던 얼굴에 안겨
밤이면 밤마다
사랑의 이름을 마음에 보듬는다.

시간은 언제나 하루를 지우고
어두운 그림자만 드리우고
아래로 흐르는 물처럼
조용히 스며들어 사라져 간다.

가을의 뒷면 / 최영호

가을은 어수룩한 사람의
부러진 뼈마디가 굳어가는
단련의 시간인가 보다

앞앞이 해맑은 태양 아래
갈바람은 움츠리며
뒤돌아서서 낙엽처럼
붉게 붉게 화장을 한다

절정을 향하는 걸음으로
딱 한 번만 오로지
죽도록 사랑이 고픈 계절인가 보다

하늘은 높아서 닿을 수 없고
땅은 넓어서 모두 품을 수 없지만
이렇게 또 하루가 저물어
어둠이 내리면 봄을 닮은 그대와
달빛 아래 걷다가 가을의 뒷면이 된다.

바람의 노래 / 최영호

가을 햇살 아래
홀로선 허수아비

바람이 부는 데로 몸을 세워
채우고 비우는 빈주먹으로
굽어진 허공을 허우적거리며
우렁찬 포효의 세상을 탐했다

노을빛 물들어 서쪽으로
별들이 가버린 길을 따라
먼 산을 바라보며
하얀 그리움에 여위어 간다

시간의 그물에 걸린
한때는 봄처럼 달콤한
날카로운 키스의 맹세도
바람의 노래를 들으며
무딘 기억 너머로 사라진다.

가을비는 내리고 / 최영호

흐릿한 날들이
비처럼 음악처럼 쏟아진
그리움에 젖은 하루가
푸른 꿈을 그리다
발그레 수줍은 얼굴의 사랑이 뜨겁다

가을비는 내리고 그때부터
또다시 이별의 시간이
온몸을 던지는 순간부터
대체로 고달픈 일상이 잠시나마
쉼표와 느슨하게 꼬리를 내린다

세월 따라 조금씩 너를 향해
우두커니 홀로 그리움 품은
알알이 맺힌 눈물이 마르면
담뿍 젖은 껍질을 벗고
때로는 쓰리고 달콤한 사랑을 꿈꾼다

남들은 자유를 사랑한다지만
나는 나를 구속 합니다
그대로 인해 존재한 시간이
다시 오지 못해도 가시는 걸음 가볍게
행복한 눈물의 향기를 담아
가을이 영글어 한때 즐거웠던
그대 가시는 길에 꽃씨를 심는다.

능소화 / 최영호

담장 넘어
긴 목을 드리우고
다시 한번
딱 한 번만이라도
오시면 좋으련만

어둠을 머금은
기다리는 붉은 마음

노을빛 저무는 서쪽
향기 잃은 능소화

담장 아래로
둥근 포물선을
그리며 떨어질 때
먼 산에 부엉이 홀로 울었다.

가을 꼬투리 / 최영호

금방 떨어질 이슬 같은 인생이지만
바로 지금 행복이기를 간절히 빌어야 한다
꿈꾸던 봄은 허탈하게 가고
민낯의 세상은 여름을 밀어내고 가을이 왔다

콧등을 스치는 바람도 잠들면
이별의 눈물이 낙엽처럼 부서져 사라진다
어느 안개 낀 아침의 영롱한 이슬방울도
무엇이든 삼키는 시간 앞에 사라질 뿐이다

푸르던 여름날에 그때는 몰랐다
어두운 밤마다 해 뜨는 태양을 밝혀
나는 오월의 싱그러운 빛을 발광했다

내일이 없는 가을이 되어서야 알았다
저녁노을 붉고 뜨거운 심장이 있다면
그걸로도 충분하다

동면의 겨울이 오면 냉혹한 현실 앞에
쓸쓸한 죽음과 삶의 외줄을 탄다
농익은 중년의 붉은 가을이 탄다.

소주 한잔 / 최영호

푸른 소주병이
별처럼 빛나는 밤에는
시답잖은 시와
달그림자 문밖에 걸어 두고
소주 한잔 마시고 싶다

온몸의 관절이
신음하는 소리를 외면하며

아주 오래된
국화꽃 닮은 연인과
서쪽을 물들였던 해처럼
붉게 붉게 마주하고 싶다.

적멸의 가을 / 최영호

삶은 고요의 바다
작은 등불에 어둠을 밝히고
명랑한 마음과 적멸한다

짠 내 나는 비탈진 한때는
울타리를 벗어나
이리저리 바람에 흔들리다
고요가 깊을수록
별과 달과 어둠이 깊을수록
빛나는 눈을 뜬다

방안 가득 호롱불 하나

바다를 돌아온 검은
바람이 부는 날이면
한껏 두 팔을 벌리고
빛을 찾아 발돋움했던 자아를 깨워
바람결에 노을빛 물들어 가을이 된다.

구월의 장미 / 최영호

성글게 가시를 세우던
매력적인 몸매도 빛을 잃고
여름이 엎드린 산허리를 돌아
허름한 서산에 드리운다.

뭇 벌이 날아와
향기를 품던 시절도
아름다운 사랑도 시들어
장미의 꽃잎은 떨어졌다.

붉은 태양은 서산에 멈추고
분주한 하루가 저물어
어둠이 내린 쓸쓸한 날엔
들판을 가르는 바람이 분다.

가을이 우리를 할퀴고
창창하던 푸름도
어둠과 함께 눈을 감고
시시콜콜 목소리도
달빛처럼 고요하다.

푸른 닻을 내리고 / 최영호

끝없이 밀려오는 상념의 바다
거친 세월의 바닷길을 돌아
시간은 닻을 내리고 있다.

나의 무게 추는 너에게 있어
바람이 불어와 비에 젖어도
밤마다 머나먼 우주를 돌아
한순간의 연기처럼 사라진다.

나의 말은 빙빙 돌고
일방통행을 하다가
목적지를 잃어버린 다음
목마른 허기가 어슬렁거리며
웃음과 울음이 교차한다.

비가 오면 우산 없이
비를 맞고 흠뻑 젖어
바람 불면 바람을 따라
하늘 아래 우두커니 홀로
방황의 돛을 펴고 있다.

처음부터 시작된 시간이
돌고 돌아 특정할 수 없는
푸른 바다에 그리움의 닻을 내린다.

시인 최윤서 편

♣ 목차

시낭송 QR 코드

제　목 : 이름 없는 꽃
시낭송 : 최명자

#프로필

경남 거주
대한문학세계 시 부문 등단
(사)창작문학예술인협의회 회원
대한문인협회 경남지회 지역장

문학어울림 동인 시집
2020 유화로 보는 명인명시선 외 다수

#시작노트

가시밭길에서
또 하나의 인생을 배우며
내면의 기쁨을 안다면
눈물 속의 행복을 알 수 있고

가슴 시린 영혼이
꿈과 희망을 찾아 떠나는
여행의 길목을 맞이한다

이름 없는 꽃 / 최윤서

바람막이 없는 서늘한 들녘
얇은 창호지라도 있으면
좋으련만

산들바람에
온몸이 흔들리고
허리가 휘어진다

들꽃 아닌 들꽃으로
뿌리 내리고
꽃을 피운 험난했던 긴 시간

무심한 발에 수없이 밟혀도
작은 꽃을 피우리란 열정이
덧없이 사라진다

무던히 참으며
지키고 버텨낸 이유가
눈물겹고 무색하다

이름 모를 꽃이
짙게 멍든 가슴 내어
푸른빛 꽃잎을 떨군 날

세찬 봄바람에 밀려
먼지 낀 꽃잎이
자아를 찾아 먼 길을 떠난다

낙엽 / 최윤서

바람이 흔든다고
흔들릴쏘냐

인고의 세월로
바싹 마른 갈잎이 되었거늘

홀연히 떠나는 길
눈물일랑 거두시게

그리운 시간 / 최윤서

또르르 톡톡
빗방울에 떠오른
보고픈 얼굴

잔잔한 감동
품어주던 그 마음
가슴에 맺힌다

하루의 마침표
막걸리 한 잔에 걸고
소리 없는 세월을 마신다

겪어봐야 아는 것들 / 최윤서

멀리서 보면
푸른 산등성이
가까이 보면
병든 소나무의 물결

멀리서 보면
자기반성의 귀재
가까이 보면
자기 합리화의 귀재

풍경도
사람도
가까이 두고
겪어봐야 할 이유라네

나의 하늘아 / 최윤서

찰랑대는 달빛과
초롱이는 별빛이
꿈의 하늘을 채운 밤

하늘빛 푸른 심장
고장 난 태엽이 되어
밤낮으로 뛰고 또 뛴다

감출수록 배어 나오는
헤아릴 수 없는 사랑
비워도 비울 수 없더라

소나기에 흠씬 젖어도
굵직한 인연의 줄이
끊어지고 잊힐까

못다 한 사랑
영원히 빛나는
밤하늘에 별과 달이 되리라

별과 달과
어둠을 밝히는 태양의 고향
하늘아

경남지회 / 최윤서

단풍 든 지리산 자락
배려와 사랑이 물든
어우름의 시간

수수한 향에 취하고
포근한 말에 취하고
온유한 성품에 녹아든다

글동무로 만난
인생 선후배
고운 인연에 추억이 쌓이고

익어가는 세월만큼
열린 마음은
우주를 품고도 남음이라

참 사람 / 최윤서

자신에게 엄하고
타인에게 너그러운 사람은
배려와 이해심이 많습니다

자신이 한 말에 책임을 지고
자신의 관점으로만
사물을 보고 말하지 않습니다

오만과 편견으로
타인을 판단하지 않고
상처도 주지 않습니다

세월에 연륜만큼
삶의 무게가 묵직한
속 깊은 사람이 귀한 세상입니다

참 사람이란
자신을 다스려서
믿음과 신뢰를 주는 사람입니다

날개 달린 말 / 최윤서

이러쿵저러쿵
시끌벅적 입방아가
소우주를 흔든다

술안주로 날개를 단 말이
칼날을 곤두세우면
내가 모르는
낯선 내가 세상을 떠돈다

날카로운 혀에 베인 인격은
칠흑 같은 늪에 빠지고
사람이 아닌 사람이 된다

양심을 버린 이의
가벼운 말의 최후는
살에 살이 붙어
형체도 없다

거짓은 진실이 되고
진실은 가식이 되고
오해가 사실이 되는
진솔함이 결여된 세상이다

두 귀로 듣고
한 입으로 말함은
말의 소중함을
깨닫게 하기 위함이로다

애상 / 최윤서

달빛에 젖은
달맞이꽃 기지개 펴는 밤

별빛에 피고 지는 꽃잎
방울방울 이슬 맺힌다

공허한 순간
떠도는 비구름도 아리구나

무채색의 적막에
허기진 외로움을 태운다

이런 마음으로 / 최윤서

꽃꽂이해놓은
꽃잎을 말려
말린 꽃으로 간직하는
아껴주는 마음이기를

시린 바람에
황량한 벌판이 된
갈대밭도 들러주는
따뜻한 마음이기를

견해 차이로
토라지는 순간이 와도
사랑의 눈으로 감싸는
깊은 마음이기를

나무에 오르는
나무늘보의 여유를
지긋하게 지켜주는
넓은 마음이기를

마음 활짝 열어
고락을 함께 나누며
그렇게
살아가자

시인 한명화 편

♣ 목차

시낭송 QR 코드
제 목 : 길
시낭송 : 김락호

#프로필

서울 거주
대한문학세계 시 부문 등단
(사)창작문학예술인협의회 회원
대한문인협회 서울지회 정회원
국제설봉예술협회장

#시작노트

나무 안에서도 생각이 꽃처럼 피고
꽃처럼 지는 것일까
인간은 자신이 큰 나무가 되고 싶은 욕망 때문에 숲이 되지 못하는 것은 아닐까
한 그루의 나무가 크고 넓게 서 있어도 숲이라 칭하지 않는다
2020년 자연이 주는 소중한 진리를 생각해 보며 한 해를 마무리 짓는다

겨울꽃 / 한명화

700고지
한국의 알프스라는 대관령
이곳에 오면 저 멀리 풍력기를 함께 보던
그대가 보인다
그대만큼 크게 웃던 이를 본 적이 없다
그대만큼 희망의 노래로 밤을 지새우는
이를 본 적이 없다

나뭇가지 사이로 그리움의 바람 스치면
산딸나무꽃처럼 수줍어하던
고운 그대 보인다

오늘은 그 빈 나뭇가지에 주렁주렁 수만 개의
눈꽃이 피었다
맑은 햇살 아래 새하얀 꽃들이 눈부신 별을
되쏘아 올리며 다이아몬드 빛을 내고 있다
내 마음도 함께 매달려 있다

따사로운 햇살 차가운 바람이
외투 속으로 스며든다
바람은 보이지 않으나
떠나간 그대는 저 멀리 보인다

꽃이 진다는 건
이별이 아닌 또 다른 만남
새싹 돋을 봄날이 가까워지고 있으면 이거늘
이 눈꽃 지면 행여
다시 돌아올 수 없는 그대
만날 수 있으려나

맑은 기운 가득한 겨울 향기에 취해
햇살 받아 유리알처럼 반짝이는
얼음꽃에서 그대를 만나는 아침이다

길 / 한명화

꿈꾸듯 길을 나섭니다
사업은 마른 손수건의 물을 짜내는 일이라 하고
예술은 없는 길을 걸어가는 길이라 합니다
종종대고 나서지만 때로는 느리게 걷고
때로는 제자리걸음하고 있을 때도 있습니다

안 보이는 길을 간다고
이 길을 믿지 않는 이들의 따가운 시선이
이따금 등 뒤에서 느껴집니다
정말 힘이 들 때는 내려놓아야 되나
꿈 밖에서 서성거리기도 합니다

그러다가도 나도 모르게
마음을 바꿔 흐르는 강물처럼
빛을 내며 갑니다
거센 바람 불고 눈보라 쳐도
한결같은 그 걸음이 멈춰지질 않습니다

내가 나를 찾아가는 길
예전의 그가 찾아 나섰다가
돌아간 길입니다

꽃피는 소리를 듣지 못해도
꽃피고 지는 것을 굳게 믿듯이
흙먼지 날리고 좁다란 이 길이
내게는 최고의 행복한 길임을 믿고 갑니다

자연을 노래하다 / 한명화

아침 빼꼼히 눈을 뜨자 카라반 창문 너머
새들이 날아가고 나뭇잎들이 흔들며 눈인사한다
한 뼘 안팎 안과 밖 이중창문 사이 다른 세상이다

살며시 눈 감고 유리창 저쪽 빈터에
산딸나무를 심고 나무 위에 앉은
새들의 노랫소리도 들어본다
밤에는 별들이 내려와 놀다 갔을까
자그맣게 하얀 산딸나무꽃이
별을 닮았다
내 가슴에도 먹구름 사이로 별 하나 떠 있다
그렇게도 잊으려 하고
잊은 줄 알았던 기억들이 나를 들여다보고 있다

헐렁한 티셔츠 걸쳐 입고 산책길에 나섰다
마음이 풋풋하게 부푼다
강물이 엎드려 흐른다
그 위로 낙엽 한 장 반짝이며 떠내려간다

산모퉁이 돌고 돌아 휘어진 길을
멀리 두고 저만큼 멈춰 섰다
비바람과 눈보라 넘어
새 얼굴로 다가오는 그 길을
희망이라고 불러도 될까

산책 / 한명화

네가 보고픈 날

바람의 손을 잡고 나섭니다

그리움이 바람 따라 흔들립니다

문득 가던 길 멈추고

햇볕이 잘 드는 숲

가장자리 돌 많은 비탈

덩굴 우거진 나무 앞에 멈춰 섭니다

수줍은 듯 겸손하게

아래로 핀 꽃에서 맑고 싱그러운

그대의 향기가 느껴집니다

되고 싶은 꽃을 고를 수 있다면

오미자꽃이 되었으면 합니다

하늘을 보지 않고 그대처럼 숙이며

아래로 보며 피는 꽃

모든 것들은 한번 가면

다시 돌아오지 않는데

하얗게 소복이 핀 꽃 속에서

기억 저편의 길이 되돌아옵니다

해장국 / 한명화

다슬기 다글다글
금천강가 구르던 이야기들을
팔팔 끓는 물에 한 움큼 우려내고
녹색빛 국물에
부추 숭숭
뚝배기 한 사발

간밤의 대작(對酌)으로 세상 멸균하며
세상살이 고달픔을
목청 높여 의기투합한
그 기억들을 풀어낸다

오래전 어느 날을 쏙 빼다 박은 듯한
오늘의 아침은
아직도 비워내지 못한
미련의 속쓰림일까

왠지 어머니가 챙겨주시던
조촐한 밥상과 거친 손마디가
오늘따라
그리운 날이다

모락모락 피어나는 하얀 김 사이로
밤새 눌어붙은 딱지들이
뜨끈한 국물의 간을 맞춘다

구월의 정원 / 한명화

가을바람 비틀거리며
산자락 넘어갈 때
길섶 모퉁이에 삐죽
얼굴 내민 연분홍색 구절초,
안부 전한다

한들한들 코스모스
춤사위에
왕고들빼기꽃
가슴에 빗장을 열어둔 채
함께 웃음 짓는다

시린 햇살 아래
쑥부쟁이
벌개미취
가을 들꽃 향기에 흠뻑 취한
코끝을 대신해
나의 눈길,
꽃잎에 너그러이 앉는 구월

보고 싶은 얼굴
민들레꽃씨로 영글고
가을볕에 한껏 달아오른
옹기독의 뜨거움처럼
그렇게 그리움도 익어간다

산길 / 한명화

바람결에 앙상한 나뭇가지들이 흔들린다
어둠은 두터워지고
산새 몇 마리 지저귀며
집 찾아갈 준비하고 있다
이 길을 가다 보면
새로운 길을 또 만나겠지
너와 내가 하나가 되고
꿈이 어우러지는 그 길이
열리고 있는 지금
저 멀리 희미하게 보이는
희망의 불빛 따라
가혹한 비상을 꿈꾸며
어두워져 가는 비탈길을
더듬어 먼 길을 간다

코발트빛 그리움 / 한명화

어느 날 우리 서로의 눈빛을

볼 수 있는 그 순간이 온다면

그때 우리 흔들림 없이

마주할 수 있었으면 좋겠다

그저 스치는 바람에게도

따뜻한 안부를 묻고

흘러가는 구름 뒤에서도 눈감으면

추억 속 순간들이

온 하늘에 수를 놓았었다

우리 얼마만큼 흔들리고

강물처럼 세월 흘러야

서로 손 맞닿을 수 있을까

새들의 지저귐과 인적 끊긴 깊은 산

야생화의 미소로 외로움은 맑게 씻어내고 그리움이 있어

이제 내 청춘의 시계 힘차게 돌기 시작한다

망원렌즈 속의 세상 / 한명화

예술제 공연 중
전국 사진 콘테스트에
유명 작가들이 모여들었다

빛을 모아주는 수정체
망원렌즈의 기술이
볼수록 신비롭다

조리개와 셔터 속도 속에
작가들은 선명도를 잡아나간다

멀리 있는 피사체 가까이 당겨서 찰칵
아름다운 세상이 멈춰진 이미지로
곱게 다가온다

무용수의 고운 선의 춤사위가
빛과 함께 영원한 그림으로 그려져 간다

시인 한용운 편

♣ 목차

위대한 승려이자 저항시인, 한용운 // 한용운(1879~1944)

시인, 승려, 독립운동가로 법명은 용운, 법호는 만해이다. 충청남도 홍성에서 한응준과 온양 방씨 사이에서 차남으로 태어났다. 어릴 때 서당에서 한학을 공부한 후, 향리에서 훈장으로 아이들을 가르쳤다. 부친으로부터 의인들의 기개와 사상을 듣고 큰 감명을 받았다.

동학농민운동에 가담했으나 실패로 돌아가자 설악산 오세암에 들어간다. 그 뒤 1905년 백담사에 들어가 승려가 되고 창작 활동을 시작한다. 1908년 일본으로 건너가 신문명을 시찰하고, 1913년 귀국하여 불교학원에서 교편을 잡는다. 그 해에 범어사에 들어가 '불교대전'을 저술하였다. 대승불교의 반야사상에 입각해 불교의 현실참여와 개혁을 주장했다.

주요 저서로는 '조선불교유신론'이 있는데 백담사에서 탈고하여 1913년에 발간한다. 이를 계기로 불교계에 일대 혁신을 가져온다. 1914년에 고려대장경을 독파한 후 '불교대전'을 간행하고, 1918년에는 불교잡지 '유심'을 발간한다. 이를 통해 불교의 대중화와 민족의식을 고취하는 데 앞장선 것이다. 1919년 3·1 운동 계획 운동에도 주도적으로 참여한다. 1926년 서울 회동서관에서 '님의 침묵'이 시집으로 출간된다. 표제시인 '님의 침묵' 외에도 '알 수 없어요', '비밀', '첫 키스', '님의 얼굴' 등 초기 시들이 88편 수록되어 있다.

지금의 성북동 집터에 심우장이라는 택호의 집을 지을 때 조선총독부 청사가 보기 싫다고 동북방향으로 집을 틀어 버린 한용운 시인은 그토록 그리던 광복과 독립을 눈앞에 두고 1944년 6월 29일에 입적하였다.

[네이버 지식백과에서 인용]

나룻배와 행인 / 한용운

나는 나룻배
당신은 행인.

당신은 흙발로 나를 짓밟습니다.
나는 당신을 안고 물을 건너갑니다.
나는 당신을 안으면 깊으나 옅으나 급한 여울이나 건너갑니다.

만일 당신이 아니 오시면 나는 바람을 쐬고 눈비를 맞으며, 밤에서
낮까지 당신을 기다리고 있습니다.
당신은 물만 건너면 나를 돌아보지도 않고 가십니다 그려.
그러나 당신이 언제든지 오실 줄만은 알아요.
나는 당신을 기다리면서 날마다 날마다 낡아갑니다.

나는 나룻배
당신은 행인.

시인 한천희 편

♣ 목차

시낭송 QR 코드

제 목 : 가을 잎새
시낭송 : 박영애

 # 프로필

경기 화성 거주
대한문학세계 시 부문 등단
(사)창작문학예술인협의회 회원
대한문인협회 경기지회 정회원
대한창작문예대학 졸업
문예창작지도자 자격 취득

 # 시작노트

가을날 단풍이 아름다운 것은
봄날에 아픔을 비집고 태어난 사랑이
뜨거운 태양에 아파하던 몸부림으로
고독 속에 싸여가던 그리움이 봇물
터지듯 울어대는 눈물에 물들어서 일게다

긴 세월 사노라면
사랑도 하고 이별도 하더라
그리움 고독 그리고 기다림
이 모든 것이 왔다 가고 또 왔다가 가더라

내가 시를 짓는 것은
삶이 세월에 던져 버린 인생이
여름날 고독에 겨울의 긴 그리움을 입혀
봄날의 탄생이 아름답게 물들어 가는
가을이 있음을 전 하고자 함이다

가을 잎새 / 한천희

불타듯 물든 핏빛이 사랑의 상처인 걸
마냥 한낮인 줄 알던 빨간 영혼이 진다
바스락 밟히는 갈색 추억이 아파 울어도
죽음으로 가벼워진 세월은 바람에 흩어질 뿐

그리움이 걸어가는 억겁에 눈물로 물들고
천년을 잊지 못한 단 하나의 이름아
기다림 기다림의 노래가
푸릇한 사연이 노랗게 지쳐서 진다

사랑이 붉은 상처로 흩어지고
그리움이 억겁의 세월에 노랗게 지쳐도
또 다른 사랑이 피어나길 기다리며
나목(裸木)의 겨울을 덮는다

술에 태워 보내는 겨울 / 한천희

한 잔의 술로 흩어진 영혼은
가슴 깊이 잠들어 있는 너의
앙상한 기억을 깨운다

죽음으로 모든 것을 버린 광야
냉정한 이성에 얼어버린 대지를
한줄기 눈물로 깨우려는 미련
이것이 욕심이란 걸
끝없이 넓어진 들판의 편안함이
비우고 또 비운 고독이다

잊을 수 없을 것 같던 그 가을
술로 기억을 취하게 하고
허공에 던져버린 너의 얼굴은
왜 자꾸 회오리바람 타고
돌아오는 건지

하늘이 내리는 하얀 꿈들
알코올에 젖은 영혼에 쌓이면
넓은 들판을 파릇하게 채우려
새로운 사랑의 욕망을 섞은
술을 빚고
그 향기에 취해 기다림에 잠이 든다

이별 / 한천희

너를 떠나보내는 것
아프도록 눈물이 흘러도
보내는 것
이것이 나의 운명이라서
그저 그냥
아무런 말도 못 하고
너의 뒷모습 바라본다
남겨지는 발자국
하나하나
사랑이라 쓰고 가면
그 자리를
나는 나는
눈물로 채우고
그리움으로 지운다.

나무와 철새 / 한천희

그 나무에 세월이 떨어지자
새는 그 나무 둥지를 떠났다

잎새 진 나목의 가지 사이로
하늘의 해와 달이 보일 때
새는 가지를 흔들며 떠나고
하얀 눈꽃이 그곳에 내려앉는다

그 나무에
잎 돋아나던 날 새는 둥지에 알을 낳고
이파리 햇볕과 비를 막아줄 때
아기 새는 자라고 있었다

아기 새 깃털을 달자 떠나고
세월의 무게에 나뭇잎 떨어질 때
나목의 둥지를 어미 새마저 떠났다

스치듯 지나는 바람의 고독
부엉새 내려앉는 밤은 길어도

그 나무에 이파리 다시 돋는 날
떠나간 아기 새는 돌아와
떨어진 그 나뭇가지 입에 문다

기다림으로 보내는 가을 / 한천희

새벽이 오기를 기다리며 아스팔트 위를 어슬렁거리는
뿌연 안개 같은 기다림이라면 아침이 오는 이슬에 젖어
사라진다 해도 나 슬프지 않아

소쩍새 울 때를 기다리며 찬 서리에 시린 가지 끌어안는
들국화 같은 그리움이라서
꽃잎도 애달파 떨어지지 못하고
가슴에 너를 안고 잠드는 그런 기다림이라서
나 울어야 하나

싸늘하게 변해가는 너의 모습이 빨갛게 노랗게 물들고
휘몰아치는 바람에 이별이 아프게 울어도
죽음으로 새로운 삶을 얻는 너라서

사계가 지나면 한 해가 가고 백 년이 지나고 천년이 되면
너를 다시 만날 수 있어서
이별이 아프고 아파도 윤회의 진실 앞에
가을 너를 조용히 떠나보내고 있다

사랑과 그리움 / 한천희

이 세상 내가 산 만큼 보다
더 많이 사랑한 것은 당신이었습니다

당신의 맑은 눈에 내가 비추어지고
내 숨소리 당신의 가슴에 뛰고 있을 때
사랑이여 사랑이란 그런 것이었나 봅니다

내게 당신이 다가온 날부터 그 따스함으로 지내온
겨울 봄 그리고 가을 여름이 짧기만 한 것은
행복이여 행복이란 그런 것이었나 봅니다

지금
그대의 맑은 눈이 나를 바라보고 있을 때
눈물은 보이지 않아도 울고 있는가 봅니다

만나고 헤어짐이 인생이라지만
이별은 늘
언젠간 다시 돌아오겠지 그리움으로 남기어지고
그것을 알고 있음인가요
이별의 눈물이 끝이 없을 것 같아
그냥 바라보고 있지요

밤하늘을 별들이 숨 쉬듯
그대의 그리움은
늘 나를 숨 쉬게 할 것입니다

모정 / 한천희

장독대 정한수에

달이 담기였다

달빛이 밤을 밝혀

어머님의 가슴에 스며든다

아들을 기다리던 담장

어머님의 그림자

온 밤을 서성인다

능소화 / 한천희

임 떠난 그 집 앞

인연의 줄기는 뿌리를 내리고

멈추지 못한 눈물은

그리움 진한 잎이 되어

긴 기다림 타고 올라

담장을 넘어 하늘 향한

내 사랑아

그리움에 지친 가슴

빨갛게 빨갛게

한여름 태양 아래

타고 있어라

진달래 / 한천희

연분홍 진달래는
고향의 봄
진달래꽃
보고 있으며
고향의 봄 동산이 보인다

연분홍 진달래는
엄마의 얼굴
진달래꽃에
코를 묻고 눈감으면
어머니의 향기가 난다

연분홍 진달래는
메기의 추억
진달래
피어나던 봄날
떠나버린 첫사랑의
눈물에 젖던 꽃

이별 / 한천희

꽃잎 하나가 떨어진다

눈물이 났다

꽃이 시들었다

사랑이 떠나갔다

시인 홍진숙 편

♣ 목차

시낭송 QR 코드

제 목 : 날마다작아지는날들
시낭송 : 김혜정

홍진숙 시집
"천천히 오랫동안"

 # 프로필

대한문학세계 시 부문 등단
(사)창작문학예술인협의회 회원
대한문인협회 정무국장
한국문인협회 서울지회 정회원
대한창작문예대학 졸업
문예창작지도자 자격증 취득
2019년 한국문학 예술인 금상

 # 시작노트

무심히 흐르는 시간을 채우듯
활자화 된 시 들을 한줄 한줄
남기고 싶었다
꽃들이 지고 나뭇잎들도
떨어진 텅빈 풍경들을
채워줄 희망같은 시들을...

엄마의 등을 닦으며 / 홍진숙

사라진 시간이 만들어 놓은

쓸쓸한 엄마의 등위에

먼 여정 쉬지 않고 달려오느라 가벼워진 살갗 위에 비누칠을 한다

살아오는 동안

늑골 깊숙이 숨긴 다치다 아문 흔적들

숱하게 흘렸을 눈물 같은 비눗방울들 위로처럼 흘러내린다

때론 넘어질 듯 덜컹거렸을 생

벗겨 내고 싶었던 굴곡의 비늘들

길을 잃고 흔들리지 않으려 애썼을 꿋꿋함의 손목

세월이 흘렀어도 푸른 동맥 사이로 선명하다

세월 / 홍진숙

아침에 일어나 겨드랑이를 툭툭 두들긴다

나이만큼 두들기면 건강에 좋다고 해서

더러 단단해져 있거나 잠이 덜 깬 살갗들을 두들기며

속으로 하나둘 숫자를 세다 보면

문득 느끼게 되는 내 나이의 깊이

살짝 내리는 비에도 힘없이 떨어지던 꽃잎 같은 하루하루들이

얼마나 쌓인 걸까

나는 지금 어디쯤 서 있는 걸까

촛불을 켜며 / 홍진숙

비밀처럼 감춰둔 곳

나만의 의지처

붉은 연시등 닮은 촛불을 켭니다

살다 보면 누구나 기쁨의 생에 머물기를 갈구하지만

간혹 예고 없는 절망에 갇히게 되기도 하고

또 어떤 날은 정의로움을 위하여

항의와 울분이 촛불의 물결이 되어

불가능도 가능으로 일구어내는 장소에 서 있게 만들 때

제 몸 태워 녹이며

상실의 자리를 위로와 희망으로 채워줄

작지만 큰 파동으로 퍼져나갈 촛불을 켭니다

자화상 / 홍진숙

미얀마로 가는 밤 비행기 창밖

하늘인지 구름인지 어둠인지

경계가 없던 감청색 저편

외로이 떠 있던 뭇별이었는지 몰라

아득한 시간으로부터 다가와

나의 영혼으로 만나기까지

세상의 문을 열고 시작된 여행

낯선 이의 그림자를 밟듯 혼돈에 작아지기도 하고

모든 중심에 서 있고 싶은 욕망으로 출렁일 때

조용히 반짝이고 있던 뭇별을 생각해

창밖 어둠 속 혼자 떠 있던

또다시 목련 / 홍진숙

조금씩 마침내 잠든 꽃들을 깨웠다
바람에 흔들릴 때마다
더욱 깊어져 오는 환함에 견디지 못한
묵언의 입술을 건드려
쏟아내고 싶었던 독설의 속내들이
밑감이 된 상처를 자르고 지켜낸 그 흰
해그림자 길어져 한껏 차오른 그때쯤
일제히 치마폭을 펼쳐 보폭을 맞출 때
생 비린내 푸른 옷고름선
배어 나오는 슬픔 같은 흰을 이해했다

빨리 어둡고 느리게 밝아오던 날들 / 홍진숙

어느 날 부터
듣고 싶은 그의 목소리는
오랫동안
창문을 넘지 못했다
더욱 적막해진 그와의 거리를
그리워하는 날들은 아픔으로 자라
보여지는 것들은 모두가 결핍으로
휘청거렸다
단절된 거리에서 영문을 모른 채
피어있는 빨간 장미는
아픈 입술
결핍에서 하루가 가고
결핍 속에서 계절은 자랐다
간절함을 먹어 치우던 절정
나의 호흡은
무심히 지나쳤던 것들의 평온함이
무너지는 그 모든 것들에
대항하기 위한 변명
베이지색 블라우스를 구입한 건
예측 없는 불안감이 밀려올 때
줄줄이 들추어내던 허물을 잊기 위함
함께했던 생각과 서로 다퉜던 것들이
끝없이 끌고 들어가던 구심점은 왜 이리
깊어지는가
가장 먼 듯 가장 가까웠던 것에 대한 허기진
견딤에 충분히 익숙해져
단련되고 있을 때
그는 다행히도 내게 돌아왔다
오랫동안 비워 두었던 방
적막을 걷어내
불 밝히며 안부를 전할 수 있는 지금

게으름에 대한 후회 / 홍진숙

한때는 온 힘을 다해

초록을 빨아올렸을

정좌에 드는 나무들

몇 개의 계절을 건너

숭고한 완성을 이루는 동안

문득 나는 무엇을 했을까

너무 천천히 걸어오느라 세월을 유기해버린

죄인이란 이름을 달아야 하겠네

제철 다 해 바닥에 뒹구는 낙엽처럼

조금씩 조금씩

내게도 세월이 낙엽처럼 떨어져 나가고 있었음을

비로소 어리석었음을

때로는 가끔 / 홍진숙

인도풍 다즐링 홍차 냄새가
유독 짙었던 그 찻집이 있는 골목에서
가끔은 예기치 않게 너와 마주치게 된다면
어느 해 봄에서 여름으로 가는 동안
너와 나 많이 떠돌던 거리
지금은 더 이상 우리가 아닌 까닭에
따듯하지 않은 불빛
따듯하지 않은 거리에 서서
기댈 곳 없는 쓸쓸해진 기억들이 기웃거릴 때
아직은 낯익은 골목 어디선가 한 번쯤
너와 예기치 않게 마주치게 된다면

바람의 편지 / 홍진숙

어찌 지내시나요

곁을 지나는 바람에게 물어봅니다

아프지는 않으신가요

모두가 몸살 앓는 이즈음

비 내림이 한번 지나간 자리

작은 잎은 더 커 있고

초록으로 물든 바람에 꽃들도 활짝 피어 짙은 그림자

해 질 녘 땅거미 밀려오면

가슴에 가시처럼 박혀있던 그대 그리움 속절없이 자라나

그대 머물던 자리 더욱 커 보여

보고 싶은 마음에 바람의 편지 보냅니다

날마다 작아지는 날들 / 홍진숙

봄 같은 햇살이

아직은 깊은 한겨울 마당에 가득 모여있던 오후

배웅을 위해 대문 앞에 계시던 엄마

올겨울은 왜 이리도 따스하냐

겨울은 겨울답게 추워야지

독백처럼 중얼거리던 적막함을 뒤에 남겨두고 떠나올 때

혼자 펄럭이던 깃발처럼 쓸쓸히 따라오던 엄마의 음성

괜찮다 나는 괜찮다

바쁘게 살다 보니

다시 만날 날은 또 얼마나 아득한가

나와 엄마의 시간은 날마다 작아지고 있는데.

후원 : (사)창작문학예술인협의회 / 대한문인협회 / 대한시낭송가협회
2021 현대시를 대표하는

名人名詩 특선시인선

(사)창작문학예술인협의회가 추천하는 대표시인

* 지 은 이 : 김락호 외 62인

강순옥 강한익 기영석 김국현 김귀순 김노경 김락호 김선목 김소월 김순태 김영주 김재진 김혜정 김희경 김희영 남궁벽 남원자 문철호 민만규 박기만 박기숙 박남숙 박상현 박영애 배삼직 백승운 성경자 손해진 신홍섭 심 훈 염인덕 오승한 오필선 윤동주 윤무중 은 별 이동백 이만우 이 상 이상노 이상화 이세복 이육사 이장희 이정원 이종숙 이한명 이희춘 전병일 정기현 정란희 정상화 정찬열 제갈일현 주선옥 주야옥 주응규 최영호 최윤서 한명화 한용운 한천희 홍진숙

* 펴 낸 곳 : 시사랑음악사랑
* 엮 은 이 : 김락호
* 디 자 인 : 이은희
* 편　　집 : 박영애 이은희
* 표지 그림 디자인 : 김락호
* 2020년 12월 24일 초판 1쇄
* 2021년 1월 18일 발행

* 주　　소 : 대전광역시 중구 목중로 26번길 45, 311호(중촌동, 중도쇼핑)
* 연 락 처 : 1899-1341
* 홈페이지 주소 : http://www.poemmusic.net
* E-mail : poemarts@hanmail.net

정가 / 22,000원
ISBN 979-11-6284-255-3 03800

* 저작권자와 맺은 특약에 따라 검인을 생략합니다.
* 잘못된 책은 교환해 드립니다.